魅丽文化 告白 MY LOVE

Slowly fell in love with you

慢慢喜欢你

水迹/定西/歌十九 著

百花洲文艺出版社
BAIHUAZHOU LITERATURE AND ART PRESS

图书在版编目（CIP）数据

慢慢喜欢你 / 水迹，定西，歌十九著. -- 南昌 : 百花洲文艺出版社，2019.11
ISBN 978-7-5500-3415-0

Ⅰ. ①慢… Ⅱ. ①水… ②定… ③歌… Ⅲ. ①中篇小说－小说集－中国－当代 Ⅳ. ① I247.5

中国版本图书馆 CIP 数据核字 (2019) 第 225155 号

慢慢喜欢你
Man Man Xihuan Ni
水迹 定西 歌十九 著

责任编辑	郝玮刚
选题策划	吴小波　唐　慧
特约编辑	唐　慧
封面设计	阿　和
封面绘制	官官 an
出版发行	百花洲文艺出版社
社　　址	南昌市红谷滩新区世贸路 898 号博能中心 A 座 20 楼
邮　　编	330038
经　　销	全国新华书店
印　　刷	湖南凌宇纸品有限公司
开　　本	880mm×1230mm　1/32　印张 9.5
版　　次	2019 年 11 月第 1 版第 1 次印刷
字　　数	246 千字
书　　号	ISBN 978-7-5500-3415-0
定　　价	36.80 元

赣版权登字　05-2019-275

网址 http：//www.bhzwy.com
图书若有印装错误，影响阅读，可向承印厂联系调换。

目录

CONTENTS

我成了神的跟班 / 水迹

来日方长，不如在你身旁 / 定西

何来欢喜，唯有遇见你 / 歌十九

无论是贫穷还是富有，

健康还是疾病，

逆境或是顺境，

我都爱你，

尊重你，

直至死亡将我们分离。

我成了神的跟班

/水迹

第一章 / 我成了神的跟班

01

我成了神的跟班。

此刻与神坐在同一节车厢里，我就坐在他的对面。

嗯……火车，硬座。

他在即将抵达终点站时，买了几盘打折的水果，笑眯眯地对着他身边的女孩儿说道：“安颜，饿了吗？吃点儿水果。”

神身边的女孩儿名叫安颜，是个普通人。

严格意义上说也不算是普通人，她长得很美，美到我可以用任何华丽的词藻来形容。

金黄色的长卷发。

瞳孔折射出迷人的光泽。

像扇子一样的长睫毛和坚挺好看的鼻梁。

殷红如玫瑰花般的唇部色泽。

这样精致的五官组合在一起，像是丹青妙手最绝的一笔。

只不过——

就算长成这样，坐在神的身边也依然黯淡无光。和神比起来，安颜实在太过平凡普通。这么说吧，一般人见到神可能要顶礼膜拜，但是我遇到安颜和神的时候，安颜已经被神宠坏了。

所以，她并没有要仰视他的想法。

她小嘴一噘，把水果推到我面前，悻悻地说道："不吃，打折的水果，你让你的小跟班吃吧。"

我暗自赞道：真贴心。

我将手伸了过去，捏住水果盘边角上一个畸形的橘子，想悄无声息地挪过来。

"不行，我买的水果只给安颜吃。"神在关键的时刻给了我致命一击。

我吓得手一抖，拿在手中的橘子又滚落回了原地。

我第一次发出直击灵魂的叩问，为什么橘子是圆的？

神严肃地拒绝了这个提议，并轻轻地挑起了安颜的小下巴，丝毫没有在意他们身边的老太太和我的身体同步抖了一下。

腻的？

我深度怀疑，神一定是偷偷看了霸道总裁的美文。

安颜抬头看了我一眼，似乎在示威又或是在炫耀。

总之，有了比较和绝对意义的存在后，这顿打折水果也拥有了别样深刻的含义，让一向高傲的安颜心甘情愿地吃了个精光。

神依旧笑眯眯的，穿着普通的蓝白条纹衬衫和黑色厚外套，清爽的短发有种凌厉的少年感。在这个拥挤逼仄的车厢里，像是天然的发光体。加上和这般美丽的安颜，如此的亲密，所呈现的美感是双倍的。

引得不少人往这边观望，纷纷猜测他们两个人的关系。

但据我猜测，安颜是神找的小女友。因为我做神的跟班时，神已经和安颜这般你侬我侬。

火车轰隆作响，行驶慢慢缓了下来。

我对即将抵达的地方隐隐有些期待，可这期待值和车速成反比。

有些难熬。

尤其是这会儿我的嘴特别干，想去买瓶水来喝，伸手摸着裤兜里那几张薄薄的纸币，想着火车上一瓶水的价格比外面贵一元钱。

我顿时便打消了这个念头。

没别的，作为神的跟班，我很缺钱。当然，做普通人的跟班，也铁定是缺钱的。谁有钱还会去给人做跟班？

至于求助神？那还是算了。

我并不是羞于启齿，而是很清楚，神不会可怜我。

另外，神竟然带着心尖尖上的小女友坐火车硬座，吃打折水果。我料想，神也没有多少钱。

02

火车到站时天已经黑了。

坐在车窗边，一直紧抿着唇忍受他们秀恩爱，并时不时就要抖一抖鸡皮疙瘩的老太太，用一种终于逃脱苦海的欢呼声喊道："小伙子，快帮我拿一下行李，我要快快快地下车。"

三个"快"连击催促，想必这种画面老太太是再也看不下去了。

神的脑袋被黄昏前的余光笼罩，笑眯眯的，露出一排整齐白皙的牙齿。

"好呀！"神向我招了招手，说道，"你来。"

真没办法。

作为跟班的我自觉地站起来，从行李架上捞出那如山一般的行李箱。轻轻松松地拎在手上，顺带送老太太下了车。

“小伙子，哦不，小姑娘，臂力不错啊？”老太太有些吃惊。

我嘿嘿地笑了笑：“练过的，从小就练。”

“咋练的？”

“拎水呗。”

老太太一愣，以为我在说笑。

放下行李后，老太太从上衣口袋里掏出一双毛线手套塞在我怀里：“这是我亲手织的，你拿着保暖。天气冷，你得多穿点儿。”

接着，又悄悄地跟我咬耳朵：“你是不是暗恋那个男孩儿？要我说早点儿放弃比较好。那个男孩儿花花肠子，一套一套的。还没有到中年，就油腻了。”

我有些哭笑不得，敢这么说神的坏话，真是胆子也忒大了一点儿。要是我，无论他多可恶，可在心底一句坏话都不敢说。

这是会遭报应的。

不过很显然，神偶尔也是宽厚的。

老太太并没有得到报应，反倒是开开心心地走了。

手里那双半新不旧的毛线手套还残留着老太太的余温。

我终于察觉到，这天真的是有点儿冷。风刮在我的脸上，像刀割一样疼。

我还穿着单薄的蓝白色校服，里头只穿了一件单衣，一件老旧的毛线背心。脚上是一双单薄的白布鞋，洗得都有些泛黄了。

看起来真有点儿可怜。

我咧嘴笑了笑，有一点儿尴尬。

神和安颜慢悠悠地从车厢里走出来，两个人紧紧地挨在一块儿。

准确地说，是安颜紧紧搂着神的手臂。

“这都上大学了，怎么还穿着高中时期的校服啊？”安颜整理了一下自己漂亮的大摆公主裙，阴阳怪气地说道。

周围的目光齐刷刷地扫射在我的身上，每个人的脸上都是一副发现新大陆的表情。

我嘿嘿一笑，说道："怀念我的青春，我是怀旧主义，怀旧主义。"

"你……"安颜还想说些什么，却被神插嘴打断了，"行李还在车上，你去拿下来。"

神望向我，眼神是一贯的温和。

这是神对我特有的怜悯。

他怜悯穷人，喜欢使唤我。

喜欢长得漂亮的女孩儿，喜欢和安颜在一起。这品德和行为之间造成的撕裂感，真让我说不出一个字来。

从行李架上拿下来一大一小两个行李箱，还有一个沉甸甸的袋子。

总算是下车了。

离开昏暗嘈杂的车站，来到贵阳的一座古镇，街两旁随处可见竖着招牌的客栈和旅馆。

大街上人流如织，灯火璀璨。

这一趟贵阳之旅是安颜提出来的，这里是她的家乡。

拖着神来，简直是司马昭之心。

03

神和安颜站在大街上商量，决定先去买点儿礼物再回家。

我双手拖着行李，提议道："那我留下看行李箱和包裹。"

安颜丢过来一个赞许的眼神，我琢磨着，大概是安颜觉得我有点儿眼力见吧？

"不行，等会儿买的东西谁拿？"神一如既往地和我作对。

安颜瞬间被说服："也对。"

我：“……”

偷懒计划失败。

没办法，将行李寄存后，我跟在他们身后充当他们的搬运工。在这里，安颜和神的购买欲彻底被激发出来，每经过一个店子就要进去瞧一瞧，顺便甩几个袋子挂在我身上。

一条街还没逛完，我已经被他们购买的货物压弯了腰，我真想当街吟一首《行路难》。

也许是神听到了我的心声，收起了他们的购买欲，到寄存处领回寄存的行李，便打车去了安颜家。

安颜家和她身上的裙子一样华丽，是一栋独立的大别墅。

可能是我没见过什么世面，其华丽程度我实在是描绘不出来，只能用“真土豪”三个字来高度概括。安颜拉着神笑眯眯地进了家门。

我帮着扛行李，等进去的时候，一家人笑成一团，看架势这会儿见岳母娘是非常顺利的。

安颜的妈妈指着我问：“这小姑娘是谁啊？是你朋友吗？”

神言简意赅地回答道：“跟我一起来的。”

安妈妈“哦”了一声，我觉得安颜的妈妈有些眼熟。可能是富态的人长得都是一个富贵相，“那我去收拾一下客房，小姑娘今晚就在这儿住下吧。”

安颜不乐意，嘟着嘴说道：“不用……她啊就是个小……”

糟糕，我已经可以预见，大好的其乐融融氛围即将走向尴尬的境地。

要是被神未来的岳母娘知道神和我同行，一个想差了，坚决不同意他们两个人的婚事，那我的罪过可就大了。想到这里，我抢先向前一步，双手抱拳，打断安颜的话，说道：“老板，我是被雇佣来的搬运工，我干完活儿就走了。”

“啊？”安颜的母亲惊讶了一声。

我朝神使了个邀功的眼色，神向我眨了眨眼睛，算是收到信号。

我便飞快地转身离开。

我准备在这儿附近找个小宾馆。

我成为神的跟班倒不是因为敬畏他，主要是寒假来了，我得赚一笔新学年的学费。大学不比高中，学费可是一笔不小的数目。

家里有爱打牌的老爸，是指望不上了，只能出来找点儿洗盘子的工作。大冬天的，如花似玉的一个姑娘，整得一双手都是冻疮。

这时神出现在我面前，我楚楚可怜的模样，他没有注意。倒是一眼就相中了我的粗犷，孔武有力。

一纸契约，我出力随行赚佣金。给的价格不高，不过公费旅行顺便还能赚点儿钱，也挺好的。

在比较了一条街后，我选择了一家最便宜的宾馆，五十八元一晚，只有一张只够我一个人躺下的床。

“物价不低啊。”我念叨着倒头就睡了过去。

我当晚做了一个梦。

神带着安颜去领略大好河山，吃八方美食。

我跟着神做搬运工，风餐露宿。

最后到了一片光秃秃的沙漠中，那地方干涩得不行，我和安颜都快要虚脱了，只有神一个人油光水滑。

他心疼安颜，大手一挥，沙漠突然向两边翻滚，中间幻化出一条清亮的河流。水哗啦哗啦地流淌，安颜一头扎了进去，在水里畅快地游泳。

我站在河边，口干舌燥。全身快烧了起来。但是作为跟班的我，和古代的丫鬟没什么两样，只能耐着性子等。等安颜泡得舒畅了，从河里上来，我这才像是一支离弦的箭，一头扎了进去。

嘭的一声，我眼前一黑，满嘴的沙子。

眼前的河流已恢复成了一片沙漠。

我灰头土脸不断地吐出满嘴的沙子，安颜和神则站在一旁笑弯了腰。

我猛地从睡梦中惊醒，深呼了一口气，发现周围漆黑一片。

顿觉还不错，至少没有满嘴的沙子。

我打开灯，深感这钱赚得太过憋屈。

瞧把我给吓的。

肚子又“咕噜咕噜”地唱起了空城计，我起身到楼下，打算去买几个包子来充饥。谁知道，包子店生意兴隆，排起了长长的队伍。

倒是隔壁的汉堡店门可罗雀，特意请了一个年轻帅气的小伙子在门口发传单。那小伙子一见到我，就像虎狼见到了送上门的小羊羔，拿起传单就想往我手里塞。

我第一反应就是双手揣兜里，那小伙子动作一僵。

美色于我如浮云。

比起贵了十几倍的汉堡，还是包子比较实惠一点儿。

于是我缩着脖子在包子铺这边排起了队，寒风肆虐，冷得我一直蹦跶着腿让身体发热。

口袋里的手机震动了一下，我掏出我全身上下最值钱的手机，划开屏幕。

是一条 XX 通信公司发来的贴心信息：尊敬的客户，在这个特别的日子里，XX 公司祝您生日快乐！愿您每一天都温馨幸福。

感动啊！通信公司比我家老爸还贴心。

我的手指已经冻得冰凉僵硬，疮口又痛又痒。刚想将手机放回口袋里，又忍不住划开屏幕，给宋冉志发了一条信息：嘿，老朋友，我到了。

等了许久，也没有收到回信，估计又去给哪个学生补课了。我收了手机。

我站在热气腾腾的包子前，问道："老板，要两个榨菜包，多少钱？"

"四块。"

"四块啊？那要一个。"

"两块。"老板面无表情地扔过来一个滚烫的包子，我伸出手利落地接住。往回走，打开还冒着热气的塑料袋，正准备把包子往嘴里塞。

一双手突然从我眼前掠过，手上一空。

妈的，两块钱的包子被人抢了？

04

放心，没有这么丧心病狂。

是一个老大哥从我身边路过时撞了我一下，包子掉在地上，在我脚边上打了个滚，整个包子都沾满了灰尘。

我愣愣地看着地上的包子，怒气顿时涌上了心头，我今天要让这个人知道，作为一个跟班也是有脾气的！

"前面的那谁，你撞掉了我的包子，这还让我怎么吃啊？赔我包子！"

"两个！"我又补了一句。

那个老大哥一回头，脸上一条斜刀疤抖了抖，看起来一副凶神恶煞的模样。

"你说啥呢？"他的口音很重，那个"啥"从口中出来还是第四声。一身肌肉，透过厚厚的白色羽绒服都能深切感受到。

这个头和我相差悬殊，内心膨胀的暴脾气瞬间又封印了回去，我吐了一口气，口齿不清地说道："没，没什么。"俯下身子将包子捡起来，拍了拍，自言自语道，"这包子……也不是不可以吃。"

“那你慢慢吃。”

老大哥傲娇地“哼”了一声，便踱步远去。

我看着手里的包子，思来想去觉得还是得让这个包子发挥它应有的价值，我揭掉了包子一层脏兮兮的表皮，小口小口地吃了起来。

完美，我真是贯彻社会主义核心价值观，根正苗红的当代青年。

“你这让我说你什么好？真恶心啊。”

“谁，谁在说话？”我仰头一看，神双手交叉放在袖子里，要不是有那张青春俊俏的脸加持，那就是一东北糙爷们。

“还行吧，不浪费粮食。粒粒皆辛苦不是吗。”我打了个圆场，尴尬自救。

神笑而不语，从楼上潇洒地走了下来。

“去帮我搬点儿东西。”

“啊？礼物还没有买够啊？”我摇摇头。

神这个血本下得有点儿大，看来就算是神，见到未来岳母娘也只有讨好的份儿。

“走，别废话。”

“行嘞。”我话音刚落，肚子不争气的又叫了起来。我顺手揉了揉，跟在神的身后。

我这个胃日常给我添麻烦，根本就喂不饱，像个无底洞似的，不知填了多少钱在里面。我拍了拍肚子，骂道：贪婪！

这时，肚子又委屈地“咕噜”了一声。

走在前面的神，肩膀抖了抖，我听见一阵憋笑声。估计是在笑话我这个食五谷杂粮的俗人。

我反正是无所谓，我就是一个俗人，就让我在滚滚红尘中摸爬滚打。

神这回没有去逛商店，反倒是去了夜市。

夜市人头攒动，到处都是揽客的商贩。那明晃晃的瘦肉，摆放在盘子里，色泽红亮诱人，看了都忍不住流口水。

这谁能忍得住诱惑？简直是引诱人乱花钱，可恶！

神直起腰身，站在长街的尽头，指点江山般地说道：“你去看看，你喜欢什么？”

我心下一喜：“你给我买？”

“废话。”神说着食指和中指夹着几张红色钞票。

难道是神知道我今天生日，发善心了？！我接过钱，飞快地从街头横扫到街尾，但凡好吃的想吃的食物，我都统统买下，直到两只手都提不动。

我蹬蹬蹬地跑到神的面前，将余钱还给他，笑得眉目生花。

神微微偏头一笑：“买好了？”

“嗯嗯嗯。”我十分欢喜地点着头。

“这都是这条街上最好吃的食物？”神挑挑拣拣翻看了一遍我手里大大小小的包装袋。

“那是绝对的，我全打听好了。”

神满意地点点头：“刚好安颜说饿了，你帮我送过去吧。”

我有些震惊，讪讪地说道：“什么？不是给我……”

我仔细回忆了一下之前和神的对话，我应该没有理解错神的意思啊？

“废话，当然不可能是给你买的。”神耸耸肩，转身就走。

“你等等。”

我赶紧叫住了神，纵然我的脾气很好，但我也是一个有血性的人。

我直接蹲在了地上，打开最大盒的那个包装袋，拿起一块排骨飞快地舔了一口：“这个我吃过了！”

“所以？”神的声音温柔清冽，我没有听出有任何生气的意思。

“我吃过了！”我壮着胆子，又重复了一遍，并把我舔过的排骨放回了包装袋里。

神一脸震惊，皱着眉头一脸嫌弃。迅速地从包里掏出钱，说道：“行行行，这份给你，你再去帮我买一份。”

我接过钱，突然很懊恼。

早知道神这么好说话，我应该都舔一遍，那样，所有的美食就都归我了。

欸，悔之晚矣。

将东西买好后，神并没有着急回去，反倒是在镇上逛了一圈。还悠闲地赞美：“你看这里的灯都好漂亮，人山人海的，热闹极了。”

我两条胳膊隐隐发酸，恶狠狠地在背后瞪他，哼，这分明是在报复！

小镇看起来在办花灯节，加上临近年关，年味越来越浓，在外地工作的人都赶回来了，导致街上到处都是人，挤得走路都困难。

我手里提着食物，又担心人多会碰撞打翻，不得不小心翼翼地拎着。

“给我。”神停下脚步，良心发现，从我手里接过袋子，又空出一只手拉住我的手，“你跟紧一点儿，要是走散了，我可不会去找你。”

我愣愣地看着他的手，心想：神这回真的发善心了？

事实证明，我果然是天真的凡人。

“安颜还饿着肚子，这食物不能弄洒了。”

“哦。”

05

这一趟赚了两张红票票。

临走的时候，神塞到我手上，说是奖励我半夜为他奔走的辛苦费。

“不辛苦，不辛苦，以后有这样的美差，请随时呼唤我！”

我笑得非常妩媚，回去的路上都觉得口袋里的这两张红票票开始在发热。我忍不住开心地唱了起来：咱们个老百姓啊，真呀么真高兴。

回到宾馆，我躺在狭窄的床上，划开手机。

依然没有收到任何信息。

我点开一个校园网络红人的微博，叫作“一等红年”。之所以会成为网红，是因为他特殊的体质。

他经常会在微博上挑选更新投稿的男女名单，这些男女大多会在半年内迅速地成为情侣，这种当代红娘体质非常不科学，但是真真切切都发生在我们身边。

没有人知道这个人是谁，公布名单也不会挑日子，全都是随心所为。这导致那些想表白的，胆大的，蠢蠢欲动的人，都纷纷上场。

总之，就连我也想给他投稿测试一下我和暗恋的人是否有缘。

趁着今天生日，幸运满满的我打算投稿。

别误会，我不单单只是个想赚钱的事业少女，我还是个对爱情充满幻想的少女。小孩子才会去做选择题，大人全部都想要。

我整理了一下措辞：今天我生日，求博主一定看到，我想投稿的是陈慢慢——宋冉志。

发送之后，我又在表情包里面翻找图片，最后因为实在找不到可爱的表情包才作罢。

其实没有抱多大的希望，毕竟全校园给“一等红年”投稿的人不计其数，我就是芸芸众生中的沧海一粟。

正准备放下手机，手机信息提示音响了起来。

我划开屏幕一看，是“一等红年”回复的信息：祝你生日快乐，你的投稿已采用。

我差点儿从床上蹦起来，回到主页，“一等红年”果然在他那姻缘簿里添加了我的投稿“陈慢慢——宋冉志”。

我仔细念了一遍，真是天下绝配！连“一等红年”都看好，缘分铁定是跑不掉了。我高兴得上蹿下跳。

手机信息提示音再度响了起来，我飞速点开，是宋冉志和神同时发来的信息。神的消息在前面，宋冉志的在后面。

我笑眯眯地点开了第二条。

宋冉志：生日快乐，对不起我才下班。明天有空吗？

我喜滋滋地回复：谢谢，辛苦了。我明天有空的，我去找你。

宋冉志：好的，早点儿休息。

我：好，晚安。

关闭和宋冉志的聊天记录框，我这才慢悠悠地点开了神发来的信息。

神：下来，五分钟，一百元。

我看了一眼时间，已经过去了两分钟！果然恋爱耽误赚钱。我迅速披上外套，上气不接下气地冲下楼。

神站在楼下，身上穿得鼓鼓囊囊的，颜色居然是粉色。

我仔细看了一眼时间，露出一个得意的笑容，伸出手说道："没超时，一百元。"

神耸耸肩，双手从怀里拿出一个包装精美的盒子放在我的手上。

"这就是你说的一百元？"我惊讶地问道。

神漂亮的眉目微微弯成月牙，声音温柔。

"生日快乐！"

我打开盒子，里面是一个蛋糕，奶油上点缀着许多红艳艳的草莓。

我大脑一空。

自从妈妈去世后，我没有过过一个正经生日。早些年老爸还会煮两个鸡蛋给我庆祝。但后来……

这还是妈妈去世后第一次有人给我买生日蛋糕。

感动，真感动。

"太晚了，只买到这个。"神悠悠地说道。

我张开双臂想给他一个拥抱，神吓得急忙往后退了好几步。

我非常灵活的，将手改了个方向，摸了摸自己的头。干笑几声，差点儿就得意忘形了。

“你怎么知道，今天我生日啊？”我原本想问这个的，但是又心想他神通广大，应该没有不知道的吧。

于是改口问道：“你是特意为我买的蛋糕吗？”

神咳嗽了一声，突然转移视线。

“问那么多，一百元没有了。”他转身就要走。

什么！这怎么能行？

“别呀，”我赶紧抓住他的外套，“你说话怎么不算话！”

神别有深意地笑了笑，说道：“你这是跟我撒娇吗？这只有我的女朋友才拥有的权利，你确定要使用吗？”

拿安颜出来做挡箭牌！算你狠。

我松开手，想着今晚上赚了两百元还有一个生日蛋糕，已经不亏了。于是专心致志地去欣赏手中的蛋糕。

神蹲在我的对面，帮我拆开装蛋糕的盒子，用火柴点上一根蜡烛，问道：“你有什么愿望？”

“我的愿望比较俗气，那就是暴富！”

“小财奴。”神伸手弹了一下我的额头，“说出来就不灵了。”

“你在这里，当然是向你许愿，为什么要求别人呢？”

“我刚刚什么都没有听到。”神双手一摊，明目张胆地耍起了无赖。

“那我再说一遍！”

“吹蜡烛，吹蜡烛！”神鼓着腮帮子，蜡烛被吹得东倒西歪，我赶紧鼓着腮帮子也吹了一口。

蜡烛熄灭，周围的光也黯淡下来。

我抢先一步，得意地冲他一笑。

神嫌弃地用食指点了一下我的额头：“你得意的样子太丑了。”

“……”收回我刚刚生出来的一丝感动。

“这个给你。”神拉开了自己的外衣拉链，说道。

居然还有东西要给我！该不会是哆啦A梦吧？连礼物都藏在衣服里面。

我望眼欲穿。

神脱下了穿在身上的粉色外套，披在了我身上。

……嗯？是让我帮你拿着外套吗？

“你在找什么？”神见我疯狂地扫视着他的全身，忍不住问道。

“礼物呢？”

“礼物在这里。”他说着将粉色的外套拉链拉上，那高领的外套瞬间将我的嘴巴都包住了。周身的冰凉感瞬间被暖和的外套阻隔，身体开始暖和起来。

我不由得感叹，果然厚外套暖和。

不过，我倒是从来没有见过有人将礼物穿在身上，然后再脱下来送给别人的。

我的手臂被束缚住，动弹不得。神双手捧着我的脸，对上他漂亮的眼睛。里面有我看不懂的情绪涌动。

“以后多穿点儿，小傻子。”

我感觉有一股暖流从心底涌出，源源不断蔓延到我的四肢百骸，好像整个身体都开始发热。

我不得不承认。

神，有时候暖乎乎的。

是不是每个人心中都有那么一个人，他的存在于你而言，就是温暖的所在。

如果神是安颜的温暖。

那，宋冉志是不是，是我的温暖所在？

第二章 / 神和我穿粉色情侣装

01

“咳咳，我昨晚上吹风，受凉了。”我忍不住咳嗽了两声。

“需要我带你去看医生吗？”也不知道是不是我的错觉，我感觉到神语气中带着些许紧张。

我急忙摇摇头，说道：“不用，不用，你继续陪安颜吧，这几天是你最关键的时候。”

“嗯？你这语气不像是感冒啊？”电话那头传来了质疑。

我捂嘴又咳嗽了几声，放低声音：“我请假一上午去看医生。”

“好，医药费回来给你报销。”

“好。”我虚弱地应了一声。挂断电话后，我一秒从林黛玉切换到金刚芭比，一跃就从床上蹦了起来。穿上校服后感觉少了点儿什么，目光落在那件温暖的粉色外套上，果断地穿在身上，随便梳理了一下头发，准备去私会宋郎！

感冒？不存在的。我何其身强！何其体壮！怎么可能感冒？

宋冉志和我约好今天见面，他刚好在离我住处不远的地方给一个学生做功课辅导。他学习一向很好，可以做家教轻松赚学费，不像我头脑简单四肢发达，只能充当廉价劳动力。

我下了公交车，茫然地向四处张望。

一双冰冷的手突然覆盖住我的眼睛，他的声音温柔带着一丝暖意："猜猜我是谁？"

"宋冉志，你幼稚！能不能像我一样成熟！"

这个游戏他从小玩到大，没想到宋冉志现在是个成熟的大人了，依然还这么幼稚。

身后的人松开手，发出一阵大笑。

"累吗？"宋冉志捏了捏我的脸，俊朗立体的五官突然放大，我陡然被吓了一跳，脖子往后仰。

嗯？我为什么要这样？

想到这里，我挺胸凑向宋冉志，再次引得宋冉志哈哈大笑。

他摸了摸我的头发，"你还是老样子，走吧，我还有一门功课要辅导，等结束后带你去吃好吃的。"

"好。"我笑嘻嘻地回答，心里甜蜜蜜的。

宋冉志走在前面，他穿着黑色的呢子大衣，围着温暖的格子围巾。和一年前不太一样的是，他现在戴着一副金边眼镜，看起来温柔又极具书生气。

他一直都是这样，温温柔柔，真好。我走在他身后，眼睛一直盯着他放在外面冻得通红的手，思考着要不要伸手去温暖他一下。可惜天不遂人愿，试探了几次，每回都撞上宋冉志回头问话，导致我只能迅速收回手抓抓自己的脸颊。

他停下脚步，突然转过头问我："你脸上痒？过敏？"

"啊？我，我没有。"我这会儿竟然脑子转不过弯来，不知道怎么缓解尴尬。

因为贫穷，我从小到大，遭受了不少嘲讽。全靠自己脸皮厚，自黑来缓解。

但是每当我面对宋冉志，总是转不过弯来。也许在他眼里，我就是一个呆呆傻傻的姑娘。

宋冉志好像是看透了我的心思一般，不再纠缠反而转移了话题：“学费攒够了吗？”

我摇摇头：“还没有，还差一点儿。不过，我会想办法的。”

宋冉志不置可否：“如果少了，我帮你付。”

“嗯。”我低头，声音闷闷的。

我突然有点儿泄气，宋冉志家就在我家的对面。和我相比，宋冉志的处境更加糟糕，他没有父母，只有一个年迈的爷爷。宋爷爷这两年身体不好，没有办法工作。宋冉志的所有开销都是他自己承担，甚至还要承担宋爷爷的医疗费用。

可就算是这样，他还是想着办法帮我分担学费。

比起他来，我实在是称不上拼尽全力！不过，我一定会努力赶上他的。

我暗暗给自己加油。

宋冉志的辅导地点是学生指定的一家咖啡馆的包间里。学生是个与他同龄的漂亮女孩儿，我隐约觉得对方看我的眼神，有些警惕和敌意。

“这是我的学生，路仙仙。”

我向她点点头，自我介绍了一番，可是她似乎并没有想认识我的意思。直截了当向宋冉志开口道，“宋老师，我们开始吧。”

宋冉志隐隐有些不高兴，但也没有说什么。

“你们开始吧，我去外面等你们。”贴心陈慢慢上线。

宋冉志带我到一张餐桌边坐下，给我点了一杯咖啡和一个蛋糕，带着歉意说道：“只要两个小时，你等我。”

我点点头，他转身的时候，我突然叫住他，“我等你，我有话要和你说。”

宋冉志笑着回答道：“好。”

这种温柔的表情就好像知道我要说什么，我的脸顿时就红了。

02

我并不习惯喝咖啡，喝了两口就不想喝了。

我看了一眼菜单上的价格，觉得不能浪费。又硬着头皮喝下去。

百无聊赖中，我坐在沙发上晃荡着双腿，看着外面的人来人往。

神发来信息：去看医生了吗？

我顿时后脊背一凉，回复：看，看了。

神：医生怎么说？

我：就是普通感冒，吃完药就没事了。

我总算是明白，撒一个谎要用无数个谎言去弥补，下次再也不干这种事了。

神：那就好。

好在神没有深究，我松了一口气。

只是请假的时间眼看着就要过去了，我有些焦虑，我这次之所以会答应神的雇佣，不单单是因为酬劳，最主要的原因是宋冉志在这。

我想见他一面。

我喜欢宋冉志有很长一段时间了，长到我自己也忘记了是什么时候开始喜欢上他的。

高中的时候，我总是想着不能影响他学习，只字不提，将对他的喜欢深埋在心底。但现在不一样了，我们都是大人了，我应该告诉他我的想法。

他会不会答应呢？我已经有些憧憬了。

两个半小时过去，他总算是出来了。路仙仙出来的时候，脖子上围着宋冉志的围巾，雄赳赳气昂昂地从我身边走过。

我好像明白了什么，又好像什么都不明白。

“久等了。”宋冉志一如既往地温柔，在我的对面坐下。

我摇着头，回答道：“没有，没有。”

“是路仙仙太缠人了。”他轻笑了一声，继而右手托着下巴，“还没有和你说，我在追求她。她很任性，但是也很可爱。今天看到你，估计是吃醋了，其实她哪里知道，我们就和兄妹一样。”

兄妹吗？

这个词其实很美好，但放在这样的场景中，未免有些残忍。

因为这个词将我准备好久的表白，全部贬低得一文不值。那些无法宣泄出口的，最终也只会成为一个心照不宣的秘密吧。

我的眼泪在眼眶里打转，悄悄地捏了捏掌心。

“你刚刚说有话和我说，你想说什么？”宋冉志追问道。

明明平时很容易察觉到别人情绪的宋冉志，此时好像也失去了这项能力。

我抽了一口气，觉得胃里有些空落落的：“宋爷爷问我，你什么时候回去？快过年了。”

“过一个星期就回去了，还有吗？”

“我，我……”我捏捏手心，腾的一下站了起来，我想说，我喜欢你。

可话还没说出口，一双手搭在了我的肩膀上，用力捏了捏我的肩膀，我硬生生地咽下了那想要说出口的话。

“我站在那儿听半天了，我都听出来她想要说什么，你是学霸又不是木头。有些话，只有一次听的机会。你错过了，就不要后悔。”

神揽着我往回走，嘴里不忘恶狠狠地责骂道：“旷工还骗人，这回扣钱扣定了。”

我回头看了一眼宋冉志，他呆呆地坐在原地，根本就没有想要追上来的意思，或是他早就明白我想要说什么。只是给我留了一丝颜面。

幸好啊，那些话没有说出口。有些话说与不说，区别真的很大。

有些话是武器，人和人之间会因为这个武器产生无法修复的裂痕。武器的杀伤力，无法估量。

我还是转身对宋冉志说道："吃饭我就不去啦，我得去打工。你早点儿回去别让宋爷爷担心。"

我跟着神出去。

一出门，神揽着我的手就松开了，他走在前面，整个人都散发着生人勿进的气息。

我理亏也不敢吱声，就连刚失恋的情绪也不敢外露。

五分钟后，神突然气呼呼地停下脚步。我差点儿直接撞上去。

"你是傻子吗？"

"啊？"

"平时挺有眼力见的，怎么到宋冉志这里就不行？"

我鼻子一酸，低下头："我也不知道。"

我瞧见我鞋尖前，落下了两滴"小雨点"。脑袋突然不那么重了，有个依靠物体，暖乎乎的，又无比坚实。

我将身体靠过去，有一只手不断地拍打着我的后背，像是在哄睡熟的婴儿。力道恰到好处，刚好可以缓解我悲痛的情绪。

我没有哭出声，只是默默地流泪。

很奇怪，我没有很难过，就是有种受挫感。我一直以为宋冉志对我也……却原来他对我的好，只是单纯的善良。

我自己也分不清，自己对宋冉志是喜欢还是习惯。

又或许是我在自我怀疑，想减轻我的失落感。

只得努力说服自己：你看你其实没那么喜欢他，没有什么大不了的。

"陈慢慢。"他叹息一声，轻轻地叫我，"你觉得我对安颜怎么样？"

"啊？"

我抽泣着，脑袋迟疑了几秒。不知道神为什么突然会问这个问题。

但从客观意义上来说，神对安颜算是极度宠溺的。有时候我也会羡慕安颜，也许正是因为有这样的人宠爱，所以才有资格任性。

“很好，很好。”

“我这个人对待一个人好，就会特别好。用尽全力去对她好，倾其所有对她好。你要试试吗？”

我这时才发现神穿着非常时髦的卫衣加厚厚的外套，看起来也跟平常人一样怕冷。

那双眼睛，就像是浸染在水里的水晶，他看着我，就像是在邀请我。

于我而言，就像茫然无助，家徒四壁时，上帝突然送给我一样贵重的礼物。

“要要要！”

我还会害怕别人对我好？我巴不得全世界都喜欢我，都对我好。可惜，全世界就只有一个神站在我面前，说要对我好。

我要是不抓住，那才是傻瓜。我生怕他后悔，当机立断就答应，不给他任何反悔的机会。神的眉眼似乎一下子舒展开来，脸部线条比之前生动了许多。一双眼睛亮晶晶的，细碎的短发覆盖在额头上，微微挑着眉，原本就英挺帅气的脸平添了几分风情。

真好看。

“我的好也是分等级的，A. 安颜这样的；B. 正牌女友级别的；C. 老婆级别的。你要试试哪个？”

“嗯？安颜不是你正牌女友吗？”

“当然不是。”

我止住了抽泣，仔细思考着：“那就选 A 吧。”

“你确定不想试试 B 或 C 吗？ A 的话，你不是看了一路？不觉得厌烦吗？可以尝试提前体验一下 B 或是 C 没问题的。”神说话的时候，很明显加重了“提前”两个字。

我稍加思索，还是婉拒了：“妈妈说做人不能太贪心，有安颜这样的就够了，足够了。”

神：“……”

03

等心情平复下来，我好像已经睡着了。

我觉得四周都是软绵绵的，也不那么冷了。只是脑袋很重，很奇怪，每次心中难受，脑袋也跟着遭罪。

脑袋何辜！

最难受的应该是我的脖子，左摇右晃的。让我想起了夏日上课，挨不过沉沉睡意，可心知讲桌上有虎视眈眈的老师，只能硬着头皮悄悄地打瞌睡。

很快，有个坚硬的东西将我遭罪的脑袋固定在一个地方，好像不那么难受了，甚至还帮我调整了一下睡姿。

总算是舒服了。

“陈慢慢！我跟你没完！”耳朵陡然被人揪住，我顿时睡意全无。

入眼的就只有气急败坏的神和他肩膀上的不明晶莹液体。莫名和我嘴角上的温热有些相似。

我顿时明白过来，立马从口袋里掏出两张纸巾，伸手给他擦干净并一脸赔笑道：“失误，纯属失误。”

神一脸嫌弃地别开脸，我环顾四周才发现我和神已经坐在了高铁上。

我摸了摸下巴，仔细回想着，好像我在哭的时候，说了一句“我想回家”。

“好，那就回去。”神淡淡地回答。

所以，我已经踏上了回家的归途。

“你，你不是要留在这里陪安颜吗？”我有些不太明白，为什么神会撇下安颜和我一块儿回老家。

神伸了个懒腰，顺便活动了一下自己的胳膊，说道："神有慈悲心肠，而且我现在要对你的选择负责。"

"哦，明白了。"神终于怜悯了我一回，而且送我回去居然不是坐火车，而是选择了高铁。待遇比安颜还好一点点。

"你不会是自动给我升级B选项了吧？"我诚惶诚恐地问道。

"你想得美。"

我回头发现神突然脱下了外套。

啧啧，他还是受不了我流过口水的肩膀。都说帅气的人，有洁癖症加持，用以突出人设的高冷和情不自禁，令人向往。

看来神也不例外……

我正感慨，眼睁睁看着他将外套翻了个边，然后又穿上了！

人设崩塌！虽然擦干了口水，但贴着里面的衣服，怎么着还是放在外面比较好吧？我处在极度震惊之中，刚想开口我又惊奇地发现："你这衣服的内衬怎么是粉色的？"

"一面粉色，一面黑色。有问题吗？"神一脸关爱智障的表情看着我，然后拉上了拉链。

我看着自己身上的外套，和神身上的外套。

居然是一个色系的，那岂不是……

"欸，我们衣服一个颜色，看起来挺像情侣装的！"神表情惊讶，好像才反应过来。

明明这件衣服也是他买的！就装吧！

我倒是想起来了："你，你该不会是喜欢……"

神突然正经起来，转过身子一脸期待地看着我："嗯？喜欢什么？"

他的眼眸中有一抹奇异的色彩，似乎对我的回答充满了好奇。他离我很近，我觉得我的脸都有些微微发烫。

真是妖孽……难怪安颜将他看守得如此严密。

"你不会是喜欢穿粉色，所以买的都是粉色衣服吧？"我别开脸，用手驱散脸上的热气，心里抱怨，高铁里的暖气也开得太高了点儿吧。

神沉默了一会儿，笑眯眯地说道："对，我就是喜欢粉色。"

"非常喜欢！"

颇有种咬牙切齿之感，嗯，我想那应该是极其喜欢了。

手机铃声响起，我掏出来一看是宋冉志打来的电话。

我顺手掐断，暂时不想理他。

我靠在自己的座位上，窗外天已经黑了，高铁极速穿行在城市与山野之间，四周都是归心似箭的异乡人。

我想起我的学费还没有攒够，神如果结算这趟旅费的话，还差那么一点点，我还得再去找一份兼职。所幸，离开学的日子还有一段时间，而且年后找兼职的话，工资还是很可观的。

我一会儿皱眉，一会儿松一口气的样子倒映在车窗上，往上一瞧，发现神正盯着我看，吓得我心头一震。

"你还在想宋冉志？"神撑着下巴一脸疑惑地问道。

"没有。"我老实地回答。

"没有就好，我告诉你一个好消息。"他神秘地朝我挤眼睛。

神自从给我选项，明面上说要对我好之后，我就莫名对他充满期待。自他有了菩萨心肠，整个人都变得可爱多了。

看着也顺眼多了。

我凑过去："什么好消息啊？"

"我今年在你家过年！怎么样？开不开心？"神左摇右晃着身子，看起来就像是一个等待着被夸奖的孩子。

但是我笑不出来，并且严词拒绝："不行！"

"为什么？"神偏头问我。

"我老家很偏僻，在一个犄角旮旯里，要转三四回车，你受不了的。"我胡乱找个借口。

"我可以。"

“那我家没有什么好吃的，过年冷清，一穷二白，家徒三壁。”

“为什么不是家徒四壁？”

“司马相如穷得家里有四面墙，而我家只有三面墙壁。”

“哦，那我可以去帮你补一面墙。”

“穷山恶水！我们那里都是刁民！”我眼珠子一转，企图吓唬他一下。

神轻轻笑了笑，突然凑到我的耳边：“你在担心我啊？”

我耳根一红，往后一缩：“……不是！”

当然不是！

“我在你家过年，会支付费用的。”他看着我，露出一个天真无邪的笑容，“双倍。”

“不！行……嗯？你，你刚刚说什么？”

“好话不说第二遍。”

我咬牙，一拍大腿：“成交。”

如果他过年之后按照答应的佣金，我的学费就不用发愁了，甚至可以去打一份零工，用来当作生活费用。钱，反正我是永远不嫌多的。

做不了爱情和金钱都要的大人，那就让我做一个选择金钱的孩子吧。

04

我发现神一个缺点。

他会撒谎。

一个信誓旦旦说自己不会晕车，扛得住的男人。下高铁，在第一趟公交车上吐得七荤八素。

神采奕奕的男人顿时变成了一只树袋熊，整个人都靠在我身上。

身强体壮的我自岿然不动。

“别啊，我们这还是第一趟，接下来还有一趟呢。”

“你家不会真的住在山脚下吧？”

“那倒不至于，我家在镇上，相对来说还是比较便利的，周围菜市场，超市也都有的。”

神整个人的脸色都是青的，像是个耄耋之年的老头，有气无力地说道：“你给我揉一揉额头。”

我伸出一双满是冻疮的手，给他揉额头，他似乎对我手上的冻疮很感兴趣，一直盯着看。

“这个是怎么弄的？”

“是在饭店里用冷水洗盘子弄的，不过也跟我自己有关系，没有做好保护措施。”

神没有说话，眉头一皱，估计胃又不舒服了。

耗费几个小时，公交车终于停在我家门口。

我扶着他下车，他立马捂着胸口撒丫子跑到一旁，说道：“你先进去，我马上就来。”

我摇摇头，年轻人身体素质不行啊。

家里没有人，我从包里拿出钥匙开了锁，推开还算合眼的小院大门。

房子是去世的外公外婆留下的，记忆中，院子里种满了花草，原本是一个很美好温馨的院子。

妈妈去世后，老爸成日只知道打牌，院子里种的花草没人去呵护，都荒废了。后来，整个院子都堆满了乱七八糟的东西。

我长叹了一口气。

开始动手收拾，等我收拾的差不多了，看见神正在院子里和老爸聊天。

他们旁边还堆放了不少刚刚买回来的大包小包。

“这是什么？老爸你又买什么了？”

“不是我买的，是你男朋友买的。”老爸指着神说道。

“嗯？”我看向神，神摸了摸额头，说道，“第一次当然不能两手空空上门了。”

我打开大包小包一看，里面全是零食和蔬菜。

这像是神的一向慷慨大手笔做派，我整理好这些大包小包和老爸解释清楚：“他不是我的男朋友，是我拉来的客人。”

“拉来的客人？”

我隐约听出老爸的语气有些奇怪，不过我没有在意。直到老爸拧着我的耳朵，骂道：“虽然家里穷，但也不至于到这个地步，送你去读书，你学到什么了？你不学好，你看我怎么揍你！”

“疼疼疼，我做什么了我？”我挣扎着，这简直是六月飘雪。

老爸继续骂道：“你做什么了，你自己知道。做出这样的事情，我都害臊说不出口。快给我把人赶走！”

我云里雾里，不知道我刚回来老爸就发什么疯。

“你松开，你松开。”似乎想起了什么，我将怒火发泄到神的身上，“你跟我老爸说什么了？是不是说我坏话了？”

神但笑不语，见我受困，也不帮忙。

好一朵遗世独立的白莲花。

“你做了坏事，还不让说？我今天非教训你不可。”老爸抄起院子里的一根竹竿就要往我身上招呼。

“等等，我就是收了那么一点儿钱，没有多收。”我满院子乱跑。

“你住嘴，你闭嘴！还敢说！”老爸暴躁如雷。

我躲在神的身后，推他向前做挡箭牌：“你站着干什么？说句话啊。”

神笑眯眯地点头：“叔叔，我就是她……男朋友，不过她有点儿害羞不好意思跟您说。她刚才是在跟您说笑呢。”

“你说什么呢？”我在他腰上捏了一把，不过没有用力，我怕他秋后算账。

“你没发现，只有这个说法，你爸才不会生气？而且吃亏的是我，又不是你。”神悄悄和我咬耳朵。

好像有那么一点儿道理。

“真的假的？不是做那勾当？”老爸将信将疑。

虽然不知道老爸说的勾当是什么，但是为了保命，我点头如捣蒜：“真的，真的，我就是怕你嫉妒我脱单了。”

老爸被气笑了：“我还嫉妒你？你结过婚吗？生过孩子吗？但是这些事我都干过。”

“行行行，我嫉妒你。”我从神身后出来，将院子里的大包小包一口气提进了屋子。

老爸虽然别的不行，但做菜是一把好手，妈妈在世的时候，根本就没下过厨。十指不沾阳春水，跟个公主似的。

妈妈去世后，家里开始败落，我也很少下厨。

全是老爸一个人在忙乎。

趁着神帮忙拎东西进去，老爸将我拉到一边，欣喜地说道：“女儿，你眼光不错。我以为你一直喜欢隔壁老宋家的孙子。”

我：“……”

爸，您直觉真准。

事情的发展超出我的想象，原本是神陪安颜回家见父母，最后变成了神陪我回家见老爸。

老爸似乎很喜欢神，做了一桌子的好菜，拉着他闲话家常。还给自己倒了一杯白酒，我在一边劝阻都不管用。

“你第一次带男朋友回来，我一定要和他干一杯。”老爸举杯，神也举杯。两人一碰杯，老爸一饮而尽。

我开始倒计时：“3、2、1”

嘭的一声，老爸直接倒在桌子上，还打了一个饱嗝。

“你爸怎么了？”神惊愕地反问道。

“没事，就是江湖上传说的一杯倒。”

“额……”

我十分冷静地将老爸搀扶回了他的房间，帮他脱鞋盖上了棉被。

我回到餐桌上的时候，神还在优哉游哉地吃着小菜：“你爸的厨艺真不错。”

“那是的。”我洋洋得意，坐在神的对面。

“转学到这边后，我一度很不习惯，周围的同学一个都不认识。小孩子嘛，面对陌生的环境，肯定是有些不安的。老爸的好厨艺帮我结交了不少的吃货朋友，直接导致周围的胖子多了不少。

“只有我和宋冉……志……一直长不胖。”我放慢了语调，我以为我足够坦荡，没想到提到他还是会忍不住难过。

手机又响了起来，我知道是谁打来的。

我想也没想就挂断了。

神看了我一眼，问道：“那你爸爸是做什么工作的？”

也许是体谅我，神赶紧转换了话题。

“就照看家里，偶尔出去打牌。”我夹了一块鸡肉放在碗里。

神放下筷子：“他不供你学费，你不恨他吗？”

我摇摇头：“他是我老爸，虽然大事上也指望不上他，但是我不恨他。”

“为什么？”

“我们家原本也是小康之家，生活上算是比较富足的人家。自从妈妈去世后，才变成这样。虽然你看我老爸这样子很正常，但是他的身体很不好。经营的公司也破产了，总之就是一落千丈。”

我叹了一口气，这件事我一直没有对谁说起过。

“我妈妈是出车祸去世的，说起来你可能不信。当时城里交通太拥挤了，我妈就放弃私家车，让我爸开个小摩托穿行赶时间，结果出车祸了。

“所以……打那以后，他身体很不好。经常吃很多止痛药，我知道他肯定是身体上有病痛，只是什么都不说。”

我扒拉着碗里的饭菜：“我现在只想快点儿读完书，早点儿出来工作。那样大家都轻松一点儿。”

神的目光变得有些柔和，在灯光下熠熠生辉。他语气淡淡地说道：“你倒是挺孝顺的。”

“嘿嘿嘿，有奖励吗？”我朝他伸出手。

神微微挑眉，放下筷子，伸手握住了我的手好久都没有松开，还上下摆动，做礼节上握手的动作。

“你这是？”我看着交叠的双手，一时间没有反应过来。

“奖励你一个握手。”神朝我眨了眨眼睛。

“切。”我一把拍开他的手，甩了甩臂膀。

“怎么，不满意啊？”神眯起了眼睛，带着一丝危险的气息。每次他这样我就知道要出事，为了避免，我只好做一些挽救和补偿。

“满意，满意，你握过我的手了，我太高兴了，好温暖！我决定今天不洗手了！”

神脸上的笑容慢慢变得僵硬。

05

神被安排住在爷爷奶奶生前的卧室，就在我房间的隔壁，由一个雕花的窗户分隔开来。我自己倒在床上准备入睡。

打开手机，已经是晚上十点了。有十个宋冉志的未接电话，我点开微信，宋冉志给我发送了很多条信息。

宋冉志：对不起，慢慢。

宋冉志：我不知道你会对我有其他的感情，我们是同类，我觉得我们应该努力生活，改变现状。所以……如果有让你误会的地方，请你原谅我。

我鼻子一酸，将手机塞到了枕头底下，直接趴在枕头上，将整张脸都埋在枕头上。

高中时的我数学成绩不好，作为同桌的宋冉志一有空就到我家，给我讲解我容易犯错的地方，不断变换题型，直到我全部理解为止。

我不开窍，就算他再生气也不会埋怨我。

我有些粗心，书和试卷堆积如山我随意塞进课桌的抽屉里，他总会将我的书和试卷全部分类折叠好，将抽屉里的垃圾全都清理干净，有时候还会往里面塞牛奶和我喜欢的零食。

后来他去了贵州读大学，我以十分之差去了北方的城市。

记忆中的宋冉志，一直像是一面孤傲的旗帜，永远伫立在我的远方，时不时会回头看我一眼，看我是不是跟上去了。近了，他就继续往前走；远了，他就停下来等我。

我一直以为我在他心中是独一无二的，他会喜欢我。

原来他对我只是惺惺相惜。

我抽了抽鼻子，突然觉得眼前有个什么黑乎乎的东西在晃荡。

我转了个身，发现对面的雕花窗户上挂着一个黑乎乎的人影。我吓得眼泪都憋回去了，盯着他看。

似乎还不知道我已经发现了他，他将耳朵贴在窗户上，好像想听点儿什么他所不知道的秘密。

我决定吓一吓他，缩进被窝里将一头散乱的长发全部都捋到前面来，将脸全部盖住。然后猛然掀开被子坐立起来。

“啊！”

紧接着我听到一声巨大的响声，床好像塌了。

糟糕，出事了。我赶紧开了灯，冲进神的卧室。

灯亮起的小世界里，神十分狼狈地坐在倒塌的床上，受到的惊吓似乎不小。两个人大眼瞪小眼，谁也没有说话，场面很是尴尬。

“额……年久失修，承受不了您的重量，请多担待，多担待。”

神穿着灰色的毛衣站了起来，怯怯地说道：“我会赔偿的。”

我站在这一片狼藉前，将棉被收拾好，发现是床脚坏了，床板也裂开了，暂时是没有办法再睡人了。

“看来，你今晚只能睡地上了。”

神有时候也很天方夜谭。

想睡在我的床上，让我睡地上。

“这是因为你家的床不结实的原因，这就是你的待客之道？”

我笑了笑，说道：“你刚刚偷偷摸摸在做什么？”

“我那是担心……”神脱口而出，声音又突然弱了下去，他将棉被全部都铺在我床边，俯身钻了进去。

“你为什么不去你那间屋子的地上睡？”

“五十元，闭嘴。”

“哦。”我也继续倒下，那张废弃的床，等明天找人来修修，实在不行就扔掉吧，虽然可惜，但想着神出手阔绰也就不那么心疼了。

“你刚刚哭了？”神突然转过身，平躺着。

我抿住嘴巴，一时间不知道刚刚花钱买我闭嘴还有没有效。于是转过身看看神的表情揣测了一下。

“没有，我才不在意。”

神没有说话，闭上了眼睛。

我睡不着，又掏出手机，突然想起了那个校园网红微博，上面还挂着我和宋冉志的名字。没想到一等红娘的威名在我这里折损了，我要去撤销投稿，并且狠狠嘲笑一下“一等红年”。

我点进去一看，“一等红年”的微博置顶的竟然是：陈慢慢——一等红年。

我和“一等红年”？什么奇怪的搭配？微博底下一直在猜测陈慢慢是谁，我还看到有人把我的照片放了上去。

360 度偷拍，全是硬伤角度，做成了表情包。

大家都在嘲笑我长相丑，穿着土。

我一一划过，并没有在意，反倒是那条：陈慢慢——宋冉志的微博始终都没有找到。

我问了几个同学都说没有看到，难道我那天晚上看到的是自己的幻觉？我想不通是怎么回事，直接私聊了“一等红年”：你置顶的微博是和我同名了吗？还有我那天的投稿怎么不见了？

对方很快就回复了：没有同名，就是你。至于你的投稿，你生日一过我就撤销了。那天的微博只有你可以看见，你的情缘不是宋冉志，我只是不想你生日那天难过。

要是你不接受投稿，也许我就……不会将事情弄得那么尴尬了！

我：……那你是我的情缘？

一等红年：那要看你愿不愿意给机会了。

我：你是谁我都不知道，我怎么给你机会？

一等红年：你以后就知道了。

我：……无聊。

我丢下手机，估计又是哪个人在和我开玩笑。

我向来不是一个善于深入思考的人，没琢磨出什么道理，便倒头呼呼大睡了。

第二天在老爸一声号叫声中惊醒，我直接滚到了地上。

雕花窗户对面就站着我的老爸，双眼死死地盯着我和我身边微微抬起头的神。

我才惊觉我抱着神的姿势，实在是……有些不得体。

老爸隔着窗户，老脸一红，放低声音：“你们这也……折腾得太，太厉害了。”说着一溜烟就跑了。

留下我和神大眼瞪小眼，一脸莫名。

“哦，那张塌了的床！”神率先反应过来，我顿时明白了我老爸的意思，惊得我立马跳了起来，和神面面相觑。

第三章 / 神，你的马甲掉了

01

那张床最后还是被老爸修好了。

所以神又回到了那张床上睡。

但很奇怪，床修好了，这几天他反倒愁眉不展。我有些好奇，趁着帮老爸去超市买酱油，便拉着他一块儿去。

“你心情不好？”我推开超市的门。

“没事，就是你爸找我促膝长谈了一番，压力很大。”

我想起那天早上的事情，大约是老爸误解了我和神的关系，所以才会找他促膝长谈。

“怎么了？要你对我负责了吗？”

我蹲下挑选酱油，笑得愉快。要是老爸知道我陪着神去安颜家见岳母娘，又因为种种原因神跟着我回家，那会是一种什么心情。

都说有因必有果，因就在于神胡说我们的关系，果就在于他自讨苦吃。

“负什么责？”一道疑惑的声音传来。

我拿起酱油转过身，宋冉志的脸近在咫尺，我吓得后退了两步。神一双手搭在我的肩膀上，欣喜地说道：“男朋友当然要负该负的责。”

神的表情轻松甚至有些愉悦，要是让我解读的话那就是他更倾向于喜欢看热闹。

宋冉志有些愣：“你们已经是男女朋友了？”

“对啊。”神一副老母鸡护小鸡崽的架势，站到了我的前面。

宋冉志对神的话充耳不闻。

他从口袋里掏出一个小礼盒递给我：“这是我给你的礼物。”

宋冉志每次回家都会给我带一份礼物，今年和他的关系有点儿僵，但他还是没忘记。我心一酸，心想：他真的很好，只是我不够好。

如果是往日，我一早就会在家门口假装做作业等宋冉志回来，大老远看见他我就要冲过去接他的。然后接过他递给我的礼物，抱着他的手臂一路高高兴兴地回家。

只是有了那次的事情，我故意避开他拉着神去了超市，没想到还是碰上了。

我低着头，接过他的礼物，轻轻地说了声：“谢谢。”

宋冉志笑了笑：“慢慢长大了，会说谢谢了。”

我听不懂他语气里到底是欣慰还是遗憾，只能装傻充愣，没有回他的话。

“我先回去了，爷爷还在等我。”宋冉志朝我挥挥手，拖着行李箱出了超市，也没有买东西，好像就是专程过来给我送礼物的。

我拿着酱油去收银台结账，收银的阿姨还打趣道：“今年怎么不等小冉了？小冉大老远还叫了你几声，见你没应就跟着进来了。平常你俩关系最好，你们是不是吵架了？”

我的脸一阵青一阵白。

该怎么解释呢？说我向宋冉志表白被拒绝了，所以躲他吗？当然不能！

“呵呵，我……我刚才没听见。”我给了她一张纸币。

收银阿姨的目光在我和神之间逡巡，两个人穿一模一样的粉色外套，真是格外扎眼。她点点头，笑了笑，没再说什么。

我和神走出超市，直接回了家。

神在一旁念念叨叨：“要说他一点儿都不在意你，也是不可能的。”

“怎么说？”我凑了过去。

神轻轻弹开我的脑袋，说道：“不是说不在意了吗？女人果然不可靠。”

“你知道什么？”我很想知道从神的角度怎么看我和宋冉志，我知道有句话叫作：当局者迷旁观者清。也许神能给我一个很好的建议。

“要是他不在意你单身还是有男朋友，对我就不会那么忽视了。应该会和我打声招呼，但是……他没有，他甚至都没有问我叫什么，家住哪里。”

“哦，这样啊。”

其实并不算是什么怪事，和我们一块儿长大的孩子很多，但宋冉志只对我一个人是这样的，别的孩子他都不在意，甚至连名字都记不住。

他这个人的世界很干净很绝对，界限分明。

是他世界里的人，他会好好对你，拉你一把，不说齐头并进，但至少不会比他差多少；不是他世界里的人，他一概视而不见。

这些是他拒绝我后，我自己揣摩出来的。

当然，如果我提前知道了，势必不会自作多情。

“那估计是他看不上你。”

我刚说完，脑袋就被神弹了一下。

“你胡说什么呢？我长得这么好看，你瞎了吗？”神很显然是恼怒了。我赶紧赔不是："对不起，对不起，可能是我猪油蒙了心，情人眼里出西施，忽略了您的俊美。"

以肉眼可见的速度，我能感觉到神的脾气更糟糕了。

他将手里买的零食一股脑儿塞进了我怀里，骂道："蠢得无药可救！"

我："……"

你回来，我们把话说清楚！

当晚，神并没有因为床修好了，就回到那张床上去睡觉，他依然睡在我房间的地上。

因为他半夜被一只钻进被子里的老鼠给吓着了，直接冲进了我的房间。而那只老鼠被我毫不留情地拍死，拎着尾巴扔了出去。

但是神打死也不回那张床上去睡了。

他钻进铺在地上的被子里，我怎么拉都拉不动，反被他用力一拉，直接扑在了他的身上。

黑暗中，我看不清他脸上的表情，只能感觉到他的呼吸，有股甜甜的香气。

"我要继续睡这里，那边太恐怖了。"

"行，你睡这里。"我挣脱神，自己爬上床钻进了被子里，"我服了，你居然害怕老鼠。我之前半夜还被老鼠啃过脑袋呢。"

"那你不害怕吗？"神受惊不小，但更多的是震惊。

"不害怕啊，反而觉得好玩。"

"那时候我妈妈去世没多久，刚和老爸来到乡下，大家都很悲伤。我不能因为一件小事让老爸更加难过。"我笑着回应。

"我觉得……"神一直在听我说话，"你真的很好。"

"是吗？也许吧。"陡然被夸，我心底有些喜滋滋的，"其实我觉得我爸爸妈妈也很好，以前家境好的时候，他们经常去帮助那些需要帮助的人。还资助过两个小朋友上学，那两个小朋友都很可爱，还经常给我写信。我家败落后，也不知道那两个小朋友怎么样了。”

神双手交叠放在后脑勺上，语气平和地说道：“你们已经做了力所能及的事情，很了不起了。”

我点点头：“嗯，晚安。”

“晚安。”

当晚，我又做了一个梦。

我梦到我爸妈资助的那两个孩子，因为断了资助，生活过得很不好。

其中一个很早就辍学出去打工，因为身体肥胖找不到工作，生活困顿，最后成了社会上的小混混。

另外一个成绩很好，但因为没钱缴纳学费而被迫辍学，最后生活很艰难。

我早上起来，回想了一遍梦境。

这可真不是一个好梦。

02

宋爷爷家和我家一直都是在一块儿过年的，多年的邻居，加上我和宋冉志关系好，两家凑在一块儿就是四口人。

用宋爷爷的话说，人多热闹。

这回也不例外，老爸负责年夜饭，我和宋冉志负责帮厨。

神是客人，自然就坐在一旁喝茶。但他并不安分，时不时就要过来插一手，美其名曰是帮忙。

宋冉志无奈地摇头：“你去陪你男朋友吧，这些事情我来搞定。”

我抬头看了一眼我的“男朋友”，又深呼了一口气问他：“那你呢？追到那个叫仙仙的女孩儿了吗？”

宋冉志愣了一会儿，笑着说道：“还没有做好心理准备，年后再和她说吧。”

“哦。”我强忍住心中的酸涩，“那祝你成功。”

宋冉志轻声应了下来，低垂着头，看不到他脸上的表情。

我知道他是一个很好的人，我无法因为他拒绝了我，就否定他对我的好。

如果没有缘分和他在一块儿，我也希望他一切都能如愿。

我起身将洗干净的芹菜给了宋冉志，准备离开：“无论如何，我还是会一如既往地把你当作我人生的目标，不断地努力，做到和你一样优秀。”

宋冉志笑了笑：“加油。”

“嗯。”我重重地点了点头。

因为说开了，我心里压着的一块大石头终于落下了。

今年的年夜饭，非常丰盛，想象中的尴尬场景并未出现，所以吃得比较开心。让我没想到的是，神突然变得殷勤起来，不断地往我碗里夹菜。

宋冉志每回想给我夹菜都被他抢先，好好的一顿饭跟比武过招一般，你来我往。

我和老爸、宋爷爷作壁上观，在一旁打赌，看他俩谁会赢。

宋爷爷打趣道：“哎，慢慢都找了男朋友了，我还以为要嫁到我家来的。”

我干笑了几声，不敢去看宋冉志。

倒是我身边的神，突然揽住我的肩膀说道：“宋爷爷看清楚啦，慢慢是要嫁到我家的。”我抬起头，看到神眉飞色舞的样子，那双眼睛实在太过于清澈和童真。

让人很容易就相信了他的“鬼话”。

宋爷爷和老爸相互大笑，反倒是我比较尴尬，只能跟着傻笑。

年夜饭吃到最后，我才一个转身，老爸就飞快地喝了一杯酒，一杯倒。叮嘱了一晚上，白费工夫。

宋冉志帮着我收拾好碗筷，便和宋爷爷回去了，家里顿时就变得冷清起来。

我将家里的东西都收拾好，神拉着我出去，说要给我一个惊喜。

院子里黑漆漆的，我开了檐灯。

神打了一个响指，院子的角落里有什么东西在蠢蠢欲动，突然腾的一下飞了起来，然后在空中炸裂开来。

绚丽夺目，是烟花。

我的耳朵被一双温暖的手捂着，烟花炸裂的声音变小了，待到烟花落幕，神的双手便自然而然地搭在了我的肩膀上。

他比我高出很多，所以此刻的我宛如他的手杖。

“还挺好看的，老板娘没有骗我。”神在我耳边嘀嘀咕咕。

我想起我们家很多年都没有放过烟花了，过年对于我和老爸来说，只是一个节日而已，就跟平常日子没什么两样。鞭炮和烟花对于我们来说，更是可有可无。

但是真的过起来，还是大不一样的。

神给我上了一课，让我知道，生活还是需要一点儿仪式感。团圆很重要，形式也很重要。

“你不想自己的家吗？”我恍惚中问他。

神长吁了一口气，不知不觉我从原来的拐杖，变成了被双手抱住的木桩：“我和家人说，追媳妇也很重要。他们也觉得很重要，所以没有拦我。”

安颜？

可为了安慰我，媳妇也没有追到，估计安颜回头还会误会他。

我抬起他圈禁我的双臂，想要逃出去。但神的力气大得惊人，我根本就无法动弹。

耳朵上一阵温热，我突然觉得全身上下都像是触电了一般。

“我，我我我……”这就是传说中的后背吻，还是无意间的触碰？

“你这是做什么？”

“你还不明白吗？那我慢慢说给你听。”神在我的耳边吹气，我只觉得耳蜗很痒，让我忍不住往后缩。

“慢慢，我喜欢你。”

升空的烟火突然发出巨响，在空中炸裂。

我恍然生了错觉，仿佛什么都没有听到。我不敢回头，怯生生地问道：“你刚刚说什么？”

“我说，今晚的烟花很美。”神语气中带着愉悦，但我也不知道这种愉悦感来自哪儿。

倒是我有些不太正常，胸口振动的频率很快，似乎有些心律不齐。

我用力将他的手挪开，退到一边拍了拍自己的胸口。

神空出来的手，学我打了个转摸了摸自己的额头。像是变魔术一般，手上突然多出几个红艳艳的红包。

我来不及深思，将之前的事情抛诸脑后，笑嘻嘻地上前伸手去拿：“给我的？”

神微微挑眉，说道：“不是给你的。”

角落里冲出来四五个十几岁的孩子，排着队站在我们面前。

“这是？”我疑惑地问。

“当然是帮我放烟花的小朋友，营造氛围一个人是肯定搞不定的，需要找人帮忙。”神耸耸肩，扬了扬手里的红包，用亲切地口吻说道，“过来撒撒娇，我就给你们。”

十几岁的孩子比大人还精明，拉着神的衣角，大声喊着“哥哥新年好”。哄得神笑得春光满面。

我看着这些孩子将神手里的红包一个个都拿走，还站在一旁拆着红包，我仔细看了看红包的厚度，还真不少。

我当然不允许这样的事情发生，我弱弱地说道：“我也要。”

站在一旁的小朋友看了我一眼，十分好心地告诉我："大姐姐也和我们一样跟小哥哥撒娇啊，应该也会有红包的。"

我顿时语塞。

院子里又恢复了平静，神坐在椅子上，跷起二郎腿。

手上还夹着一个红包，朝我挑挑眉，那意思分明就是：想要吗？过来啊。

我皱了皱眉头，小跑着过去，大拇指和食指轻轻摇了摇神的小指头："新年快乐！恭喜发财，红包拿来。"

神坐在椅子上一脸得意，将红包放到我面前。等我伸手去拿，他又迅速地抽了回去，"叫声哥哥。"

"哥、哥。"

"我记得你刚吃了饭的。"神用手指掏了掏耳朵，一副欠揍的模样。

"哥哥！"我在他的耳边大吼了一声，顺便把他手里的红包抢了过来。然后从口袋里掏出一个小红包塞进了他的手里。

"新年快乐呀！"

来而不往非礼也，更何况是过年呢？

我看到神一脸惊讶的表情，手里拿着一个小小的的红包，半天说不出话来。

那双眼睛里有暗流在涌动，水盈盈地朝我看过来，我有些羞涩地别过脸。

至于吗？

我摸了摸下巴，难道他……平时没收过红包？

"你，没事吧？"

神将红包放进自己的上衣口袋里，笑着捏了捏我的鼻子，说道："你鬼灵精怪还挺可爱的。"

"那是！"我趾高气扬，耳边突然响起了神的那句"你得意的样子真丑”，顿时又收敛了自己的表情。

欸？咦？

我为什么那么在意他的看法啊？

03

除夕守岁，因为天气太冷，我和神围在火堆旁烤火。

有一搭没一搭地分享各自刷到的搞笑段子，或者一块儿玩游戏。神打游戏是一个高手，每次指挥我趴在草丛中，他一个人冲锋陷阵带我走完全场。

神喜滋滋地向我炫耀：“怎么样？好玩吗？”

我完全高兴不起来：“没有参与感。”

“好，你保护我！”神和我交换位置，我分分钟出师未捷身先死。

“……还是没有参与感。”

就这样消磨到了后半夜。

外面传来刺耳的救护车鸣叫，我隐隐有不好的感觉。打开门，门外停着一辆救护车，宋冉志背着宋爷爷从屋里出来上了车。

“宋爷爷怎么了？”

宋冉志一边上车，一边回答道：“爷爷突然晕倒了，慢慢，你帮我收拾一些日用品送到医院，我先跟救护车去医院。”

我满口答应，转身就去了宋冉志家。

宋爷爷和老爸一样，经常身体不好要去医院，所以从小我和宋冉志总是互相扶持，一个跟着去医院，另外一个就帮忙收拾一些日用品送去医院。

我每次去宋冉志家，总是心潮澎湃，有时候悄悄将表白信放在显眼的地方，希望他能看到。

但没有一次得到过回应，那些细碎的小心思，都消逝在他的视线里。

我收拾好洗漱用品以及餐具，带了一些厚衣服和一床毯子。整理好后，我从房间里出来。正好撞见神在宋冉志的房间里，我放下手里的东西叫他："你怎么在宋冉志的房间？"

神飞速地放下手里的一本书，表情有些不自然。这些都逃不过我的眼睛，我拿起书慢慢打开，竟然是一本装饰书，实际上里面是一个小盒子。

盒子里有许许多多我的照片，奔跑的，打瞌睡的，坐着的，和同学言笑晏晏的，全都是在我不知道的情况下偷拍的。还有一些我小时候送给他的手工礼物。

没想到他都一一保存了下来。

我合上盒子，沉默了。

我不知道到底什么是最好的喜欢，对于我来说，我知道他足够珍视我就好了。至于其他的，我已不愿再去多想了。

我扛着东西走路去了医院，神跟在我身后，一言不发。

"你先回去休息，我一个人去医院。"我朝神挥手，神摇摇头，每次我站住他也站住，我往前走他也往前走。

算了，随他去吧。

从我家到医院有一条近路，不过这条近路比较难走，我打着手机的电筒照明。神跟在我的身后，我想着他可能没走过这种路，应该叮嘱他几句。

"你小心……"

"啊……"我刚叮嘱神，转身时因为没站稳，身子直接往一边的稻田里栽去。

神飞快地跑过来伸出双手想将我托住，可是已经来不及了，神倒在稻田里做了我的肉垫。

我赶忙起身将他拉起来。

我推着他转身，检查他后背的情况。

冬天的稻田里依旧蓄着水，神的衣服被水打湿了，还到处都是泥。

“快脱下来。”

神乖乖脱下了外套，抱在手里。

“里面的衣服打湿了吗？”我问。

神摇摇头，说道：“没有，先去医院吧，我脱下外套后，里面还有厚毛衣，不冷。”

我看着神身上浅色柔软的毛衣，记得我生日的那一个夜晚，他将外套脱下给我后也是穿着这件毛衣回去的。看起来很厚足够保暖，我也就没有多想。

我们到医院的时候，宋爷爷已经进了手术室。

宋冉志站在手术室外面，来回踱步十分着急。看到我来了，接过我手里的东西，说道：“辛苦你了。”

我摇摇头，急忙问道：“宋爷爷怎么样了？”

“还在抢救，你们先回去吧，我一个人在这儿等就好了。”

“那怎么行？我们在这里陪你。”我拉着神坐下，神没有多说什么，只是手往后扯了扯。

宋冉志没有多说什么，继续站在手术室门口。时间一分一秒过去，我们静静等待着手术室里的一场生死搏斗。

宋冉志越来越不安，不断地来回踱着步，还时不时地往手术室里张望。

到了凌晨三点钟，手术室里的灯熄灭了。

医生走出手术室解开口罩，说道：“放心吧，没事了。”

宋冉志彻底松了一口气，我也跟着松了一口气。如果宋爷爷也走了，就只剩下宋冉志孤零零的一个人了。

幸好，幸好。

安顿好宋爷爷，我打算送神回去。

临走的时候，宋冉志叫住我，他给了我一个鼓鼓囊囊的红包，伸手想摸摸我的头发，似乎又想到了什么，又把手缩了回去。

“慢慢，新年快乐！多吃饭，快长高。”

他的声音一如既往地清冽，眉眼弯弯说不尽的温柔。

我冲他一笑也塞给他一个红包：“新年快乐，万事顺意，宋爷爷一定会好起来的。我明早给你们送早餐。”

“嗯。”宋冉志点点头。

转身的时候，发现神靠在墙壁上，表情分外的冷漠。

我想他应该是累了，于是拍了拍他的肩膀：“走吧，我们回家休息。”神别扭地挪开我的手，转身就走。

借着走廊上的灯光，我看到他的后背已经湿了很大一片，裤子也湿透了。神难道是不希望我为难，所以隐瞒了？

我追上去：“你全身都湿了，不冷吗？”

“你说呢？”神冷漠地回答道，“尤其是看到你和宋冉志就更加冷了。”

“啊？”我懵懂地反问了一声。

“没什么！”神冷漠地转身就走，沿着来时的那条近路回去。他这副模样就和我小时候生闷气一个样，我跟在他身后不敢多言。

这剧情怎么和来时刚好相反了？

回到家已经是凌晨四点了，我打开火炉让神烤火，然后给他烧了一大锅水洗澡。但是神没有带换洗的衣服，所以换洗衣服就……有些为难了。

我翻遍老爸的衣柜，才找到几件适合神穿的花花绿绿的衣服。

神接过一看，愤愤地说道：“这不会是女性的服装吧？”

“不是，不是，”我忍住笑意，急忙否认，“是我爸爸那个年代的衣服，他年轻的时候很时髦的，只是现在变邋遢了。”

我原本打算等神穿好衣服出来狠狠嘲笑他一番，但等他出来的时候，我发现这些衣服穿在他身上却意外地合适。

果然人长得帅，穿什么都好看。

04

第二天，我一大早就从床上爬起来。下床时发现神蜷缩成一团，脸上是不正常的红晕。

我蹲下身子往神额头上摸去：“好烫，发烧了？”

应该是穿了湿衣服才着凉的，昨晚回来忘记给他煮姜汤喝了。

想到这里，我赶紧去厨房煮了一锅姜汤，到附近的药店去买了一点儿感冒药。我摇醒神，让他到我床上去睡。

“头好痛。”神的声音软绵绵的，和平常很不一样。

我扶起他，说道：“喝完了姜汤，再把感冒药吃了。”

“嗯，你不去医院送早餐吗？”神喝了一口姜汤，含糊地问道。

“我已经和宋冉志说了，我不去了。你感冒了，我得照顾你。”

神脸上露出了难掩的微笑，将姜汤慢慢喝下。

我又给他端来温水，让他把感冒药喝了。他躺下，我正准备转身去厨房收拾一下，却被他一把抓住：“你在这里陪我。”

“嗯？”

“作为昨晚你疏忽我的惩罚。”

神大约也是需要被温暖的，尤其是在脆弱的时候。

我心一软，点点头，拿起地上的棉被全都盖在了神的身上。神闷哼一声：“你家的棉被和铁一样重，还盖这么多层，我喘不过气了。”

我抓了抓脑袋撤下了一床棉被：“我家棉被都是自己找人加工的，

比较沉才暖和。你们家用的应该是那种天鹅绒，很轻很暖和。”

神长吁了一口气，一双眼睛就像是养在水里一般晶莹剔透，望着你的时候就像是一个孩子。让你不自觉地心软，根本就没有办法拒绝他的请求。

“你给我讲一个遇到过的有趣的事情吧。”神拉着我的手说道。

我坐在他的旁边，思索了一会儿。

“我在学校附近租了一间屋子，我租房之前听说那边的治安不是很好。不过我想着自己身强体壮胆子也大，房租便宜就租下了。

“结果有一天晚上回来，我不例外地遭遇了抢劫。”

神有些愉悦地看着我，问道：“后来呢？”

“东西被抢走了，不过包里也没什么值钱的东西，本来就穷。我追了他几条街，结果给追丢了。第二天，我照例从那条巷子经过，发现那个抢劫犯跪在巷子口，双手举着我的包，哭爹喊娘的。我把包拿回来，里面什么都没有丢。”

“那你后来怎么处置那个抢劫犯的？”神突然起了好奇心。

我耸耸肩：“还能怎么办？那就是一个小孩子，我问清楚了事情的来龙去脉，就是玩真心话大冒险，输了才出来抢东西的。现在的孩子，真的是什么事都敢做。我把那孩子送回去，顺便把他的那些朋友也教训了一顿。”

“那倒是挺有趣的。”

我点点头，说道：“是有趣啊，我问那孩子为什么突然回来跪在那儿了，他说是有个行侠仗义的大哥哥把他教训了一顿。所以，这世上好心人还是很多的。”

神不置可否地笑了笑。

也许是药效起了作用，神慢慢闭上了眼睛，睡着了。

他的手一直抓着我的手腕，我将他的手指头一个一个慢慢掰开，拿起姜汤碗便出去了。老爸过来问情况，因为我没照顾好神被老爸给骂了一通。

宋爷爷在医院待了三天就出院了，神的感冒也彻底好了。

我晚上回房间收拾衣服，准备返程去学校。

神轻手轻脚地进来，趴在床边撑着下巴好奇地问道："你就打算回学校啊？才回家几天。"

我依旧在叠衣服，回答道："嗯，我联系了学校附近的兼职，趁着还没有开学，回去赚一点儿生活费。"

"嗯，你真勤奋。"

"生活所迫，实在是没办法。"我打包好行李箱，转过身时差点儿没站稳，身后一双手稳稳地托住了我。

我回头看了他一眼，说道："没事，估计有点儿贫血，大部分女孩子都有的。"

神松开我的手，盘腿坐在行李箱旁边，单手托着脸颊："这是A套餐的待遇。"

"嗯，所以呢？"

"你就不想知道如果是B套餐我会怎么说，怎么做吗？你真的不好奇吗？"

我坐在神的对面："不好奇。"

神从口袋里掏出一张纸币："给你二十元，假装好奇一下。"

我接过钱，脑袋一偏："好奇，超级好奇。"

手臂突然被人用力一拉，整个人被他圈在怀里，我一脸惊恐："你想做什么？"

神脑袋一偏，他的鼻尖抵着我的鼻尖。

我全身都紧绷了起来，听到一阵细碎的笑声："我改主意了，这些事情以后再试吧。"

这时他反倒站了起来，找我老爸聊天去了。

我站起身，觉得他有些莫名其妙。

第二天，我和神一大早就出了门。我特意大声跟老爸说“再见”。

我看了一眼隔壁的宋家，没有一丝动静。

神在我耳边小声说道：“他没有回来，走吧，我们赶时间。”说完神和我老爸热情地挥手告别。说来也奇怪，自从昨晚神和我老爸聊了一会儿，老爸见他比见我还亲。一个劲地给他塞好吃的，而随意就打发了我。

神在途中接到了安颜的电话，他需要赶回去一趟。

神给我结算了所有的雇佣费用，我攒齐了学费。

“这次A选项体验感觉怎么样？”神微微挑眉，双眼认真地看着我。

我仰头一笑：“谢谢你。”

“以后欢迎你继续来体验B和C选项，你要知道这个世上总会有人喜欢你。”

这句话颇有些安慰和教化的意义，估计是分别的鼓励。

我感激地点点头。

我是无法讨厌神的，尤其是他说要对我好，还真的对我好之后。

神双手揣在裤兜里，站在原地愣愣地看着我。

天气很好，阳光很足，照在我们身上暖洋洋的，让人特想在一起多待一会儿。我沉默地朝他挥挥手，心里有些酸酸的。

我这个人果然不适合离别。

之后和他应该再也没有交集了。

我只是一个勤工俭学微不足道的学子，如果不是因为我身强体壮，他也看不上我，也不会雇佣我。

有些人注定只是一小段人生路上的相遇，不能苛求更多。

我笑了笑，一扫之前的阴霾，提着行李箱下了火车，回到了我在学校附近租的房子。

费用比学校的宿舍便宜三分之一，房间不大，甚至有些老旧。

四楼406号。

水电费也比较便宜，房东是个和善的老太太，还经常给我介绍一些附近的兼职。所以我喜欢住在这里。

路过405号房间，发现原来的女租户正在搬家。她手里拎着一个小袋子都十分吃力，而我身上却背着大大小小好几个袋子。

四目相对，场面有些尴尬。

因为没有什么交集，我也没有打招呼，只是看着她艰难地挪动着箱子，有些难安。

回到房间放下东西，转身出去就开始帮忙，她手上提的那个袋子，我一次能拿四个，所以很快就帮她搬完了。

女租户为了表示感谢，买了冰淇淋给我吃。我喜滋滋地开始了我的打工生涯，是房东介绍的兼职，在不远处的一个超市作收银，工作还比较轻松，因为年后大部分人还在休假所以收入还算可以。

我按时上班，穿着超市配的红色围裙。偶尔会撞见住在这儿附近的同学，他们会在出门左转的地方偷偷给我拍照。

然后网红“一等红年”置顶的那条微博评论下面，就会出现他们给我偷拍的照片。

有些照片拍得还是挺不错的，对一向不太爱拍照的我来说简直就是福音，不断保存再保存。偶尔会发一些照片给我老爸，老爸每次都回：好看。

敷衍。

05

生活一成不变，很快就迎来了开学的日子。

交完学费的我，倒在床上，看着银行卡里的数字，就像是一只被挤干水分的水母。我在床上打了一个滚，感叹人生的艰辛：“啊，小仓鼠又要开始新的囤粮计划了。”

至于我在学校，神和我当然没有交集。

安颜把他看管得很严格，他估计也不太方便和我打招呼，于是就互相当作不认识。

而我因为网红微博“一等红年”变成学校的风云人物，认识的和不认识的都在问我“一等红年”到底是谁？又问我是不是真的脱单来确定“一等红年”预测的真实性。

我全都当作耳旁风，没有在意。

只是原本活在角落里不起眼的我，开始变得炽手可热。甚至有人为我建立了专门的贴吧，吧主宣布扒皮我所有的感情经历。

老实讲，我对我的感情经历也有八卦之心，我倒是要看看他们怎么给我大变活人。

一个星期过去，“陈慢慢吧主”毫无动静。

两个星期过去，“陈慢慢吧主”忍不住出来发声：我这个贴吧算是白建了，我不分日夜，底裤都扒遍了。陈慢慢就是一个贫穷的母胎单身少女。头脑简单四肢发达，没有黑料可扒。她太惨了，小时候的经历让我在深夜里流几百回眼泪。陈慢慢我求求你了，谈个恋爱，做个人吧。”

我陈慢慢堂而皇之在下面回复：好好学习，天天向上。

我真是现代社会主义根正苗红的接班人。

陈慢慢吧主：……

一时间，大家都在劝陈慢慢谈恋爱。

当然，他们关心的不是我，他们也没有这么无聊，他们感兴趣的是“一等红年”的真实身份，以及那个不科学的红娘概率。

总之那些不重要，重要的是我的商机来了。

我在微博上约“一等红年”出来见面，没想到他一口答应。约我在学校图书馆见面，我到点现身。

在图书馆的人很多，大多都在安静地看书。我的目光在莘莘男学子身上转悠，猜不准到底谁是“一等红年”。

“你在哪里？”我给他发信息。

“就在你的十点钟方向。”

我拿起手机，心想：这到底是什么地下接头方式？

目测十点钟方向，有几个长相清秀的少年，正站在书柜旁翻阅一些课外书籍，大多是史书或是一些冷门知识。

在我读高中时，大人们就跟我说：“大学里的孩子，可以天性解放各种玩游戏吃吃喝喝交男女朋友，向往吗？”我那时还摩拳擦掌，打算在别人玩乐时好好学习，努力一枝独秀。

结果大学里的孩子都跟我志同道合，拼命学习扩展自己的兴趣爱好，全方位的让自己更优秀。

我可能是被那些大人骗了。

话题扯远了，我们回归找人的话题。

我找不到隐藏在某个角落里的“一等红年”，倒是见到不少隐藏在角落里等着看“一等红年”真面目的同学。

那些都是拿着“入场券”的看客，对，我就是那个卖入场券的人。每人五元，小本买卖。

看客们有些着急了。

我给“一等红年”发信息：我找不到你，你可以形容一下你的穿着吗？

“一等红年”：英俊帅气，穿着时髦。

我：……

放眼望去，长相英俊，穿着时髦的同学不是一大把吗？

我：有更加独特的形容吗？

一等红年：前呼后拥算不算？

我放眼望去，要说前呼后拥的话……那就是他了。

安颜并不在他身边。前段时间听说神和安颜闹掰了，虽说传言不可尽信，但是神身边的安颜换成了一大群安安静静的女孩儿。也多多少少说明了一些问题。

前呼后拥？

难道“一等红年”是他？不像是他的做派啊。

神从我身边路过，我瞬间低下头，给“一等红年”发信息：你到底在哪里？不来的话我走了。

别急。对方给我回了一条信息。

我抬起头时，发现了另外一个符合“前呼后拥”的人。身后三米开外都是女孩儿。

宋冉志？他怎么来了？

我顾不上太多，冲到了宋冉志的面前惊喜地问：“你怎么来了？”

“来看看你，顺便给你送点儿东西。”宋冉志依旧是温柔和煦的，抬手摸了摸我的头发，他的手很大，我以前最喜欢让他摸我的头发。

更小一些的时候，仗着年纪的优势经常洗完头发就像风一样冲进宋冉志的家，哭闹着非要宋冉志给我吹干头发。

宋冉志用吹风机给我吹头发的时候，他会用手指帮我一根一根头发梳理好，我就坐在小板凳上，托着腮，舒服地眯着眼睛。

每当这个时候，宋冉志就会笑着说我前世是只懒猫咪，我也当真了，常常想赖在他的身边。

长大之后，无论我怎么撒娇，他都不肯再给我吹头发。气得我好长一段时间都没有理他，他就会买一些好吃的来哄我。

他来哄我是另一种高兴，我会很快就原谅他。因为每次闹别扭后，我都后怕他真的不再理我。那我要想很多很多办法，要失去很多很多零食去哄他。

“我们出去聊。”我刚开口就后悔了。

天呐，我邀请了那么多的观众来看戏。如果我和宋冉志走了，那么他们一定会认为宋冉志就是“一等红年”。那么那些投稿没有被选上的，或者感情生变被抹掉的，肯定会去找宋冉志的麻烦。

“好。”他笑了笑。

周围的观众已经纷纷探头在我们这边看热闹，我总算是明白了什么叫作搬起石头砸自己的脚。这祸水我不能往宋冉志身上引，必须想想办法。

我急忙拉住了宋冉志的衣袖，说道：“宋冉志，那个……那个你先去校门口，我待会儿再去找你。”

“怎么了？”宋冉志疑惑地看着我。

我着急上火想说辞，眼观六路耳听八方看看有没有人能过来解这个燃眉之急。

猛然间我在人群中瞥见了一个人影，我一度以为自己看花眼了。

“松开！大庭广众之下对别人的男朋友拉拉扯扯做什么？”路仙仙尖细的声音，不大不小刚刚好所有人都能听见。像是宣誓主权一样挽着宋冉志的手臂，我拉着宋冉志的胳膊的手，顿时炽热地成为全场的焦点。

我讪讪地缩回手，有些不知所措地看着路仙仙：“那个，不是这样的……”。我的大脑好像当机了，一时间运转不过来。

“宋冉志对你好，那是因为你和他一块儿长大，加上你们的境况差不多。这些年他对你已经是仁至义尽了。”路仙仙一上来就指责我，根本没有给我说话的机会。

我下意识地看了一眼宋冉志，他的脸色变了变，似乎也没有料到现在的状况。

“以前，你们之间的事情我不管，但现在他是我的男朋友，我希望你离他远一点儿。”

宋冉志动了动嘴唇，身边的路仙仙捏了捏他的手臂，他终究什么都没有说出口。

“我……我……”

原本安静的图书馆，聚集了一群来看热闹的观众，那是我特意邀请来的，结果这场闹剧的主角却成了我自己。

他们看着我窃窃私语。

窃窃私语源源不断地钻进了我的耳朵，我总是在面对别人的时候有很多种自嘲自黑的方式来解决危机和尴尬，但面对宋冉志，我并不想用这种方式。

归根到底是我太过在意他的看法，怕他对我的自黑当真。我在他面前，总是有一种莫名的骄傲和虚荣。

莫名不想失去面子，可到底要怎么做才能逃离这个地方呢？

“还说陈慢慢没有恋爱，原来是插足别人的感情？”

“那个男人不会就是‘一等红年’吧？”

“啊，果然是一场好戏啊。”

“没想到陈慢慢是这样的人。”

“我，我……不是这样的，在他拒绝我的时候，我已经放下了。”

我在心底喊了出来，但是嘴上保持了缄默。

突然，一双手搭在我的肩膀上，耳边是熟悉的语调：“要不要试试选项B？我帮你解围。”

救命稻草来了，我赶紧抓住：“要。”

耳边响起一阵风清月朗的笑声，他稍稍偏头靠着我的脑袋：“宋冉志还没有告诉你吗？我家慢慢已经和我成为男女朋友了。我过年也是在慢慢家过的，宋冉志是知道的。你还是叫你家的宋冉志别再来找慢慢比较好。”

路仙仙没料到会有这么一茬儿，吃瘪似的冷哼道：“这样最好，宋冉志我们走。”

宋冉志皱了皱眉头，甩开了路仙仙的手臂，看向我，说道：“慢慢，今天对不起。你爸让我带的东西我都放在校门口的传达室里，改天再向你道歉。”

说完也不顾身边的路仙仙，径自转身走了。

路仙仙气得跺了跺脚，从口袋里掏出一沓照片，往我的脸上撒。神立刻挡在我的面前，将她推开。

路仙仙冷笑道：“这些照片都是我在宋冉志家中找到的，我不是嫉妒你，我可怜你。

“宋冉志对你好，不是因为喜欢你，是因为他小时候受过你家的恩惠。他亲口对我说过，他小时候读书全靠你家资助，后来你家也落魄了，他的良心不允许他对你坐视不理。

“宋冉志很好很善良，你的恩情我也会永远记着。但我不希望他永远都活在你家的恩情之下，一辈子没完没了地报恩。他欠你的，我来还。今后你有什么困难都来找我，只求你离他远一点儿。”

“……”我张了张嘴，发现竟然不知道该说些什么。

“你过分了，宋冉志身后有你，陈慢慢身后也有我。你真的以为我不会对你出手？你再多说一个字，我保证不会放过你。”神语气强硬地说道。

从神的话语中我能听出他对我的袒护，我心里一阵感动。

我看着地上散落的照片，大多是我和神在宋冉志家中的盒子里找到的。

我捡起一部分照片当着路仙仙的面撕得粉碎：“这样你们放心了吗？”

路仙仙冷哼了一声，转身走了。

事发现场安静了片刻，就有人壮着胆子上前大喊道：“他刚刚说和陈慢慢是男女朋友关系？”

又有人站出来说道：“所以，他是‘一等红年’？”

“不会吧！安颜还有五分钟就到达现场！”

“贵圈太乱了，这瓜吃得太值了。”

更有人拿着手机一边拍摄一边大笑道：“我就知道，‘陈慢慢吧主’在呼天抢地敲锣打鼓宣布陈慢慢谈恋爱了。”

神帮我捡起地上剩余的照片，并将我扶了起来。

单手揽着我的肩膀，冷峻的脸转过去很快就攀上了笑容，笑眯眯地朝着人群说道：“陈慢慢就是我罗神年的女朋友！”

罗神年三个字一出口，有很多意味。

当然对我来说最重要的是，意味着他走下了神坛。

看到这里的小伙伴们应该也明白了，此神非彼“神”，神只是同学给他取的外号。久而久之，所有人都这么叫他。

他不叫神，叫罗神年的时候和我一样是个平凡的人，区别在于他家世好，有足够的资本和人脉，基本上什么都能做到。学霸人设、富家孩子、出色外表、出色审美，不是平常人所能企及的。

没有人敢惹他，也没有人敢置喙他。

当然除了我和他相处时，发现他的那些不为人知的小秘密外。他算得上是个完美的男人。

他带我去了一家装潢精致的咖啡馆里，给我叫了一杯咖啡。

餐桌上零零散散放着我的照片。

我有些失神，讲真的我并不知道，宋冉志是我父母资助的孩子。在我的印象中，我父母资助过两个孩子，小时候似乎见过几次，但是印象已经不深了。

原来……

“我以前觉得宋冉志对我好是因为喜欢我，原来是因为有这样的缘由。”我心底发苦，如果是因为这个缘由，说不定他真的会觉得在人生路上负重前行，只是因为善良什么都没有说。

罗神年盯着我：“这世上原本就没有什么理所应当的对人好。”

我抽泣了一声："那你呢？"

"我？"罗神年笑了笑，"自然对你有所图谋。"

"啊？"我呆呆地发出了一个单音节。

"不说这个了，今天 B 选项服务还满意吗？"

"谢谢。"我真心感谢他，要不是因为他的存在，今天我不知道该怎么收场。

"别不开心了，我给你变个魔术。"罗神年微微挑眉，一副献宝的样子。就算是走下神坛了，他依然喜欢用"神"的梗来和我调侃。

"你不是真的神，你和我一样是个凡人。"

"凡人很好啊，再无聊你也能把我逗开心。"

"嗯？"

罗神年摆摆手，不再废话："没事，你还是看我变魔术吧。"

因为好奇，我被吸引，双手托着腮帮子看着他。

他摊开双手在我面前展示："你看我的手上，什么都没有。"

我仔细检查了他的双手，确实白净纤细，什么都没有。应该是没有办法作弊的，确定之后我向他点点头，"然后呢？"

罗神年双拳紧握，在空中胡乱比画了一下，然后双手贴着自己的胸口。双眼清澈地盯着我。

我一脸莫名："就这样？"

罗神年学我双手托着腮帮子："大变男朋友。"他点了点自己的脸，十分可爱地看着我，"请注意查收。"

我："……别闹，老板。"

罗神年双眉紧蹙："我是认真的，你看我的眼神！"

"我只看到了凶。"我诚实地回答。

罗神年的脸顿时就垮下来了……

第四章 / 我和神竟然有“妈妈粉”

01

一时间罗神年就是“一等红年”的消息不胫而走，校园的各大论坛都在讨论这件事。

包括“一等红年”的微博也在不断刷评论：

喂？你在吗？你真的是罗神年啊？

难怪被称为神？难道真的是神仙？

类似这种言论不胜枚举，而“一等红年”不见收敛，甚至将“陈慢慢——一等红年”直接置顶，简直是要直接坐实了罗神年这个锅。

之前为了打听“一等红年”的真实身份，一直拿吃的收买人心的人都不再出来了，这让我有些失落。

倒是那个“陈慢慢吧主”趁着这段时间，和我亲近了不少，时不时就在路上堵我。

对了，“陈慢慢吧主”是一个叫老蔡的大美女，栗色长卷发，加上白皙的皮肤，金色的瞳孔，每次出行手里都抱着一个洋娃娃，简直就像是欧洲中世纪时期童话中的公主。

听说这个人也是一个传奇人物，她读高中的时候成绩不好。一直懒懒散散，可穿得却十分可爱。导致班上的男同学总是想着要欺负她一下。

转学过来的班长是个大高个胖子，趁着她午睡时剪了她裙子的一个小角，老蔡气得跳起来直接就约架了。

当然不是真刀真枪的肉搏，毕竟她一个矮个子女孩儿打不过一个一米八几肥硕的小伙子。而且真打起来也是有辱斯文，不符合她小公主的人设。

当时她们学校有个神奇的约架微博就叫作“今天你看 TA 顺眼了吗”，约架的人互相报名字由博主置顶。然后博主负责公布双方的下一场考试成绩，公开定输赢。

赌注由赢的那一方来决定。

围观的学生很多，算是风雅又激动人心的文斗。

大家都觉得老蔡自取其辱，班长虽然成绩不太好，怎么着也算是中游学生。而老蔡就不一样了，那会儿她上课就睡觉，每次考试都垫底。

那个差距简直就是：君住长江头，蔡住长江尾，日日追君不见君，共饮长江水。

老蔡不争馒头争口气，每天铆足了劲学习。

成绩一出来，班长傻眼了，学习不好的老蔡一飞冲天，直接冲到了班级第三名，总分 645 分。一直洋洋自得的班长却是第二名 518 分。

“所以那场比赛我就赢了，不顺眼博主宣判我赢了之后，我立马就约他去操场，让他跑了三十圈。你知道的，这对于一个胖子来说，简直是生不如死的惩罚！”

我竖起大拇指：“狠，姐您真是个狠人。”

老蔡抱着熊娃娃叹了一口气：“悔啊，悔不当初。”

“怎么着，按你这语气还有下文？”我好奇地问道。

“当然有，这胖小子不服气，跑虚脱在家躺了好几天。回头继续找我约架，我不肯他就到处宣扬我输不起。我怎么可能是那种输不起的人，他拼命学习我也只能牺牲睡觉时间舍命陪君子了。”

“你输了？”

老蔡摇摇头，说道：“没有，一次也没有。我赢了就让他去跑步，那小子每回追得很紧，我俩囊括了班级的前两名。我们一块儿成了优等生，一起考来了这所大学。不过说起来那小子也惨，到后来基本每次都比我差一道选择题的分数，我都怀疑他是故意的。”

“那不是好事吗？”

老蔡叹了一口气：“我是受害者，这胖小子才是受益者，他一身肥肉因为我都甩掉了，现在又高又帅成绩还好。是我调教出来的一件精美的作品，结果这小子来了学校就不理我这个‘妈妈’了。‘儿子’不要‘妈妈’，‘妈妈’很伤心，所以‘女儿’啊！你再不理我，我就是孤家寡人了。”

又高又帅？我简单思索了一会儿，说道：“该不会是罗神年吧？”

老蔡一惊：“你怎么知道？”

“呃……”

我这下心情竟然有些怪怪的，不知道老蔡故事的主人公是罗神年时，我觉得这个故事又好笑又感动，得知是罗神年后我竟然心下五味杂陈。

有点酸酸的，也不知道该羡慕罗神年还是羡慕老蔡了。

老蔡拉着我的手，长吁短叹，“慢慢我的崽，‘妈妈’不允许自己还不知道自己‘女婿’是谁！”

我一时语塞。

“崽啊，你就告诉‘妈妈’是不是罗神年那个胖小子？点头或是摇头就好。”

我一时间真不知该怎样回答。

这种感觉就像是我在和她打太极，她固执地要和我玩亲子养成游戏。不对，应该说，老蔡最喜欢玩亲子游戏。

罗神年打那之后就一直跟着我，无论我去吃饭还是去阅览室，总是百分百的偶遇。这直接导致，我和罗神年的绯闻越来越真实。

我那个“妈妈粉”已经在贴吧乐开了花，每天躲在校园里偷拍然后上传，简直是不亦乐乎。

今天是：啊，我家崽崽今天也是可爱一百分！

明天是：丈母娘看女婿越看越顺眼了。

后天是：好想给我家崽崽买两条漂亮裙子啊！崽崽穿起来一定超级可爱！

大后天是：我家崽崽力大无穷，吓到“妈妈”了，不过“妈妈”不嫌弃。

一些站安颜和罗神年的人纷纷在贴吧留言：陈慢慢怎么比得上安颜漂亮！

“妈妈粉”老蔡战斗力爆表，一个个全部都顶了回去，并说得对方哑口无言，我都要拍案叫绝了。最后老蔡还得意洋洋：“我家崽崽天下第一可爱！是天底下最靓的崽！反驳统统无效！”

我看了都忍不住为她捏把汗，忍不住发出来自灵魂深处的叩问：我有这么好吗？

不过奇怪的是，安颜并没有过来找麻烦，安安静静的，没有任何动作。依照我作为女人的直觉，这只是暴风雨前的宁静罢了。

总之，我对这些事情的态度是能避则避，除了罗神年、安颜之外，还有一个要躲的就是我那个“妈妈粉”老蔡了。

也不知道怎么回事，罗神年似乎和小萝莉达成了某种协议，两个人开始打配合。我努力躲着他们，他们就一块儿满学校堵我。

害得我直接躲进了万能的厕所。

“现在大家都认定我是‘一等红年’，那些被姻缘未成的人肯定会来找我麻烦！你不应该负责吗？”

我信了你的邪！

“啊，‘女儿’不和‘女婿’整天黏在一块儿，没糖吃，‘妈妈’好伤心啊！”

两个人一左一右，将我从厕所里拖了出去。

天可怜见，厕所的地砖上还残留我的指甲抓痕。

事情的结局就是我和罗神年被小萝莉拉去了食堂，她自己先溜了。

四目相对，加上周围一双双八卦的眼睛盯着，我捋了捋自己的头发，干笑了一声：“好久不见啊？嘿嘿嘿。”

罗神年气定神闲地看着我，说道：“这么久没见，有什么想对我说的吗？”

“嗯，”我思索了一会儿，故作萌态，“缺跟班吗？付费的那种。”

罗神年咬牙切齿地说道：“不缺跟班，缺个女朋友。”

“安颜可以！”我自以为聪明地回答。

“……”罗神年一脸疑惑的表情，盯着我看了好久，生气地走了。走了十几步又折返回来，“还不跟上，虽然明面上没有人敢招惹我，但是如果我是‘一等红年’，估计暗暗使绊子的人会不少，你要负责！”

“行行行，我负责，我负责。”

所以在往后的日子里，我以跟班的名义，基本上每天都和罗神年厮混在一起。

对老蔡来说，我们站在一块儿就是发糖，要是不小心有点儿身体上的接触，她缩在角落里都能兴奋地蹦跶出来，然后瞬间暴露自己的所在。

用她的话来说，在她的眼里我和罗神年已经成了一对小夫妻，就此一生了。

老蔡这样，铁定对罗神年没有半点儿的意思。想到这儿我不由得松了一口气，这个想法一出我顿时就刹车了，不对劲，这几天我这个人太不对劲了。

我为什么要在意老蔡是不是对罗神年有意？

脑子里突然回荡着罗神年凑在我耳边说的那些话："要不要试试选项 B？我帮你解围。

"自然对你有所图谋。

"大变男朋友。

"不缺跟班，缺个女朋友。"

声音低沉沙哑，好像就在我的耳边萦绕。

他是什么意思？说的是真心话还是说着玩的？

我一时间思绪大乱，一气之下就将被子拉高，把整个人蒙在被子里。

不想了，不想了。

罗神年你个大猪蹄子！

02

隔天没在学校看到罗神年。

身上担着跟班的职责，我拿人钱财自然得替人消灾，结果我摩拳擦掌，雇主却不见了踪影。发信息不回，打电话也没人接。

我找出了老蔡的联系方式："老蔡，你知道罗神年在哪里吗？"

"'女儿'，你终于想起'女婿'了啊，他正在医务室呢。"

"啊？"

"你可快来吧。"

我火急火燎地跑去医务室。雇主受伤，这是我作为跟班的严重失职！

我推开医务室的门，罗神年正坐在病床上，领结微微松开，医生正在给他包扎额头上的伤口，看起来还挺严重的。

"这，这是怎么回事？"

罗神年笑了笑，不甚在意："没事，不知道是谁从楼上砸了个东西下来，我中奖了。"

我微微皱着眉，找了把椅子坐下，看着医生给他包扎伤口。我脸上的表情随着他脸上的表情变化着，似乎也能感受到他的疼痛。

"怎么？心疼我啊？"

我回过神，发现罗神年也许是看着我的表情有趣，他的神情放松了不少，一副看戏的模样。

我："……"

医生的手敲了敲罗神年的额头："臭小子，别贫。"

OK，谢谢医生。

因为只是一点儿皮外伤，包扎好就可以回去了。我走在前面，大有一副开路的架势。

身后猛然传来一阵呻吟："哎哟，哎哟。"

我赶紧转身扶着他的胳膊："怎么样，没事吧？"

"你搀扶我一会儿，我头有点儿晕。"罗神年看起来十分虚弱，我同情心泛滥，一咬牙，干脆弯下身子半蹲在他的面前。

"你干什么？"

"背你回去休息啊。"

罗神年的脸都黑了，拍了一下我的后背，示意我站起来："扶着我就好了。"

"行，"他都这么说了，那我就不客气了。我把他的手臂放在我的脖子上，整个人充当他的拐杖，搀扶着他回去。

这回，我听到他笑出了声。

看起来罗神年的确喜欢我这根拐杖的姿势或者手感。

"你为什么不第一时间联系我？"我问。

"当时正好遇到了老蔡，一块儿去了医务室，不过她这个人嫌麻烦，半路就走了。"罗神年漫不经心地回答，似乎又想起了什么，轻笑一声，“心里不舒服？吃醋了？”

“……才不是！我是想，你不能扣我钱。”我嘴硬回击。

罗神年似乎也不意外，笑着使劲揉了揉我的头发。

我突然觉得我的脸像火烧了一般，嘴角也不自觉地开始上扬。

我是个居安思危的人。

虽然罗神年说是意外，但是我突然想起了罗神年之前说过的话：“现在大家都认定我是‘一等红年’，那些姻缘未成的人肯定会来找我麻烦！”

难道这个伤口也不是意外，是有人故意的小报复？

我这个猜想很快就得到了证实。

我扶着罗神年回宿舍，穿过一条小巷子，结果发现小巷子前面有人在等着，表情看起来不太好惹。

危险的感知让我当即做出了路线调整。我立马架着罗神年掉头，结果巷子尾也出现了一个高大的男人。

这纯粹是被人围堵了啊。

“你得罪的人还真多啊。”我用胳膊肘捅了一下罗神年。

罗神年凑近我的耳朵：“不是我，是‘一等红年’。要我看，这‘一等红年’的微博还是关闭为好。”

“你就是‘一等红年’？”巷子尾的男人大喊了一声，十分不客气。

我咳嗽了一声：“兄弟，能不能打个商量，我身边这位呢？不是‘一等红年’，只不过当时为了帮我不得已……”

“你别废话了，帖子都扒出来了，就是罗神年。”巷子前的男人打断我的话。

罗神年气定神闲地看着这两个男人：“那你们想怎么样？”

“不想怎么样？就想出出气。”巷子尾的男人骂道，“我追了女神五年，女神好不容易松口只要‘一等红年’接受投稿就答应和我在一起，打那以后我专注投稿，都投了一年，杳无音信，你毁人姻缘！”

“对，我和女神上榜了，才一个星期就分手了！不是说上榜会修成正果吗！”

我满脸惊讶，这都是什么泄愤的理由？

“我要打你出气。”巷子尾的男人出人意料地从口袋里掏出了几块小石头丢了过来，我反应快，情急之下一把推开罗神年挡在他的身前。

作为跟班，我爱岗敬业！

一双手突然搭在我的肩膀上，将我打了个转，我被罗神年抱在怀里。被他按在墙壁上，结结实实被他保护着。

巷前巷尾的两个男人还在骂骂咧咧，朝我们这边扔石头。我能感受到大部分的石头都结结实实砸在了罗神年的身上。

我挣扎着想过去找他们理论，结果被罗神年死死地按在怀里。

我根本动弹不得。

“你不是说罗神年在学校没有人敢惹吗？”我鼻子有点儿酸，我见不得别人为了保护我而受伤，那样我会很难过，甚至有万死难辞其咎的负罪感。

“那是因为我没有招惹到他们。”

我一时语塞，怪我太天真。

“兄弟你们住手，大家都是校友何必伤了和气？”大家都是文明人，我决定和他们讲讲道理。

“你滚一边去，别在这儿啰唆。”

“……”OK，讲道理是不可能的，我深吸一口气，“你们想校园霸凌吗？”

我说明后果的严重性，企图让他们有所顾忌。

巷子前的男人手机突然响了起来，他得空掏出手机接了一个电话，几秒钟后喜笑颜开：“巷子尾的兄弟，我不奉陪了，我女神找我复合了。咱们有缘碰上在同一天围堵罗神年，也是一场缘分。我奉劝你，‘一等红年'还是蛮厉害的，你当心自己的姻缘啊。"

巷子尾的那个男人顿时就懵了，攥在手里的石头扔也不是不扔也不是，就这么举着跟我和罗神年对峙。巷子前那个男人一走，他顿时就双膝跪地，求饶了。

"兄弟，是我不好，你就接受我的投稿吧！求你了，我还等着我的女神答应我的求婚呢。"

……这也太没有骨气了吧。

罗神年嗤笑一声，松开我慢慢朝着那个男人走过去，拿下他手里的石头，给了他狠狠一拳。

"接受你的投稿是不可能的，她早就和我打过招呼了，让我千万不要同意你的请求，傻子听不懂别人的婉拒吗？"

那个男人顿时就愣了神，像霜打的茄子，蹲在地上哭了起来。

我十分嫌弃地上前给罗神年拍了拍身上的褶子，扶着他回宿舍。

这回他将全身的重量都压在我身上，十分疲惫地靠着我。我隐约察觉到他的情绪低落。

"你是不是受伤了？我们折回去看医生？"

"不用。"

"那你真的是'一等红年'？"

"我开玩笑的，那个男人追了他女神多年，女神这个回复很显然是婉拒，我只不过是撒了个谎让他死心而已。"

"不过，很显然是多此一举。"罗神年补充道。

"为什么？"

罗神年回头看了一眼蹲在地上的男人，似乎有所感触："坚持这么多年，谈何容易放下。"

"哦。"

罗神年突然站住，慢悠悠地说道："陈慢慢，你是不是……一直都懂，只是也在婉……"

“婉什么？”

问完我才反应过来，我恍然明白了罗神年要说什么，心突然跳得很快。就算我再笨，也感受到了罗神年突然走进我生活的点点滴滴，这一切都昭示着他可能来真的。可是我……

罗神年收敛自己的情绪又否定地说道：“没什么。”

我的心因为他的话都跳到了嗓子眼儿里，又因为他的这句“没什么”，不得不把想说的话又咽了回去。

我有些失落。

我扶着他往前走，路上有许多来往的面生的同学。说起来也奇怪，我对人的长相没有什么特定的概念，就算见过很多次的人，仔细回想都想不起长什么样。

但是罗神年，无论处在哪种环境，我低头，闭眼都能想起他的脸。

我开始仔细思考罗神年没有问出口的问题。

我好像真的没有婉拒罗神年，只是在放纵他来到我的世界，寄希望于他慢慢了解我，慢慢对我好，慢慢将我拉出眼前的困顿。

可这样卑劣的行径，我却羞于承认。

“陈慢慢，你可以慢慢尝试喜欢我。如果你不会，我可以教你。”罗神年的声音就像是走珠一般倾泻到我的耳中，我浑身一震。

那颗刚刚落下的心，又跳到了嗓子眼儿里。

“教你慢慢喜欢我。”他又补充了一句。

比起他的坦诚，我实在是……

我的脸越发滚烫，把头埋得很低很低，心也跳得很快很快。

“试试吧，答应他。”一道声音在耳边响起，冲破某种自己设置的界限。

可下一瞬间我又陷入了迷茫，这种捉不住的感觉真的是爱情吗？

“我可以陪你一块儿玩，陪你到任何想去的地方。你开心的时候我会让你更开心，不开心的时候我会想办法逗你开心。其实你不必着急回答我，继续保持选择B选项。如果你觉得不开心了，随时都可以喊停。”罗神年定定地看着我，铺陈在他身后的是那条只能见到一点儿微光的小巷子。

不用再想了。

答案已经了然于心，爱情是什么？

就是突如其来的心潮澎湃，就是低头、闭眼都是他的面容。

就是你不知道爱情具体是什么样子，但是你知道，就是他了。

我轻笑一声，做了一个深呼吸：“好啊，但是我有个要求，一个星期吃一次汉堡。”

我想起了那个在寒风中被我拒绝的汉堡小伙子。

罗神年的眼睛突然亮了起来，眼角一弯，连带着语气都有些愉悦：“当然可以。”

03

经过上次的意外埋伏后，我打算揪出真正的“一等红年”，把这顶扣在罗神年身上的大锅揭掉。罗神年表示没有关系，这都是些小打小闹，不会出事。

但是作为一个跟班，不能这么没有职业操守，雇主是不能受到一点儿伤害的。我再度出击，约见“一等红年”。

但是令人气恼的是，“一等红年”一直没有回复我，无论我发什么挑衅的信息，对方一直不在线。

那次图书馆事件后宋冉志给我打来了电话，我站在阳台上做了好几次深呼吸才按下了接通键。

我故意用调侃的语气：“喂，兄弟。”

“慢慢，对不起。我代替她向你道歉。”

我“嗯”了一声，回答道：“我接受你的道歉。”

宋冉志沉默了一会儿，说道：“那就好。”

“你，对我好真的是因为以前的恩情吗？对我，就没有一点点的喜欢？我记得以前那些无意识的举动，都透露着你的喜欢才是啊。”我默默地在心底问，没有说出来。

这些已经不重要了。

早在第一次表白被拒绝之后就不重要了，我像是一只蜗牛，被伤害过，总会敏感地缩回自己的脑袋，抑住自己的心情。

我手指敲打着不锈钢栏杆，眺望着万家灯火，那狭小的巷子里。罗神年穿着雪白的外套，身形挺拔，正在朝我挥动双臂。

我突然笑了起来。

愉悦的，快乐的。

因为早在十分钟之前，某人就给我发来了信息：我不来找你，你就真的不找我！

我甚至可以想象到他那种委屈又无可奈何的表情。

“你在笑什么？”宋冉志打破沉默。

“宋冉志，我也有真心喜欢我的人了。”

宋冉志愣了一会儿，说道：“你真的和罗神年在一起了。”

“嗯。”风声呼啸而过，我的声音也不知道能否被淹没。

“谢谢你，谢谢你从小到大的照顾，谢谢你为我做的一切。”

那边沉默了好一会儿，开口说道：“慢慢，罗神年……也是当年你妈妈资助的其中一个孩子。这件事情，你知道吗？”

我呼吸一滞，半天才回复：“不知道。”

“那你……”

“我相信他，我可以感受到他的喜欢和爱。”

“那就好。”

挂断电话后，我下楼出现在罗神年的面前，笑眯眯地看着他。

罗神年抓了抓脑袋，打量了我一番，然后轻声斥责道：“你怎么穿这么少？”

我低头一看，才发现自己没有穿外套就跑出来了。

我干笑了一声，低头缓解了自己的尴尬。

也不知道为什么，自从答应罗神年后，和他的相处方式也开始发生了转变，两人相处起来反倒是有些尴尬害羞了。

许久之后，我听到了他略带试探的声音：“陈慢慢，我可以抱你一下吗？”

“啊？哦，好。”我的脸已经红得不成了样子，自己都不知道回答了些什么。罗神年一把抱住我，将我搂在他的大衣里，整个将我包裹起来。我就像是靠近了一个火炉子，身体瞬间变得暖和起来。

我正好把脸靠在他的胸膛上，掩饰住自己的脸红。

头顶上，传来他的啧啧称奇：“我就说外套要买大一点儿的，这样可以派上用场。”

“这就是你穿得鼓鼓囊囊的理由？”

“是也不是。”罗神年回答得模棱两可。

我继续做鸵鸟状。

罗神年轻轻拍了拍我的后脑勺，掩饰不住自己的笑意：“终于可以抱你了。”

我听出了他的某种满足感，就像是任何人都体会不到，可以到处炫耀的满足感。

“慢慢，我像花了很长时间在沙漠上行走，突然遇到了绿洲河流，那种满足是死而无憾的极乐之感。”

我被他逗乐了，又突然心生好奇想问“你是不是喜欢我很久了？”但到底还是害羞了，留着以后再问吧。

“你怎么知道我住在这儿？”我冒出一个小脑袋，疑惑地问他。

罗神年笑了笑："你的事情我都知道，走，带你去吃饭。"

我"嗯"了一声，跟着他往前走。

罗神年带我去了一家僻静的餐厅，点了很多我爱吃的菜。我的喜好甚至没有跟他说过："你怎么知道我喜欢吃什么？"

罗神年卖了个关子："你猜？"

"不猜。"

"我去你家过年的时候，留意了一下你的喜好，大致知道了一些你喜欢吃什么。真正喜欢一个人是会下意识地在细节上留意的，因为想多了解对方。"

我有些汗颜和愧疚，我真的没有考虑那么多。第一次恋爱，我有诸多不懂，不过经他这么一提醒，我打算从今天开始也留意罗神年的喜好。

中途我去了一趟洗手间，推开门在洗手台前遇到了一个人。

她正在补妆，站在洗手台前，表情冷漠。

突然有种狭路相逢的感觉，我心头一滞，打算悄无声息地退回去。

"陈慢慢。"安颜叫住我。

"在！"我回答超大声，透露了我的紧张。

安颜依旧穿着华丽的衣裙，她慢慢踱步到我的身边，直接将我推在墙壁上。她强大的气场，让我有一种压迫感。

我当初怎么会觉得这样的女孩儿可爱呢？

"罗神年怎么会喜欢你这样的女孩儿？我真想不通。"她这是一种审视，语气说不出来的凌厉。我腹诽道：人各有志，各有各的审美。

"你喜欢罗神年？"果然安颜还是来找我麻烦了。这么多天，我一直很担心安颜过来找麻烦，结果她一直没有出现。这次冷不丁的出现，真是让我措手不及。

"喜欢吧。"我直愣愣地回答。

安颜追问道："喜欢他哪里？有我这么喜欢吗？"

“会的，我会慢慢喜欢他，越来越喜欢他，比你还喜欢他！”我脆生生地回答。

“那就……让给你了！”安颜满意地点点头，华丽地转身，继续站在洗手台前补妆。

“欸？”我会儿轮到我惊讶了。

安颜的脸上倒是没有什么悲伤的表情，看我在发愣，还乐滋滋地催我赶紧去上厕所。我出来时安颜还在门口等我。

我不清楚安颜要做什么，她表情愉悦地搂着我的胳膊，带着我往包厢走。罗神年见到安颜也没有什么意外之感，跟她打招呼：“你也在啊？”

“对啊，这家餐厅还是我带你来的，这里的食物还不错吧。”安颜很自然地接过了话茬儿。

我被这个和谐的场面惊呆了，怎么回事？看起来两个人并没有多少恩怨情仇。

“对了，你的新男朋友呢？没有陪你？”

安颜无谓地耸耸肩：“在外面等我呢，我叫他进来打个招呼？”

罗神年摆摆手：“不用了，等你真的打算带回家了再给我看看吧。”

我想：他这是什么意思？

安颜“嗯”了一声：“之前的事情谢谢你了，那我先走了。”安颜说着朝我挥挥手，小声地说了一句，“罗神年喜欢你很久了，你好好珍惜啊。”

我听的云里雾里，气呼呼地看着罗神年：“怎么回事！”

罗神年笑着跟我解释：“大家都以为安颜是我的女朋友，其实不是的。她当初喜欢一个男孩儿，男孩儿因为家庭条件的原因，性格比较怯弱。安颜于是找我帮忙，想刺激一下那个男孩儿，我是拒绝的。不过她总来找我，还一直宣称是我的女朋友，导致流言蜚语愈演愈烈。”

“哦，”我低下头继续吃饭，根本就不相信，“那你还送她回家，住在她家！”

罗神年爆发出一阵爽朗的笑声，似乎很满意我的小猜忌：“那是因为安颜是我的表妹，我并不是送她回家，而是回我自己家。”

原来，那栋华丽的大别墅不是安颜家，而是罗神年的家？

原来我在不知不觉中，就在罗妈妈面前丢了一次脸？想起当时我中二的双手抱拳姿势，顿时恨不得时光回转！

丢人丢大发了！

每一次回想，我都想把脸埋在饭桌上的这饭碗里，大喊那个傻帽儿不是我！

神一眼看穿我：“你不用担心，我妈知道你，也很喜欢你。”

“……”

罗神年送我到家门口，一直站在门口不走。

我站在门边，朝他挥手：“回去吧，不早了，明天还有早课。”

罗神年那双水汪汪的眼睛直直地盯着我，双手抵着门：“我不能留下来吗？”

“嗯？”

罗神年赶紧撇清：“我是说我睡沙发，我睡沙发。”

“不行，进展太快了，是你说要慢慢来的！”我严词拒绝，老实说罗神年有点儿吓到我了。

罗神年没有再坚持，将我一把搂过去，紧紧地抱了一下，笑得像个孩子，不舍地说道：“晚安。”

“晚安。”

他下楼的时候，我又悄悄打开门在走廊上撑着下巴，看着他离开的背影。

柔暖的路灯照着他来时的路，也照着他回去的路。

我心里暖洋洋的。

他应该不知道我在这里看着他，要是知道的话，会不会更喜欢我呢？

不行，我不能让他知道，我已经这么喜欢他了。

04

因为“一等红年”的事情，我和罗神年时不时会遭遇一些意外。

我没有忘记要调查清楚“一等红年”这个幕后人。

宋冉志偶尔会和我联系，说得不多，大多是宋爷爷的身体状况和自己的打算。毕竟从小到大的友谊，不会因为告白失败就彻底断了联系。

偶尔会关心我的近况，也不知道从哪里听说了我的“小麻烦”。

问我：需要我帮忙吗？路仙仙就是这方面的高手。

但随即又撤回了。

随后又补了一句：我找人帮你。

大约是他觉得不方便在我面前提起路仙仙，不想让谈话变得尴尬。但是我的心情却很平静，平静地只是回了一句：谢谢，不用了。

到底还是生分了。

我这个人有点儿冷血，从前一心扑在宋冉志身上，他一句话我能体会八百种意思，每一种意思的结论都是他喜欢我。现在我的心放在罗神年身上，宋冉志无论说什么，我都只能体会出一种意思，那就是他在说“对不起”。

某一次约会分开各自回家，罗神年适时发来信息：我到家了。

我困得厉害，随便回了他一个可爱的表情包：知道啦，晚安。

罗神年：你就休息了？我们来促进一下感情。

我：怎么促进？

我眼睛都有些睁不开了，手机一亮，对方的视频电话已经拨了过来，我吓得立刻伸手就挂断了。

我翻了个身，闭着眼睛念念叨叨，含糊地自言自语道：“嗯，终于可以睡个好觉了。罗神年好黏人的……不过还算可爱。”

往事一幕一幕在眼前闪现，我竟然觉得心里有些小开心又有些小甜蜜，将被子全部都拉高，快乐地不断用脚蹬着被子。

“嘻嘻嘻。”

“没想到，你这么开心？你对我已经那么喜欢了吗？”不知从哪儿冒出一阵笑声。

我探出脑袋，暗自叫了声“不好”。

我拿起手机，屏幕上显示的是穿着居家服的罗神年，那张有些嘚瑟又有些愉悦的脸。

没有挂断？全部都被听到了？我手忙脚乱地将视频电话挂断了！

为什么总是我在丢脸，不禁仰天长叹了一声。

手机又震动了一下，我小心翼翼地伸出手将手机拿了过来，打开一看，是罗神年发来的信息：不用害羞，很可爱。

我的脸更红了，丢开手机，踢打着床板。

这样的一番折腾，我也睡不着了，干脆拿出手机再试试是否能联系上“一等红年”。

我：你在不在？

我：你到底是谁？

…………

等了半天没有丝毫的回应，我开始翻他的微博，一条一条往下看。最新的大部分微博都是公布情侣配对的，没有什么可看性。

我从他第一条微博开始看，因为要想找到一丝蛛丝马迹，最开始的微博往往是最容易露出痕迹的。

微博创建的时间是2016年，那时候估计还没有做这个红娘的营生，期间的微博也都是一些没头没尾的短句，时间跨度比较长。

“我失去她的消息了。”

“我找到她了，和之前不一样了，没有好看的衣服和好的生活，她依然笑得那么开怀。”

“她还是那么优秀。”

“我看了她的成绩和目标大学，我要开始减肥变得更加优秀。”

中间断了很长时间，没有更新，再看到下一条时，已经是去年秋天的了。

“我看到她了，从她身边路过，她没有认出我来，我心跳得很快。”

“她受伤了，因为她被坏人盯上了，我将坏人狠狠教训了一顿。”

“我决定了，要走进她的世界。”

之后就是一些没头没尾的短句。

比如什么“开始了”“不着急慢慢来”然后这些碎碎念被一对又一对姓名给覆盖了。我翻来覆去也没有翻出什么有用的东西来，这个人很谨慎，所有微博不配图也不显示定位，甚至连一个点赞别人的微博都没有。

也看不出有什么喜好。

只能从零碎的句子里判断，他早年似乎在盘算着什么事情，或者慢慢潜伏和守护在一个女孩儿身边。

真是个神秘的人。

我几乎要放弃找到“一等红年”这个幕后人了，实在不行我就发一个帖子澄清一下。想到这里，我立马打开手机给老蔡发了一条信息，请教她如何澄清最有效。

老蔡回复：你要澄清什么？

我向老蔡解释：澄清罗神年不是“一等红年”，他那天其实是为了帮我，被大家误会成了“一等红年”。

老蔡没有什么耐心：就这个啊？崽啊，“妈妈”劝你别为了这个熬夜，有什么事明天再说，眼霜多贵啊。”

我：啊？

对方的头像飞快地变成了灰色。

没办法，暴躁“妈妈粉”还是别惹。

我倒头就睡。

那天晚上，我又做了一个梦。

没有上次那么离谱的神话梦，我梦到我回到了小时候，那时候妈妈还在。一家三口过得富足平静。

妈妈是学校里的老师，爸爸经营着一家公司。

在一次自驾旅行中因为汽车出了故障，被迫停在了路中央。幸好当地有善良的人家来帮忙将车拖离了马路，并收留我们住了一晚。

那户人家实在是太穷，半夜我们听到了主人家的吵闹声，争吵的原因是为了家中孩子的学费问题。我坐在院子里，有个胖乎乎的男孩儿穿着全身上下打着补丁的衣服，虎头虎脑地坐在灶台边烧着火。

他似乎已经习惯了这种无意义的争吵，见我凑过去，还恶狠狠地一把将我推倒在地上。防备心很重。

我的头磕在一边的桌子上，发出了一声巨响。

他顿时就慌了，将我扶起来：“你没事吧。”

我捂住头，嘻嘻一笑：“你终于肯理我啦。”

小胖子一愣，别扭地转过头继续烧火。声音冷冷地说道：“你的手拿过来，过来烤烤火。”

我笑嘻嘻地凑了过去，和他并肩一起烤火。

他伸手揉了揉我额头上的伤，问道：“还疼吗？”

我摇摇头，又点点头：“有一点点痛。”见他的脸色在变，我接着说道，“我不会告诉爸爸妈妈的。”

小胖子“嗯”了一声，从口袋里拿出一块皱巴巴的糖果，说道：“这个给你。”

我接过来一口就把糖果给吃了。

小胖子捏着我的双手放在灶火边，冷冰冰的双手很快就暖和了。

车修好后，我们就要离开了。因为年纪小，对路上偶遇的小伙伴都十分上心，走的时候我将我的小金猪留给了小胖子。

我说这个小金猪长得很像他，他没有任何顾虑就收下了。

他不知道，小金猪的肚子里，有我一年攒下来的零花钱。

只是记得，我上车的时候，小胖子哭着躲进屋子里没有出来送我。

05

我醒来的第一时间是从床底下找出了一个盒子。

小盒子外面已经积满了厚厚的灰尘，里面放着很多我小时候的照片。我想起宋冉志说的话，他说罗神年也是妈妈当年资助的其中一个孩子。

如果是这样，那么罗神年难道是当年那个小胖子？

在盒子里找到了一张合影。

当时，妈妈对小胖子一家的争吵并没有做出什么实质性的表示，只是事后联系上了小胖子的学校，表示要资助小胖子上学，还另外找了一个品学兼优的学生一块儿资助。

我问过妈妈为什么要这么做，妈妈说："这样很好，大家都不会有什么负担。"

我们偶尔会开车去看看那个小胖子和另外一个学生，很奇怪的是，每次我们去，小胖子都躲着不跟我们见面。

所以仅有的一张合影，就是在那时候拍的。

我拿着这张合影看了许久，照片上这个胖乎乎的小男孩确定就是罗神年无疑了，另外一个就是宋冉志。

他们有着和当年相似的轮廓，仔细看就能辨认出来。

自从妈妈去世后，我很少打开这个盒子，包括那张合影也很少提及，被我遗忘在角落里。那个盒子在我眼里已经变成了潘多拉魔盒，打开就是无穷无尽的痛苦。

没想到当年妈妈资助的两个小男孩，沧海桑田，各有变化。但他们都来到了我身边，都和我的生活息息相关。

我将照片放了回去，简单收拾了一下自己。因为我早上没课，所以会到附近的超市去做兼职，赚取生活费。

看照片耽误了不少时间，我走得有些匆忙，一脚踩空，直接从楼梯上滚了下去。

我被颠得七荤八素，只能用双手护着脑袋。

当然没有囫囵一滚到底，滚了一小节楼梯我就麻利地坐了起来。

一位老大爷正站在门外抽烟，目睹我全程翻滚的动作。

老大爷问道："疼吗？"

我眉眼一弯："不疼，我就是想研究一下电视剧里的那些一滚到底的场面，到底需要怎样的圆润身材？"

"年轻人，有钻研探究精神，不错。"

老大爷也坐下来和我一块儿研究了一会儿，思考着要怎么才能一滚到底。

我因为赶时间就不奉陪了，直奔超市，开始上工。

超市的老搭档是个四十多岁的阿姨，心地很好。我穿上工装，站在收银台前准备就绪，因为和罗神年说了今天需要打工，加上罗神年今天一天都有课，所以今天就不见面了。

而且我另外有一件事情需要去解决。

早上出门的时候我收到了"一等红年"发来的信息，他说很快就能跟我见面，并会坦白自己的真实身份。

我约他在我打工的超市见面，这样我就不用请假。

我看到对方已读信息，但是没有回复我。

我当他默认了，继续追问：你几点到？

我其实有很多事想问"一等红年"，而且在我心里，似乎有了某个人选，只是想确定一下。

一等红年：秘密。

我翻了个白眼，故弄玄虚。

一等红年：我很快就会出现的，还会给你一个惊喜。

下一秒，大门的自动播放器响了起来：欢迎光临。

我微微抬起头，看见进来的是一对言笑晏晏的情侣，男孩儿低头凑在女孩儿的嘴边，似乎在认真倾听女孩儿说话。

时不时低笑几声。

我在男孩儿抬头的瞬间，看到了女孩儿的脸，是安颜。

安颜见到我并不意外，开心地向我打招呼，顺便还点了不少好吃的，两人坐在靠窗的位置上。

我将食物送过去时，并没有着急走开，而是直接坐下。

“你有什么事想问我？”安颜喝了一口饮料，抬起头看着我。

“有。”我点点头，“你是‘一等红年’？”

“噗，咳咳咳咳。”安颜被我吓了一跳，直接被呛到，身边的男孩儿给她拿了纸巾帮她擦干净，安颜回之一个甜蜜的微笑。

但转过来就变脸了：“你干脆直接问我是不是对你感兴趣好了，你胆子挺大的，当着我男朋友的面这么问。”

我猜测她应该是知道“一等红年”置顶姻缘帖了，顿时有些尴尬。

“嘿嘿嘿，我不是那个意思。”

安颜狐疑地看着我：“你是不是想找到真正的‘一等红年’？”

我点点头：“是也不是，我主要是不希望大家骚扰罗神年。”

安颜冷哼了一声：“那还差不多，我表哥的付出总算是没有白费。”

“什么付出？”我敏感地抓住重点，一脸懵懂地看着安颜。

“我很早就知道我表哥喜欢一个女孩儿，他小时候家里很穷，靠别人资助才勉强上学，他成绩也不好，当时也不知道为什么会有人资助。有一天他突然将自己关在屋子里，好几天也不理人。后来突然开始努力学习，成绩也提高了不少，考上了一所不错的高中。那一年，表哥家因为做生意生活慢慢好了起来，于是就搬到了城里生活。”

“表哥高三那年有一天非常高兴，回来就开始购买各种运动器材，天没亮就开始跑步减肥，我知道都是因为那个女孩儿。他什么都没有说，但是我偷偷去过表哥的房间，看过一张合影。上面有个小女孩，穿着洋裙，特别可爱。”

安颜笑了笑：“当时我还不知道你就是那个女孩儿，后来知道了，又觉得挺羡慕你的，我是想告诉你，我表哥是天底下最好的男人。”说完又指向身边的男孩儿，“你也比不上，你要多向我表哥学习一下这种坚持和勇气！一个大男人，还要我主动来刺激你才主动。”

安颜还在和那个男孩儿打打闹闹，我却被安颜的一番话搅得天翻地覆。

罗神年突然走进我的生活，原来不是无意中的一笔，而是像某个虔诚的取经者，经历了九九八十一难。

可他却什么都没有说。

在我绝望痛苦的时候，竟然会有人在不断地努力，就为了以最完美的姿态来到我的身边。

这令我震撼。

我仔细回想了一下我和罗神年的第一次见面。

原本那些可以匆匆带过的回忆，那些可以忽略不计的小细节都被无限放大。

那时候我在餐厅里穿着明黄色的工作服，蹲在后厨旁边的小巷子里哆哆嗦嗦地用冷水洗盘子。

老板娘在一旁骂骂咧咧催促着快点儿。

我急得满头大汗，罗神年就站在后厨旁边的小巷子里，语气温和柔软。

“老板娘，别生气嘛，和气生财，和气生财。”

老板娘眉头一锁，对罗神年的多管闲事表示相当不屑：“你站在这儿碍手碍脚干什么？走远点儿多管闲事。”

“我的确是来多管闲事的，我来撬个墙角，你对她不好，我带走了。”

我茫然抬头，发现他蹲在我的面前，神情温和，之前，我没有见过这么好看的男孩儿。

不由得往后一缩。

“我有个工作给你，要不要？做我的跟班，我给你开工资。”他看着我说道。

“啊？”我看了一眼老板娘铁青的脸，又看了看眼前的男孩儿，总觉得不太靠谱，“别捣乱，等下害我拿不到工资，你负责吗？”

“我负责，现在就走的话，我给你双倍工资，过期不候。”

“啊？”

罗神年已经拽起了我的手，拉着我往外面跑。

鬼使神差般，我没有拒绝，反而跟着他走，我总觉得他不像是个会撒谎的人。

果然，逃离那个阴暗的角落，他就将双倍工资给我了。

我那时候甚至忘记问，为什么他那么清楚我的工资状况。

当时的我只有得到工资后的喜悦。

“做你的跟班，要做什么啊？”

“就跟着我拎东西，贴身保护我。”

“你就看中我身强体壮是吗？”我满头疑惑。

罗神年笑了笑，说道：“差不多吧。”

“那你叫什么？”

“叫我神就好了，他们都这么叫。”

“……好，好吧！”

所以，我成了神的跟班。

第五章

/

神太爱我了怎么办

01

我一整天都处在极度震惊之中。

不断翻阅着“一等红年”的微博，找到那些碎碎念相对应的时间。我开始在捋时间线和时间点。

初三的时候，罗神年知道了我家的状况，去找过我，但是我已经搬家了。

高三的时候，得知了我的消息，来找过我。然后开始和老蔡一块儿上进，和我考了同一所大学。

完美契合。

我确信，“一等红年”就是罗神年。

我想起上一次在图书馆约见“一等红年”，我事后还责怪他没有出现。

我坐在收银台，极力压住内心的惊涛骇浪，焦躁不安地等待着“一等红年”的出现，我知道他说过的话，是一定会作数的。我反复翻看了他给我发的信息，又担心我会错了他的意。

直到我下班将店里的货物全部整理好，“一等红年”都没有出现，罗神年也没有给我发来任何信息。

我陷入了“极度心动”和“极度想见他”的这两种执念中，并且形成了一个死循环。

非常想。

我没有去找他，我告诉自己，陈慢慢你一定要忍住！等他来找你！我这么想着，便直接回了家。

可身体根本就不受我控制，它很显然有别的想法。所以继肚子不受我控制之后，身体也开始背叛我。

直奔学校，直奔罗神年。

离学校越来越近，我能感觉到自己的心也跟着越跳越快，甚至是前所未有的节奏。这意味着什么，我很清楚。

我能感觉我的心在慢慢的，不，是全身心加速地倒向了罗神年。

我气喘吁吁地推开了罗神年宿舍的门，大喊道：“罗神年！我喜欢你！”

我要勇敢地面对自己和罗神年。

我慢慢抬起头，发现宿舍里的三个男孩儿正目瞪口呆地看着我。一个在打游戏吃薯片，一个用浴巾捂住自己的身体，另外一个躺在床上在看书。

三个人的目光齐刷刷地看向我。

“咦？罗神年不在啊？”我疑惑地问道。

看书的那个同学放下手中的书，语气还算是正常：“那个，神他出去了不在。那个你……你真虎。”

“谢谢啊。”我讪讪一笑，便转身离开。

转身的瞬间，我感觉整栋楼都在哄笑。我又干了一件蠢事，我飞快地跑下楼。给罗神年发了一条信息：你在哪儿？我想见你。

等了许久他都没有回复，我迅速地把电话拨打出去，语音提示那边通话正忙。

我一腔海啸般的爱意，瞬间就消逝在风里。

我回到家，和往常一样吃了饭，躺在床上休息。

夜半时分，不知道是不是我在做梦，我听到了嘈杂声和搬东西的声音。

隔壁空闲的405号房间终于有人搬进来了，我睁开眼睛，看了一眼时间，已经是午夜十一点了。

这个点搬家……估计是什么上班族，只有这个时间点才有空。

也真是辛苦了。

我正琢磨着要不要去搭把手，这时才发现手机上有一条罗神年发送来的信息。

点开一看，竟然是一个视频文件，罗神年不知在什么地方自拍的视频，他笑眯眯地说道：“听说你冲到我宿舍对我表白了？

“太可惜了，我竟然没有亲自听到。因为自己现在有点儿事情要忙，需要离开几天，你不要太想我。如果我回来的话，你那句话可不可以再说一次，在我面前说一次？

“乖乖的，等我回来，再等几天就好了。”

这句话听的我云里雾里，实在让人费解。

我回了几个问号过去，对方却没了下文。这种时间断层感，仿佛我们没有生活在同一个时区。

哎，我翻了个身，落下一声叹息。

这恋爱谈得像异地恋一样，怎么回事啊？是他教会了我慢慢喜欢他，可他人却又突然消失了。

我恶狠狠在心里给罗神年扣了一万分。

02

我的人生，当然不止爱情有点儿麻烦，最大的麻烦还是金钱。

我第二天起来看着银行卡里的余额，爱情里那点点忧伤就变得微不足道了。

超市的工资还没有发，我还需要撑过这剩下的十几天。

“啊……看来在没发工资之前，早餐得想办法解决了。要不去买点儿饼干或是馒头？”

我正犹豫不决，门却在这时候被敲响了。

我吓得一蹦三尺高，以为是房东又来催交房租了。

愣了一会儿神，确定上个月才交完房租后，我便安心地去开门。

打开门，没看见人，发现不知是谁在窗台上放了包子和豆奶，我伸手摸了摸，还是热的。环顾四周，根本就没有可疑人员。

是谁？神不知鬼不觉做了雷锋叔叔？还是说天上的神灵可怜我发善心了？

我十分淡然地收下了包子和豆奶，并且大快朵颐。

这样的情况持续了好几天，我决定要抓住这个活雷锋。我开始早起，埋伏观察，结果什么都没有发现，对方总能趁我不注意的时候，神秘地将食物放在我的窗台上。

不过，有个地方引起了我的怀疑，那就是新搬来的 405 号房租户。

他不太出门，门口时常能看到各种淘宝包装盒以及外卖，我有一次亲眼见到外卖小哥将外卖放在门口就走了，隔了很久，405 号房的门被打开一个小小的缝隙，一双白皙的手伸出来，将外卖拿了进去。

极端神秘。

我做了简单的总结：这一定是个肥宅男青年。

雷锋没抓到，“一等红年”没等到，罗神年也没出现。

我仰天长叹，老天你玩我呢。

所以说有时候，还是该抱怨就抱怨，我刚长叹了一声，“一等红年”就找上门了。

他约我在一家很偏远的餐厅见面。

我：你上次没有出现！

一等红年：临时有事，不好意思。

我：行吧。

我想着，罗神年也是临时有事，几天没有露面，我倒是看看你们到底在谋划什么。

我如约而至。

餐厅里摆满了鲜花，氛围很不错。

就是门可罗雀，生意不是很好。

服务员问过我的名字后，将我引到九号桌，笑着说道：“您好，‘一等红年’让您再稍等一会儿。”

坐在我对面的是一个孤单结实的背影，穿着黑色的衬衫，似乎在等人，而且手上还在倒腾着什么。斜对面坐着的是一个穿着西装的女士背影，正在喝着红酒。

服务员很快端了一些小吃上来。

我拉着他问：“约我的人呢？”

“在这儿。”一道熟悉的声音传来，对面那个穿黑色衬衫的男人转过身，正是罗神年。

他手里拿着一个小礼盒，上面打着一个不算精致的蝴蝶结，看样子是他自己弄的。

对于罗神年就是“一等红年”这件事，我其实并不惊讶。

看着他朝我一步一步走过来。

我似乎可以想象到，他是如何一步一步经过自己的努力，才走进我的生活。

心底的喜悦油然而生，我确定了自己心意，我喜欢罗神年。但心里有埋怨也是难免的，他连着消失了好几天，却什么都不和我说。

他在我身边坐下，将礼盒放在我面前。眉眼温和："不好意思，我来晚了。"

"嗯。"我不冷不热地回答。

罗神年也不在意，另外找了个话题："还记得你之前说过的话吗？再说一次给我听听。"

我赌气摇头。

耳朵上突然一阵温热，他亲了我一下。

"我喜欢你，陈慢慢。"

我的心顿时就软了下来，就算我在心底给他扣了一万分，但是总分数却设置成了一千万分，丝毫折损不了多少喜欢值。

"我也喜欢你，罗神年。"我没有办法欺骗自己。

神大笑了一声，伸手将我抱住。我的双手紧紧环住他的后背，我感觉到他的脸颊蹭了蹭我的脸颊，轻轻吻了吻我的耳朵。

顿时，唤醒了我内心深处的某个记忆，就像除夕那个夜晚一样。

耳朵上有温热的触感。

只不过我那时候，神经太过大条，对于翻涌着却又不得不隐藏起来的心情，并不能察觉。

"所以，你到底喜欢我多久了？"我轻轻拍了拍神的后背，像哄孩子一般。

"你知道了？"

我点点头。

神叹了一口气，说道："很久，很久了。"

"所以你喜欢一个人的方式就是先让别人见证你有多好，甚至可以更好，然后再诱惑别人要不要试一试？"

我被他逗乐了，这种套路我没有见过啊，难免被套进去却神不知鬼不觉。

甚至全程心甘情愿，只觉得他太好太好。

我拥有体察他的同理心，假如是我的话，小心掩藏自己的企图心，一步一步来，却不让人察觉出丝毫。

这是一件很难，需要很克制的事情。

这一点我很佩服罗神年。

“算是吧，我只是觉得你太优秀，宋冉志说我也应该再优秀一点儿。”罗神年蹭了蹭我的头发。没有丝毫的半点儿委屈。

当然我也会犯一些女人常犯的错误，问一些不切实际的问题：“如果当年不是我妈妈资助你读书，你还会喜欢我吗？”

罗神年卖了个关子，亲吻了一下我的额头才说道：“没有那么多的如果，一切都是为了我们相遇相爱做铺垫，我觉得这样很美好。”

满分回答。

我红着脸，被他的情话撩得整个人都晕乎乎的。

“所以，你愿意做我的女朋友，让我得偿所愿吗？”他的语调依然没有什么起伏，像是设下了迷魂阵一般，我只能连连点头。

“你好，我的女朋友。今后请多多指教了。”

“啪”的一声，纷纷扬扬的礼花从我的头顶上坠落：“恭喜恭喜，‘妈妈’今天真是值得！‘女儿’和‘儿子’终于在一起了！‘妈妈’要流泪了，我要给你们拍照留念！”

她手中的手机已经准备就绪，咔嚓，咔嚓连拍了好几张。

原来那个背对着我喝红酒的女士就是老蔡，这时，就算是傻子也明白了，这是他们两个人策划的。

“‘女儿’终于抛弃母胎单身的名号了，妈妈为你高兴。”

菜已经上齐了，老蔡兴高采烈地举起酒杯：“我们来干一杯！”

喝了几杯酒后，我开始套话了。

“所以，罗神年就是‘一等红年’？”

罗神年但笑不语。

老蔡哈哈大笑道：“严格意义上说，学校里要找的‘一等红年’是我。虽然微博是罗神年创建的，早年就发一些无关痛痒的东西。但很奇怪的是，竟然还累积了不少粉丝。那时候我和他一直在打赌，结果他把这个微博号输给了我。”

“于是，我就做了这个红娘性质的微博。”老蔡双手托着腮帮子，笑得十分可爱，“那些成功的情侣啊，和罗神年半点儿关系都没有。”

我不由得有些敬佩老蔡，双手抱拳道：“那你这个微博为什么百发百中？你上辈子该不会真的是月老吧？”

老蔡摇摇头，一脸嫌弃：“我月老？我的姻缘线都被月老拿去织过冬的围脖了。”

“其实也没什么的，一般男女双方都投稿对方，那肯定是郎情妾意，就差我这个‘一等红年’的平台了，这个没有什么难度的。至于那些只有单方面投稿的，我都会利用我的八卦网调查一下他们的关系，提前调研一下，包括身高、长相以及家庭交际等等都会做初步评估的。最后公布的都是那些两方成功率 90% 的。所以公布一对成功一对啰。”

我竖起大拇指：“我佩服。”

“反正是图个乐子，生活太过平淡嘛。”老蔡继续念叨，“某天听说这个傻小子找到了他喜欢的人，我就友情帮他置顶了姻缘。顺便帮了他一把。

“最主要的是，我也挺喜欢你这个‘女儿’的！哈哈哈，能看到我珍视的两个人在一起，我也了无遗憾了，现在简直可以表演一个原地去世了！”

老蔡是个追星少女，所以从她口中蹦出来的经常都是一些段子。

生动形象又好笑。

“‘女儿’啊，你一定要好好珍惜老罗，这个人为了今天真的太苦了。”

“老罗啊，你也一定要好好对我‘女儿’，妈妈在这儿就同意你们这门亲事了。”

我和罗神年哭笑不得，当晚老蔡很高兴，喝了很多酒，分开的时候，还吵着明天一定要让全世界的人都知道我们的绝美爱情。

和老蔡分别之后，罗神年送我回去。

一路上灯火通明，可以看到我和他偶尔交叠在一起的影子。

他走在我的旁边，我的视线一直放在罗神年露在寒风中的手上，心有些蠢蠢欲动。

我停了下来，偏头问他：“你的手冷吗？”

“嗯？”

我搓了搓双手，说道：“我帮你暖暖。”我笑着伸出手立马握住了他的手心，十指相扣。

罗神年像是得到了极大的满足，握紧我的双手，一路上笑得像个孩子。

原本很长的一段路，在此刻，也变得如此短，真希望时间能多停留一会儿，道路再远一点儿。

能让我和罗神年，可以一直在这条路上走下去。

很显然，这是天方夜谭。

罗神年送我到楼下，我停下脚步，说道：“你回去吧，时间不早了。”

他向我古怪地笑了笑，说道：“不邀请我上去坐一会儿吗？”

“下，下次吧。”我瞬间结巴了。

“好吧，那我就回家了。”他向我招了招手，径直掠过我直接上楼了。

我急忙说道：“罗神年，你干吗？”

我紧跟了上去，心想他到底想做什么，结果他停在了 405 号房间门口，掏出钥匙开门。

我惊讶道："405 号房新搬来的租客是你？！"

罗神年得意地点点头："我要贴身保护我的女朋友！我当然要搬到你旁边，而且离你近点儿，我也可以睡得安心一点儿。"说着别有深意地看了我一眼。

我这该死的心跳……

恨恨地打开 406 的门。

"晚安了，女朋友，不要梦到我。"罗神年在身后大喊道。

也不知道是不是罗神年就住在我隔壁的缘故，我当晚睡得很香，以往的多梦女孩儿，今夜无梦。

第二天一早醒来，就觉得饿得慌，我穿着睡衣伸了个懒腰。

听到门外有脚步声，我直觉那个"雷锋"又来了。

找出"雷锋"是我义不容辞的职责，我悄悄地打开一条门缝，看见一个穿着灰色秋裤，棉拖鞋的男人正往我的窗台上放早餐。

"嘿，'雷锋'兄弟。"我在门缝里，仰望着他。

那"雷锋"兄弟猛地低下头，与我四目相对。

"男朋友，原来是你啊。"

罗神年俏皮一笑："被你发现了啊，女朋友。"

03

如大家所愿，我和罗神年开始了鸡飞狗跳的邻居生活。

他时常以"远亲不如近邻"为借口，赖在我家混吃混喝。甚至连早上的刷牙洗脸都要入侵，这导致我浴室里的洗漱用品都成了双份。

拖鞋碗筷等各类生活用品，简直全方位入侵了我的生活。

过分吗？

当然，不过分，我对此的态度就四个字：喜闻乐见。

谁能阻止我和罗神年亲密地待在一块儿，谁就是我陈慢慢的敌人！

老蔡这个大嘴巴向全世界宣布我和罗神年的恋情，梳理了整个的爱情故事脉络，引得无数姐妹为这绝美的爱情流泪。

而“一等红年”的微博置顶了一条：“陈慢慢——罗神年”的微博，替换掉之前置顶的陈慢慢——一等红年”

大家都觉得这是间接承认罗神年就是“一等红年”的身份，都对罗神年颇有微词。老蔡为了给我们扫清障碍，在微博上宣称：“‘一等红年’不是罗神年。”还各种暗示，自己是在情场上输给了罗神年。

保持自己身份神秘的同时，澄清了传言还给自己增加了不少粉丝。

自此，就没什么人再来找麻烦了。

至于我和罗神年，敞开心扉后，我发现罗神年简直就像是一个亲吻狂魔，动不动就将我搂在怀里亲上两口，也没有特定的位置，有时候是额头，有时候是脸颊，有时候是鼻尖，有时候是嘴唇和脖子。

他的吻很细腻也很深情，我有一段时间很嫌弃他的这种狂野行径，严厉地拒绝过他。

罗神年当即愣了一会儿，便不再黏人了。

过了几天，我在工作的时候，他坐在我对面，泪眼汪汪地看着我，问道：“请问我可以亲亲你吗？”

语气软软甜甜，可萌可帅。

我根本就不是他的对手，他察觉到我有些心软后，立刻像只树袋熊一般抓住我不撒手。

一次，我从老家带孩子的妇人哪儿学到了一个经验，我在我的脖颈处抹上一些风油精，想着等他凑过来亲我的时候，他嘴里的味道一定会难以言表，估计会是一次难得的教训。

而结果，他像没事人一般。

如此几日后，我便诚服于他了。

他狂任他狂，他亲任他亲。

我和罗神年寒假回去过一次，罗神年对我家已经是熟门熟路了。

老爸因为对他有好感，知道我和罗神年要回去，早早地就将罗神年之前弄坏的床给扔掉了。

真是太坏了。

结果半夜我们两个人别别扭扭地躺在一起，心跳如雷，两个人都不敢看对方，僵着身子睡了一晚。

宋冉志也带着路仙仙回家去过年，两家人还是在一起吃了年夜饭，好像之前的事情什么都没有发生过。原本凄凄惨惨四个人过年，也变成了热闹的六个人。

两个长辈非常开心。

路仙仙是个爽快又雷厉风行的女孩儿，这一点是我接触她后得出的结论。得知我不再喜欢宋冉志之后，她对我也没有了之前的那种敌意。

甚至在我忙的时候，还会主动过来帮忙。

年夜饭后，我们两对情侣一块儿出门散步。

我和罗神年依旧穿了粉色的情侣装，出门前我全身上下都被他裹得严严实实的，手套、帽子全都往我身上招呼。

走到半路，我摘下手套。

他正准备责骂我，我把手套塞进了他的口袋里，和他十指相扣。

他顿时就没了脾气，那双眼睛亮得有些惊人。相比较于暖乎乎的手套，我更愿意牵着罗神年的手，互相取暖。

家乡已经不能随意放烟花了，都统一在一个地方集中放。

我站在一处高地，罗神年站在我的身后，他将我搂在他的怀里。

“新年快乐，爱你。”

巨大的烟火升腾到了高空中，绽放出一朵朵绚烂的花火。

这次我没有听错也没有错过，因为他就在我的身后，离我最近的距离。

“新年快乐。”

老蔡依旧在经营“一等红年”，维持了自己百发百中的概率，逍遥自在。

宋冉志打算继续读研，路仙仙表示愿意陪他。

而我和罗神年毕业后，在本地找了工作，我们合计着，罗神年从405搬出来和我一块儿蜷缩到406号房，开启了新的‘同居’生活。罗神年每天都会朝我使眼色，我统统都假装视而不见，早早就睡下了。

这种情况直到结婚当夜才得以终止。

那天，我迷迷糊糊间觉得胸口被压得喘不过气，睁开双眼，罗神年正趴在我身上，一双黑亮的眸子紧盯着我。

我伸手一推，猝不及防摸到了他光滑的肌肤。

我登时心跳如雷，脸瞬间爆红。

他倒是没脸没皮，声音还带着一丝诱惑："现在就要体验C选项了，准备好了吗？"

我往一边挪了挪，想跑。

"嗯？啊？不急，慢慢来，慢慢来。"

"来不及了，老婆。"我又被他重新拉了回去。

夜还很长，人生也还很长。

这算是我作为跟班的终极奖励？也许吧。

不过，之后他就是我的小跟班啦。

小番外

/

一个人的旅途

罗神年高三那年，找到了陈慢慢。

他当即坐高铁赶往陈慢慢家，却先遇上了宋冉志。

宋冉志，这个名字他并不陌生，从前是年级里成绩最好的男孩儿。也是陈慢慢家除了罗神年之外，资助的另外一个男孩儿。

陈慢慢家一夕之间巨变后，他和宋冉志也各有造化，罗神年搬出了那个偏远的小乡镇，去了城市中生活，便与他们断了联系。

岁月流转，宋冉志依然没有什么变化。

温柔懂事礼貌疏离，和他的坚毅野性，完全相反。但他们在一件事情上保持着高度的统一。

那就是喜欢陈慢慢。

无论过去多少年，因为同理心，他可以很真切地感受到宋冉志漫不经心地喜欢。

从前，他和宋冉志还蜷缩在僻远的山村里，陈慢慢偶尔会穿着洋裙过来看他们。他因为肥胖而悄悄躲起来远远地看着她，但宋冉志总是要站在陈慢慢的身边，说上几句话。

每一次，他都能感受到宋冉志的紧张。

那双手不断地攥紧又松开。

在得知陈慢慢家出事后，他曾经按照信封上的地址偷偷去找过陈慢慢，但陈慢慢一家已经搬走了。

他失落了很久，直到高三，直到远远看到宋冉志和陈慢慢走在一块儿言笑晏晏。

他突然间明白，在他失去陈慢慢消息的这些年，是宋冉志陪伴着她长大。

他好像晚了一步，也许是很多步。

他单独去找了宋冉志，宋冉志声音温和，没有旧友重逢的热络也没有分隔多年的生疏，平静无波地说道："你来找我做什么？"

"陈慢慢。"罗神年简明扼要地回答。

"不可能。我会好好照顾她的，永远会保护她。"宋冉志义正词严地说道，甚至没有丝毫妥协的余地。

是啊。

玻璃镜上倒映着自己胖乎乎的身躯，显得多么的可悲，他没有再言语，掉头就走。

他应该以更好的状态出现才是。

他回去后正好撞上了老蔡，在互相激励下，他才得以脱胎换骨，成功和陈慢慢拉近了距离，考上了同一所大学。

而宋冉志因为成绩出类拔萃，去了更远的地方。

罗神年觉得是老天给了自己一个机会。

他就像是一个心怀鬼胎的老猎人，在林间穿行，诱惑猎物乖乖跳进自己的陷阱。

他进了那家餐厅，来到了陈慢慢的面前。

漫不经心又刻意地将她拐走。

他确定陈慢慢已将他忘得一干二净，也确定陈慢慢喜欢上了和他一块儿长大的宋冉志。他心痛又难过，但只要他在她的身边，他还是会有机会的。

嗯，一定会有的。

陈慢慢撒谎的那次，他是知道的。甚至从语气中都能察觉到那些隐藏不住的欢喜，他悄悄地跟在她的身后，看着她欢呼雀跃的表情。

下车后站台上出现了宋冉志的身影。

两人相遇，熟稔又快乐。

他一度以为自己可能……真的要放弃了。

可他又不死心，在他们看不见的盲区，静静地等待着，直到他听到陈慢慢即将脱口而出的表白，以及……宋冉志那诡异的拒绝。

他站了出来，带走了陈慢慢。

他总觉得宋冉志态度的转变有别的原因，但是罗神年觉得无论什么原因，如果他没有抓住，就真的来不及了。

他比宋冉志更迫切，所以他抓住了陈慢慢。

送陈慢慢回家，和宋冉志他们一块儿过年的那天夜里。

天空中绽放着绚丽的烟花，他就站在陈慢慢的身后，轻轻地亲了亲她的耳朵，抬头时，看见宋冉志和往常一样，心平气和地站在对面的二楼。

脸上的表情毫无波澜。

他知道，这样的表情背后，带着隐忍和悲痛。

后来，回到学校，在图书馆路仙仙将宋冉志的喜欢，归咎于从小的资助之恩，宋冉志却隐忍着没有吱声。

好像有些秘密和喜欢都掩藏在岁月里，一句恩情全部都抹掉抵消。

谁也没有负担了。

罗神年仿佛明白了什么，宋冉志让步了。也许是释怀，也许还没有。

不过，上天总算还是比较眷顾他的。让陈慢慢重新回到了他的身边。

多年之后，陈慢慢生下了一个小团子，欢欢喜喜。

至于宋冉志，他一直没有和路仙仙结婚，路仙仙等他等到了三十岁，做了一顿可口的饭菜，然后在红酒里藏了戒指。

宋冉志意外发现时，她单膝跪地，声音很低："宋冉志，你愿意娶我吗？"

宋冉志放下筷子，愣了很久。

"不是说好了吗？我们就这样互相折磨下去。"宋冉志没有丝毫的情绪波澜，和他成熟的外表一模一样，残忍疏离，无人可以靠近。

对于路仙仙来说，就像是寒风里的一场暴风雪。

路仙仙尖叫起来："可是她早就结婚生子了！这么多年了，你为什么还没有放下？"

"你失态了。"宋冉志起身抱着自己的西装，没有回头。

外面的夜风有些凉，他坐在私家车驾驶座上，犹豫着还是从上衣口袋里掏出了烟。

点燃一支，深吸一口。

宋冉志的记忆被拉回了很久很久以前，那时候他的爷爷得了重病，需要一大笔钱。刚好被他的学生路仙仙知道了。

"我可以支付爷爷的一切费用，但是你要和我在一起，做我的男朋友。

"如果你同意，就将围巾围在我的脖子上，告诉外面的女孩儿。"

他坐在包厢里，窘迫地面对着这个熟悉又陌生的女孩儿，二十年的自尊瞬间击溃，他解开了脖子上的围巾。

他自我安慰。

没关系，自己受磨难受惯了。

他有足够的自信，可以平静地面对一切，面对残酷的没有陈慢慢的未来。就算不能，他可以将自己置身在地狱里惩罚自己做出的让步。

（完）

来日方长，
不如在你身旁

/定西

楔子

深夜，浩城。

北风卷地百草折，一场冬雨过后，一日比一日寒。

卜凡从一辆豪车里走出来，提着三盒外卖在老旧的公寓楼前止住脚步。

“欸，没有电梯？” 他蹙着眉，叹了口气，一跺脚，咚咚往上爬。

爬到六楼，停了下来，嘴里哈出的热气一遇冷便升腾到了空中。

他掏出手机，在屏幕上敲了几下，屏幕空白框里出现一行字“砖难搬，屎难吃”点了发送键后，摁熄屏幕，快步往下走，到四楼转角时停了下来，上来时没联系到这层楼的客户，他就把外卖挂在了门把手上。

挂上去是什么样，现在还是什么样。

卜凡的眼球布满了红血丝，径直走过去，摸了摸外卖盒底部，尚有余温，他相当无语，眼睛朝四周扫了一遍，瞅见楼梯口的墙壁上有个红色消防箱，他嘴角微翘，从门把手上扯下包装袋，拉开消防箱的门，轻轻地把外卖平放进去。

消防箱的门关上的那一刻，他已经将自己摆在了天才的位置。

第一章 / 口味虾打卤面

01

“啊，脚麻了。”

金灿灿一觉醒来，琥珀色的瞳孔，水雾朦胧，似猛然想到什么，她敲了下电脑空格键。

黢黑的电脑屏幕亮了起来，灰色画布上，如风少年牵着元气少女的手奔跑在樱花满地的林间小路上，头顶洒落细细碎碎的阳光。

金灿灿将画稿保存好后，长舒了一口气，从电脑旁拿起手机。

黑屏？手机关机了？

屋漏偏逢连夜雨，肚子不合时宜地在此刻奏响了饥饿交响曲。

……我恨。

她焦灼地等了会儿，手机刚能开机时，她急急点开外卖 APP。

“订单完成”四个字格外抢眼。

金灿灿：？

她站起身，趿拉着拖鞋就往外冲，一推开门，冷气扑面而来，将她及腰黑发吹得漫天飞扬。

“真冷啊。”

她抖了抖腿，探出脑袋，环顾四周，空空如也。

“大晚上的，真是见鬼了，我点的口味虾打卤面去哪儿了呢？”

阖上门，看着半小时前就显示已经送达的外卖订单，心头的怒火蹿上头来。

想她外卖界的扛把子，纵横点外卖市场好多年，还从来没遇到这么诡异的事。

要不联系一下卖家？这个想法刚从脑海里跳出来就被她给毙掉了，自己是踩着店面关门的截止时间点的外卖，零下十五度的冬天，老板早就回家搂着媳妇热炕头了。

此时打电话过去，搅乱了中年男人的黄金睡眠，老板起床气一来，分分钟就把自己拉入这家店的黑名单里。

一想起要永失所爱，灿灿顿感背后一阵凉意袭来，她一屁股瘫坐在地板上，手指头在屏幕上愤愤地胡乱点着。

新鲜滑嫩的虾仁覆盖住口感绝佳的手工面，光想想就更饿了。

得不到的永远在骚动，金灿灿不是被口舌之欲就能轻易掌控的女生，相反，她欲望值极低，穿的衣服永远黑白灰三色，一日三餐也早就安排得明明白白。

早餐是永记的黑米粥，午餐必选彭厨的口味虾打卤面，晚上锁定永记的黑米粥。

她今年二十出头，生活作风堪比老干部，一个人租房住，闭门不出，与外界唯一的联系来自于一个叫向乐天的男人。

她是怎么跟这个男人扯上关系的呢？

那还是她在美院上学时的事，在只有两个月的时间里，她需要攒够下一学年的学费，为此她每天在微博上疯狂接单，五元的QQ头像，五十元的Q版人物图……各种价格不等、要求不一的图她都接，只要对方愿意先结账。

可就算是这样，在新学期快到来之时，她的学费足足还差了两千元。

两千元对于一个父母双亡，没有任何经济来源的女孩儿来说是个天文数字。

光靠微博上没日没夜地接单根本来不及。正在她焦头烂额之际，微博上一个叫“小甜甜工作室”的蓝V号给她发来私信，说想签下她。

签约条件是对方每月给她两千元的签约费，她创作的作品都要第一时间发表在他们官博上，如果卖出去了，那就三七分，没卖出去可自行处理。

她起初以为是诈骗信息，便没多加理会。

没料到信息刚显示为已读，对方就火速在微博上给她转了两千元，解了她的燃眉之急。

对方诚意十足，她也就欣然接受。

自那以后，向乐天就成为她线上经纪人，他除了按时来收她的画稿之外，还会不定期给她找到一些钱多事少的活儿。

她有空就接，没空直接拒绝。

刚才画着画着就睡着的那幅画稿，就是向乐天给她接的一本青春小说的封面，她接到这个项目后当即与编辑讨论了大致构图，发了张初稿过去，见对方没有任何修改意见，她就继续细化，再上色。没想到，快要画完时已是凌晨三点，巨大的饥饿感席卷着她的全身，她这才意识到一天没有吃东西，慌忙撂下笔，点了份外卖。

万万没想到她点的外卖会不翼而飞。

她颓然瘫坐着，暗自怀疑人生。

“一定是这外卖小哥送错了单。”

她正愤愤不平时，首页上突然弹出让她给送餐员的服务做出评价的页面。

金灿灿怒气上头，刷刷就点亮了屏幕上五颗灰色五角星中的一颗。

刚评论完毕就悔意顿生，要知道在此之前，她可从没给任何一家店子打过差评。

别说差评，中评都没有，没想到今日遭遇外卖评价史上的滑铁卢。

果然冲动是魔鬼，她一时之间，又急又气，不知如何是好。

屏幕一亮，弹出“女子叫外卖给了差评被打进 ICU”的新闻。

金灿灿内心是相当崩溃的。

怎么办，怎么办，就在她坐立难安时。

QQ 消息提示音让她回过神来。

只要我不开门，外卖小哥就拿我没办法。

“还没睡吧，我出差刚回来，发现有家好吃的早餐店，就给你送过来了。”

消息来自于向乐天。

“……哈？”

金灿灿有人群恐惧症，乍一看到这条消息，顿感大厦将倾。

“别慌，不是我送，我还有事就选了同城送达”

“那就好，吓死我了。”

金灿灿提到嗓子眼儿里的心落了地。

“这么多年，你真是一点儿都没变啊，每次我还没往前走一步，你就慌不择路后退好几步。”向乐天盯着手机屏幕上金灿灿的灰色头像，无奈唏嘘道，“或许这也是你与其他女孩儿的不同之处，这世间有太多被物欲迷住了双眼的人，可每次想到你，我就能看清来路。”

这么一想，他心情就稍微好了一点儿。

02

同一时间。

在这个城市的另一头，卜凡看到自己账户余额里还没热乎的十五元，因为一个差评而被扣得只剩五元，整个人当场就炸了。

这可是他——博纳集团的小公子牺牲玩游戏的时间去送的外卖。

真是流年不利，第一次送外卖就遭受到社会这般残酷的“毒打”。

他怒火中烧，打开订单，想看看是哪个丧心病狂的人对他下的如此重的毒手。

订单页面早已关闭，只显示接单人的备注是：一座小火山。

“‘一座小火山’？名字这么清奇，下手这么狠，等小爷我逮住你，看我不把你整成一座死火山。”

想他卜凡，堂堂卜家五代单传。从小锦衣玉食，收获的都是掌声和鲜花，从没如此不堪过，接三个外卖订单里竟有一个差评。

说起送外卖这事儿他就来气，那时候他正在和好朋友进行组团玩游戏，刚进入刺激战场，老卜回来了。

他玩得不亦乐乎，自动隔绝掉外界一切消息源，老卜呼叫几次儿子都没得到回应，他也不恼不怒只冷不防把网线给拔掉了。

打蛇打七寸，断网最致命。

卜凡就这样把队友给坑惨了。

他还没来得及去找老卜理论，老卜猝不及防给他递了张MTV精英培训学校的报名表。

“我不去。”卜凡双手插兜，一副“宝宝生气了，还是哄不好的那种”表情。

“这可由不得你，你看隔壁老许家的儿子，学成归来在公司任职CEO那真是如鱼得水。你也不学学，整天打游戏，打游戏能打出事业来吗？”

卜凡无言以对。

家家有本难念的经，生而为人无论身份如何都逃脱不掉从小到大被“别人的孩子”支配的恐惧。作为世界五十强，国内巨头博纳集团旗下的董事长兼首席执行官的唯一儿子，卜凡更是从小就被自家老爸拿来和圈内好友的儿子进行比较。

一天天一年年，无数场没有硝烟的战争在他身边打响。此起彼伏，没完没了。

自小他就对继承家产没多大兴趣，相比较传统行业，他更喜欢直播、短视频这些新鲜玩意儿。

“谁爱去谁去，我反正不去。”

“你不去那你出去。”

“出去就出去。”

卜凡怒气上头，长腿一迈气咻咻就往外走，走出了大门都没见老爸出来拦一下，暗自寻思，看来这回真是触到老头逆鳞了。

可开弓没有回头箭。

城市一入夜，霓虹灯就开始闪烁，到处流光溢彩，绚烂又迷离。

卜凡漫无目的地在大街上游荡，暗自思忖该去哪儿打发这漫漫长夜。

酒肉飘香，晚风清爽，饥饿感如潮水般汹涌而来，他加快脚步，没走多远，就到了夜市。

正值饭点，蜗居在大楼里的大人、小孩儿都出来了，大街上熙熙攘攘，热闹非凡。

好看的皮囊就像发光的金子，在哪里都吸人眼球。卜凡混入人堆中，高个子和高颜值藏不住，迅速斩获了不少回头率。

他没在意，从有记忆起他的吃穿用度都由营养师和造型师量身定制，他每日就是根据日程表上的课程来上课，金融、法律、营销、传媒……

各色课程如滔滔江水绵延不绝。

卜凡生平头一回直面热气腾腾的街边小吃和摩肩接踵的各色人流，一时间，胸腔里的那颗心在五彩斑斓的灯光下柔软得一塌糊涂。

这才是大千世界的人间烟火气。

他在这刻打定主意要先找个工作去自力更生。

打包了好几份吃食后，卜凡寻了个僻静的餐厅坐下，吃东西的间隙，他点开吃播软件。简单注册了资料，他就试水“吃播”。

往日他最嫌弃这种空口套游艇，而现在……看到屏幕上游艇跑车没停过。

嗯，真香。

直播处处有，可有特色的却是稀缺品，卜凡凭借着俊朗外表和对美食不油腻的耿直点评，每天都霸屏直播首页。

他乐在其中，每餐必播，直到有天……被老卜派人给拎了回去，吃播这事儿也被撂在了一边。

憋屈在家的这段时间他也没闲着，不定期会约朋友来家里玩。

有天晚上，卜凡心血来潮约了几个朋友来家里玩起了真心话大冒险的游戏。

那晚他手气不好，玩三把，输三把。

输的人就要接受挑战任务。

他的任务就是去送三份外卖。

没承想……却收获了一个差评。

03

金灿灿好几个晚上都没什么胃口。

她有厌食症，每天摄入的食物少得惊人。

往日没什么办法，自从无意间点开首页推荐里一个叫 “卜算子”

的吃播视频。

“卜算子”刚好吃完，一抬头，她觉得这人像旧时相识，也就多看了几眼，随手便点了右上角的关注。

很快就被他独特的直播方式给迷住，每次吃饭时点开“卜算子”的直播间，看他香甜吃饭时喜滋滋的表情，听他吃饱喝足咂嘴的声音，金灿灿喝粥都会不自觉多喝好几口。

可这些天不知为何，两个月来从没断更的博主竟一断就是三天。

三天是二十五万九千两百秒！！！

这让她寡淡的生活有了个缺口。

金灿灿用塑料勺将碗里的白米粥搅来搅去，搅得热气散尽，她也没准备入口，好不容易下定决心舀一勺放进嘴里，清汤寡水，没有任何食欲。

她怕半夜饿醒，就像吃药般强迫自己喝了几口。

是夜，万籁俱寂，金灿灿洗漱完毕，躺在床上，却怎么也睡不着。

“叮咚”手机提示音划破夜的寂静，她慌忙拿起手机，以为是“卜算子”更新了吃播。她有个习惯，为了自己的灵感不被打断，她连手机上的微信提示音设置的都是信息免打扰，唯一打破惯例的就是“吃播”。她专门设置了“吃播”信息提醒。

屏幕亮起来的那一刻，她明亮的双眸慢慢黯淡下去。

是条短信：最近出差去了一趟新疆，给你寄了一些当地特产。

发短信来的是个陌生号码，金灿灿当是条发错的短信，直接忽视。

见没回，又发送过来一条：我是向乐天，我这边信号不好就只能给你发短信，提前跟你说是怕明天快递来送东西时吓到你。

金灿灿：嗯，谢谢，不用这么客气的。

对于一个不爱吃东西的人来说，所有的吃食都是一种负累。

对一个不爱欠人情的人来说，每一份欠下的人情也都是种负担。

夜已深，金灿灿在床上翻来覆去，怎么也睡不着。

卜算子明天还会直播吗？

这个问题刚蹦出来就在她脑海中定格住。

应该不会了吧，他也许永远不会直播了。

这个结论一经得出，她打心眼儿里认定这已是既定事实。

不是所有的故事都会有圆满的结局，大多数故事没头没脑，就像她无意点开视频，无意关注这个博主，却被他欢脱性格所吸引，他的吃播视频已成为自己的下饭神器。

可那又怎样？人生从来都是聚少离多，苦多乐少。有些人来到身边，也不过是只能陪你走一小段路。

金灿灿这样安慰着自己，挨到半夜浑浑噩噩睡下。

04

“卜算子”正在吃播白米粥，他喝粥就像小猪拱白菜，不用勺子，端起碗一口闷，连喝三碗后，他从盘子里拿出个碗口大的白面馒头，在一碟榨菜里蘸了几下就塞进嘴里，继而冲着屏幕露出地主家傻儿子般的憨笑，满屏弹幕都是“真香”。

“不香，没什么味儿。”卜凡口里塞满馒头，吐字含糊不清，正喝着水的金灿灿没忍住一口水全喷在屏幕上。

水珠迅速汇成小溪，顺着屏幕流到键盘上，金灿灿脸上的笑容逐渐呆滞，扯了张纸擦拭键盘上的水，可那水像有再生功能，越擦越多，从键盘上溢了出来，顺着桌角流到地上蔓延开来。

没一会儿，地面的水就没过金灿灿头顶，她是个旱鸭子，手脚拼命乱划。

“我是不是要死了？”

呼吸不畅，胸闷气短时，她闭上眼睛，安静接受命运的安排。

“嘟嘟嘟……”闹钟铃声响起，金灿灿睁开眼看着房间里的橘黄色台灯在天花板上投下斑驳的倒影，胸口凝滞感烟消云散。

“幸好只是一场梦。”她轻拍了几下胸口，拉开窗帘，小区里阳光温热，几个小孩儿正在踢足球。她临窗而坐，习惯性地点开直播间，“卜算子”的吃播视频猝不及防地弹跳出来。

竟然更新直播了？

金灿灿弹跳了起来，想起刚才的梦，她心有余悸，她确定杯底空空才点开视频。

“卜算子”正在吃播白米粥和馒头。

整个吃播视频和金灿灿的梦一模一样，唯一的差别是，在梦里金灿灿是在主播身边，面对面看他吃，而此刻，她是隔着屏幕看着他吃。

念及于此，淡淡的惆怅和失落感在她心头一掠而过。

为了回馈粉丝不离不弃的等待，“卜算子”在吃播的间隙还随机回复了几个发弹幕的人的问题。

小仙女就是我：最大的爱好是什么？

卜算子：打游戏。

三里屯吴彦祖：喜欢自己被人称为“小奶狗”吗？

卜算子：不喜欢，做个人不好吗？

今天卜凡更新吃播了吗：有女朋友吗？

看到这个私人问题，金灿灿瞪大眼睛死死盯住屏幕里的答复。

卜算子回答得干脆利落：没有。

得到意料之外的答案，她紧皱的眉头倏忽间舒展开来。

但心里有个人。回这话时，卜算子像回忆起什么美好的事，如烟眉眼里有星星在闪烁。

金灿灿的心一沉，在满屏都是“啊啊啊我失恋了”中，“卜算子”结束了直播。

金灿灿的心情在这几分钟之内如经历过山车般，从底部升腾到最顶端，又呼啦一下从山顶跌入谷底。她心烦气躁地关掉直播，躺在冰凉的地板上，为了转移注意力，重新验证密码登进微博。

有个微博 ID 为“懒懒猫”的人发来私信：大大您好，我是大风文化的产品经理，我非常喜欢您的画风，在明年“六一”来临前，我公司想做一个叫“金色童年”的文创产品，想约您画八幅与童年有关的插画，风格是您平常的画风，画好直接发我，稿费是两万元，完稿就结，绝不拖欠。

赚钱谋生才是人生要事，灿灿心头的失落感浮光掠影般一扫而光，她盯着约稿函，稿费让她怦然心动，主题和要求更让她爱不释手。她满心欢喜回了个“OK”的表情包。

对方秒回一组“疯狂发射爱心”的表情包。

关掉微博，金灿灿拿出画笔，脑海中构思与童年有关的主题，很快就确定下来，分别是清明、谷雨、立夏、小满、芒种、夏至、小暑、大暑。

这是她心底对夏天的印象，她的爸爸是个仪式感很强的人，平日手不释卷，深居简出。只有在某个节气当天，他才从书房走出来，做一桌丰盛的饭菜，吃饭时跟她讲与这个节气有关的故事。

那是她为数不多享受父爱的机会，在同龄孩子过儿童节时，她殷切盼望的就是新的节气早点儿到来。也正因如此，她对每个节气都多了几分了解和在意。

一想起父亲讲过的节气属性和相关故事，金灿灿的灵感像泉水般汩汩流出，心之所至，笔亦随之。她在稿纸上慢慢落笔，一点点将自己心中的童年心事落入画中。

距离甲方要求的截稿日期还有好长一段时间，可她像跟自己置气般每日埋首在画布上。

吃的食物越来越少，一次也没点开吃播视频。

每次手指头习惯性地触碰到手机屏幕里的直播 APP，她如触电般马上关掉。

不能陷如其中。

有个声音在心底一遍遍回响。

05

豪华房间里。

卜凡盯着微博 ID 为“一座小火山”的博主主页。

这个人到底是不是给我差评的那个人？还是只是撞了名？他抱着探究的心去一条一条翻着她的微博。

她更新微博的次数更是少得可怜，一年到头充其量也没超过十条，十条里有九条是自己的作品，一条是转发《人民日报》的新年祝福。

“小火山”的画风有点儿像达利，铺色浓郁大胆，光怪陆离，可那些诡谲搭配看久了心头竟有种莫名的平和静谧，好似河水漫过河床，母亲的手轻拍后背，熨帖又舒服。

卜凡当即就关注了这位博主，他没在意，自己这个微博粉丝七百万的博纳集团的公子平白无故关注了微博粉丝只有三千的小透明画手，当场就将两人推上微博热搜 Top5。

这事儿金灿灿是从向乐天发来的 QQ 截图里知道的，她忘性很大，对数字更不敏感，各种数字密码均是她记忆的重灾区。她没有常刷微博的习惯，每次只有累计九张自觉不错的画稿才会重设密码登微博去发布，全用来供日后缅怀。

画稿是种定格时间的方法，帮她留下真实存活于世的痕迹，这是她和遗忘对抗的一种独特方式。

向乐天发来她和博纳公子的热搜截图给她看时，她只当这个富二代和无聊网友的一场恶搞，也没在意。

向乐天见她兴致缺缺，也没细究其中根源。

另一边，卜凡看到自己上的那条热搜，一笑而过后心头莫名有点儿小期待，毕竟想和他同时上热搜的人排队都能从中国排到外太空。

可“一座小火山”像在人间蒸发似的，没借机蹭热度宣传自己的作品，更没有关注他。

“真是股清流。”卜凡感叹道。

可没过几天，“一座小火山”又冷不防在微博上冒了个泡。

“嘿，死火山喷发了？”

卜凡看着屏幕上弹跳出来一条消息：您关注的“一座小火山”有了新的动态。

好奇心促使他点了进去。

一点开，毫无悬念是“一座小火山”最新画稿。

“真是座死火山，就不能回应一下热搜？”

卜凡像一拳打在棉花上，郁闷得很。助理看着一向傲娇的少爷张牙舞爪要手撕对方的模样，端茶的手微微颤抖，心里暗自为屏幕那头得罪少爷的人捏了把汗。

这一切金灿灿自然是不知道的。

卜凡那股无名怒火燃烧殆尽，他在金灿灿的微博右下角点了个赞，三十分钟后实时更新的微博热搜头条是：“卜凡不是吴亦凡”点赞“一座小火山”。

卜凡跷起二郎腿，得意洋洋，他倒要看看“这座小火山”是不是真的是座死火山。

金灿灿发完微博就下线了，向乐天第一时间又把这个消息原封不动地告诉给她，灿灿内心毫无波澜该干吗继续干吗。向乐天脸上的笑容却逐渐消失，上一次热搜他觉得纯属是无聊的恶作剧，这一次再次上热搜，从他一个男人的角度来看，这事儿很不简单。

一个人只有对另一个人在意时才会去关注她，金灿灿是个宝藏女孩儿这件事，向乐天知道，可他不想让其他人知道。

他忍不住给金灿灿发了条信息：你和他真的不熟？

金灿灿：他？哪个他？

向乐天：没……我随口胡说的。

金灿灿：哦。

向乐天舒了一口气，他从兜里掏出包烟，撕掉塑料膜，从里头抽出一根点上，没开灯的房间，黢黑一片，点燃的香烟冒着一簇火光，格外扎眼。

烟雾在大厅里缭绕，如烟往事在他的脑海中涤荡。

那年，他刚进大学就成为一班之长，没多久又当上学生会主席。

那时的他风华正茂、意气风发随时准备着大干一场，为了增强班级凝聚力，他没少费心思去组织各种素拓活动。可让他感到头疼的是，每一次活动，都少了一个叫金灿灿的同学。

美院的女生多如牛毛，男生都是国宝级的稀有动物，他平日里也忙，再加上开学还没多长时间，能让他注意到的都是那些外貌或者能力相当出众的同学。

金灿灿自然不属于这拨人中的任何一位。可她那不合群的行为还是成功引起了向乐天的注意。

一次活动不参加还情有可原，可次次不参加那一定是故意让他难堪的。向乐天得出这个结论后，决定抽空去会会这个不合群的人。

生活在一个集体里，每个人都不是孤立的岛屿，如果班上每位同学都跟她一样，那让他如何组织更多的活动来证明自己的能力。

年少的心骄傲又敏感，恨不得得到全世界的盖章认可。

终于等来了机会，那天正好是他们班和另外一个班在大教室上思修课，两节大课之间有十分钟的休息时间。

向乐天早就决定要在这个课间，给这个叫金灿灿的同学一个下马威。

下课铃声一敲响，他就迫不及待询问身边的同学：“金灿灿坐在哪儿？”

很奇怪，他问了前后左右好几个同学，每个人都一脸茫然，好像这个人根本就不存在，可班级花名册上白纸黑字写着她的名字。

这得是个多么没有存在感的人啊，这么一想，向乐天竟有点儿生气了，他自小接受的教育就是要成为一个足够优秀存在感爆棚的人，为此，他获奖无数，一直都是街坊邻居嘴里那个“别人家的孩子”。

而这次，光想着要接触这样一个存在感为零的人，他就本能地抗拒，可这个人是自己班上的同学，作为班长，他觉得自己有义务和责任将她往优秀的道路上带。

没找到金灿灿他自有办法，他拿出随身携带的花名册，开始挨个儿点名。

一个萝卜有一个坑，排雷的方法土是土，可对找人这件事还是挺管用。

果不其然，五十七个同学，五十五个名字和本人都对上了号，没得到回应的两个人一个是自己，一个就是金灿灿。

他记忆力并不差，刚点名时还特意留了个心眼儿，虽是大课，可班级与班级之间自成默契——教室两边，各班各占一边，互不打扰。

他刚边点名边排查，他们这边，除了坐在最角落，身后是垃圾桶的女生外，其他同学都对他的点名做出了或热烈或敷衍的回应。

她真是不把我当一回事，这么一想，饶是再好的脾气，心里都有点儿气。

向乐天从自己座位上做出去，径直朝角落那个位置走去。

巨大的阴影投射在灿灿桌前的稿纸上，她没在意，仍戴着耳机在纯白的纸上涂涂画画，她那般专注，好似与周围不在同一空间里。

“金灿灿同学。”

向乐天清清嗓子，努力压制住心底的愤怒。

近在咫尺的人完全当自己不存在，还在埋头画画。

金灿灿画的是幅男孩与女孩对望的场景图，还在画草图阶段，她似乎对男生的脸一直都不太满意，刚画好又擦掉重新画。

向乐天站在一旁，愤怒的小火苗随着时间的推移越燃越旺。天可怜见，他长这么大，还没被人这么忽视过。

等到金灿灿涂改到第五遍时，向乐天的耐心已被磨得丁点儿都不剩。他粗暴地伸出手去扯金灿灿笔下的画纸。

一声清脆的撕裂声后，伴随着低低的惨叫。

这叫声就像老驴掉落山谷里，无助而凄凉。

金灿灿看着刚成形的草图被一分为二，脸顿时涨得通红，她低着头，嘴里反复嘟囔着“对不起”，声如蚊蚋。

倒像是自己犯了什么不可饶恕的错一样。

向乐天不知道自己那天是怎么回到座位上的，上课铃声响起时，他木然地往自己的座位上走去。那一节课，讲台上的老师神采飞扬，可他一个字都没听进去，他脑海中反复回想着自己刚才做的蠢事。那个楚楚可怜的女孩儿，面色苍白，身体干瘪，虚弱的好像随时都会倒下，她的画稿大抵是支撑她生活的唯一精神支柱，可自己还如此残忍地去剥夺。

一想到这儿，他更觉罪孽深重。

这事儿之后他想过好多种方法去补救，可那个女孩儿好像不跟他生活在同一个时空里，每天上课都很难看到她的身影，必须要来上的课她都是坐在教室最角落的位置上，戴着耳机埋头在稿纸上涂涂改改。

向乐天足够有耐心，他像一只蜗牛，一步一步往上爬，希望有天能乘着叶片往前飞，走入她心底，将一束光亮照进她的心里，好弥补自己的过失。

时光不负有心人，在一学年结束后，他偶然在微博上发现她正在无条件地接画稿，他知道她一定很缺钱，不然也不会拼命去消耗精力来换取金钱。他当即就用自己工作室的微博向她发签约信息，看到自己发出去的信息是已读状态，可并没有得到她的回应，他先抛出橄榄枝将两千元打过去，他那时候每个月也只有四千元的生活费。

他想去亡羊补牢，补救自己犯下的错误。

可他还是晚了一步，新学期伊始，他鼓起勇气想郑重地跟她道歉时，被辅导员告知，她已休学，休学原因是她有严重的抑郁症。

他听到这个消息时整个人都是懵的。

没有谁知道他那天是怎么回教室的，又是怎样度过这煎熬的一天。

可从那天起，他就隔着屏幕去靠近她，去弥补自己的过错。

最初纯粹是要去补救自己犯下的错误，可这么多年过去了，关心对方已成为他的一种习惯，和有些人午饭后要漱口，睡前要戴眼罩一样。

手指尖热气逼人，炽热的温度将他的思绪拉回来，他将火苗用力摁在大理石制作的烟灰缸上。

第二章 / 你和他是什么关系？

01

完稿后，灿灿如释重负般沉沉睡去。

第二天是被邻近的锣鼓喧天、鞭炮齐鸣声惊醒的，她吓得缩成一团，良久，才怯生生拉开窗帘的一角。

原来是楼下新开了一家包子铺，请了舞狮队伍来造势。她重新躺回床上，再睡下去并不可能睡着，她点开微博，找到“懒懒猫”：稿费什么时候发？

刚发出去的消息显示已读状态，可没有得到对方的任何回应。

金灿灿：？

约稿前和完稿后的态度堪比新交的女朋友和已娶回的媳妇，前后巨大落差让她的心里很不是滋味，就在她无语之时，微博弹出条新的消息：我真是太失望了，原本是喜欢你的画风才找你约稿的，没想到你随手就拿一些次品来敷衍我，真是太没有职业道德了，我已经找别人了。

金灿灿：？！

金灿灿看着自己熬通宵画的东西被人给全盘否定不说，还被泼一身脏水，她委屈异常，豆粒大的泪珠吧嗒吧嗒掉落在地毯上。

眼泪一经滚落下来，就跟山洪暴发般再也收不住，放声大哭了半小时，哭得眼角酸疼，嗓子嘶哑。

哭完后，意识清醒了不少。

金灿灿擦干眼泪，找到和“懒猫猫”的聊天对话框：找别人我没意见，但你得先赔我六千元的损稿费。

画圈有个不成文的规定，甲乙双方一旦合作，若甲方恶意终止合作，需要无条件赔偿乙方百分之三十的损稿费。

对方一直没有回复任何消息，就连一个表情包都没有给她。

金灿灿：……

她给对方发出一长串省略号，那头自动弹出一条消息：由于对方的设置，你不能发送信息。

她这是被对方屏蔽信息了！

只一刹那，她的身体不由自主地颤抖了起来，嘴唇发白，冷汗渗出，她瘫坐在地毯上，早年的记忆碎片拼凑重组。

02

金灿灿的妈妈生下她就因大出血而去世。

十二岁那年，她的爸爸又突然因病去世了。

她所生活的小水村有哭葬的传统，每家每户一旦有人去世，在死者入土当天，必定要由其最亲近的人身披白孝衣，头戴素帽，从家门口哭到下葬之处。

传闻死者亲属哭得越伤心，死者就离天堂越近。

可金灿灿怎么也不相信，平日如大树般让自己依靠的爸爸，竟会在她还没长大成人时就丢下自己走了。

爸爸入土那天，她被隔壁家的婶婶强行换上孝衣，婶婶一边将阔大的孝衣往她身上套，一边在她耳边聒噪道：“妮儿等下要跟小寒一起放肆哭。”

小寒是被婶婶宠坏的的儿子，他平日里凶巴巴的，做起事情来无法无天。金灿灿每次捏好的小泥人，还没在手上玩多久就被他给抢走，他吃剩的东西就算是丢掉也不会给她吃。

金灿灿穿上孝服走在送葬队伍的最前头，她面对着黑黢黢的大棺材，知道里头躺着她和蔼可亲的爸爸，她不相信他已经去世了，她觉得爸爸只是睡着了，现在要是被人埋地下，以后醒过来可怎么办啊，一想到这儿，她的心就好慌。

可她不敢让那几个身强力壮的人将棺材放下来，身旁的小寒分分钟就可以将自己推倒，更不用说身旁这些手肘都比她大腿还粗的大人。

“爸爸你先躺在那儿，等我找到帮手就来把你救出来。”

打定主意后，她在送葬路上没哭也没闹，安静乖巧地像个旁观者。

村里没人有耐心去了解一个小女孩的心思，他们看着平日性格孤僻的金灿灿在唯一的父亲去世时都没哭。先前积攒的那点儿对这个小女孩的同情，顿时消失得无影无踪，明里暗里都在骂她是个养不熟的白眼狼。

03

葬礼结束后，村里彻底没人再管过她，偶然有人在路上碰到她，也全当她是空气。

没有人想去了解一个没了父母的小女孩的心理活动，也没人想去知道这个小女孩每天吃些什么。

爸爸下葬后，金灿灿从米桶里盛出米放在铁锅里，想学着爸爸的样子煮饭，可爸爸没教过她该兑多少水，她拿出自己喝水的杯子盛了好多好多杯，盛到水都要快溢出铁锅她才停手。

她学爸爸的样子在土灶里堆几根干木头后，拿出火柴来。

火柴一划开，便燃起了微弱的火苗，快要烧着手时，她慌忙将火柴丢进灶台里。

火柴刚落到木柴上就熄灭了。她连续试了好几次都没成功，有一次火苗还烧到了她的手指头。

饭是煮不成了，她找来小板凳爬到家中的柜台上，找到爸爸先前为防止她多吃不消化，每天只给她吃规定数量的蒸蛋糕和小酥饼。

一口气吃了十几个，满意地打了个饱嗝，她将剩下的几个蒸蛋糕塞进黑袋子里，迈开小短腿走到门口，将门锁好后，她沿着门前那条蜿蜒的小路，一路往前走。

她打定主意没找到帮手就再也不回这个家。

她走啊走啊，这条路弯弯曲曲没个尽头。

天一点点拉开黑幕，将人和物吞没。

一入夜，金灿灿的脑海里闪现出白天看过的鬼故事，那些在书里张牙舞爪的鬼怪一一来到她面前，她的呼吸变得紧促，双眼圆瞪环顾着四周。

路两旁的大树投下斑驳暗影，头顶的乌鸦叫得欢实，金灿灿完全被吓破了胆，手和脚都不知往哪里放。

也不知过了多久，身后有辆三轮车突突地朝她开了过来，她想赶紧离开，可腿已完全不受自己控制，怎么挪都挪不动，只有两行温热的清泪在脸上肆意流淌着。

明晃晃的车灯闪得金灿灿的眼睛都睁不开，司机在转弯处看见有个人坐在逼仄的前路上，猛踩了脚刹车，三轮车在她面前停了下来。

“你找死啊。”三轮车停稳后，司机暴跳如雷，从车上跳下来走到她面前，等看清楚是个模样清秀的小女孩，马上转变了态度，刻意压低了声音：“小朋友，这么晚了你在这儿干什么？你家人呢？”

“我没有家人。”惊魂未定的金灿灿脱口而出。

“哦？那太好了。”司机的嘴角在黑暗中扯出一丝诡异的笑。

“什么太好？”金灿灿睁着双无辜大眼，很有求知欲地问了句。

这个叔叔说话有点儿古怪。

“没什么，上车吧小朋友，叔叔送你到大马路上去。”

“谢谢叔叔。”

司机像拎货物般将金灿灿丢到后车厢里，随手拨通了一个电话；“老宋，我这里有个新苗子，老规矩，卖掉后五五分。”

金灿灿站在后车厢里，猎猎寒风像刀子在她小脸上刮，她抿紧嘴唇，观察着四周，这是她头一次离家这么远，兴奋又紧张。

车子突突地往前开，一到大马路上，她眼里一亮，敲着玻璃门，大声喊道：“叔叔，我到了。”

司机置若罔闻，突突把车向更偏僻的田间小路上开。

金灿灿把手都拍肿了，口水都喊干了，可司机完全没搭理她。

她知道有些事情变得不妙了，她一边拍打着车窗，一边查看四周，想找准机会逃出去，三轮车开过一片沼泽地时，头顶上有一排被压弯腰的竹竿。

她跳了起来一把抓住竹竿，顺着竹竿往下爬，她瘦得像纸片，竹竿完全能承受她的重量。

从前，爸爸在家看书时，她就是个泥猴子，爬树、偷西瓜、打架……哪里都有她。

司机小心开过沼泽地后，没再听到身后有敲打声，自以为这个小女孩已放弃抵抗，得意洋洋往后看，后车厢里已不见了小女孩的踪影。

司机停下车警觉地四下观看都没看见小女孩的身影，他掉转车头准备回去寻找。

金灿灿沿着竹竿爬到地面上后，就钻进荆棘纵横的茅草地，当她听到三轮车的轰鸣声离自己越来越近时，她小小身板止不住打着战栗。

等待的日子分外熬煎，左等右等总算挨到三轮车的响声逐渐远去，森林中诡异的声音幽幽冒了出来。

那天晚上，金灿灿就像一只惊弓之鸟，独自在暗处舔舐着欺骗、恐惧和痛苦，他们像潮水般，在这个年仅十二岁的少女心头汹涌翻腾。

自那之后，灿灿就尽量不与外界有任何接触，为了防止被伤害，她将自己锁在一间房子里，将自己的一颗心禁闭，从不对外打开。

而现在，就算是躲在出租屋里，还是有人来骗她的画稿。

金灿灿气得全身发抖，她红着眼点开微博，将这个叫“懒懒猫”的人挂在自己微博首页上。

不到一分钟，手机铃声就响了起来。

“灿灿，你被人骗稿了？”向天乐声音急促而紧张，有压制不住的满腔愤怒，好像被骗稿的人不是她而是他自己，“这么大的事，为什么不和我说。”

“我……”金灿灿一时语塞，向乐天是她的经纪人，他每次都主动给他揽活，他给她接的单都很轻松，常规的图书封面，活儿周期短来钱也快。

她很感谢他，这么多年，无论世事如何变幻，他都像棵长在山间的松树，青葱阔大。每次想起都让人倍感温暖。可也正是因为这样，她才不愿意麻烦他，她是害怕欠他人情，害怕自己还不清，她之所以接受“懒懒猫”的约稿，也不过是不想麻烦他。

“你放心我会帮助你解决的。”

对方生怕她拒绝自己，不等她同意就挂断了电话。

04

卜凡的消息框弹出来通知消息：你关注的“一座小火山”更新了微博，详情请戳……

他还没从上次自己被“一座小火山”直接忽视掉这事儿里走出来。

“了不起哦，更新微博，我打死也不点开，哼。”助理端着茶站在一旁听着少爷在碎碎念，强力绷着没笑出声，卜凡嘴上说着不点开，没过几秒手机屏幕上就是“一座小火山”的最新微博，助理看着这个大型打脸现场，暗叹果然没人能逃得过“真香定律”。

“哈？世间竟有如此厚颜无耻之人。”

助理看着少爷的黑人问号脸，吓得将刚泡好的茶都溢在手上。

卜凡看着小火山微博截图里她和约稿编辑的对话，当下被气炸了，点赞原微博后，他心绪难平，马上评论转发此条微博，配上文字：这是何等的雾草，提刀的手微微颤抖。发完还不解气，当即就将这条转发微博置顶了。

三十分钟后，“卜凡微博置顶”“卜凡@[①]小火山”“一座小火山”“懒猫猫骗画稿”这四条微博以坐火箭的速度冲到微博热搜 Top10。

向乐天给金灿灿打了通电话稳定了她的情绪，旋即在微博找到“懒懒猫”，二话不说直接抛出工作室的律师函，再到工作室的首页上连发两条律师函来维护自家画手的权利。

得到对方的道歉和赔款承诺后，他心情大好，将“懒猫猫”的微博翻到底，很明显发现卜凡发的每一条微博“懒猫猫”都点赞评论并转发。

十足热情。

这莫非是卜凡的脑残粉？

他从“懒懒猫”的个人微博页面退出来后，眼睛盯着屏幕右边的热搜，每一条都与卜凡有关，他原本对这位玩世不恭的富家子弟毫无

---

① 电邮符号，这里是“通知”的意思。

兴趣，可现在这个人将金灿灿给扯进来，他星眸微动，一团火聚在胸口。

“这蹚浑水我今天是蹚定了。”

金灿灿接完向乐天的电话后，点了碗小米粥，鬼使神差地点开了“卜算子”的吃播，他依旧欢脱，可盐可甜，他眼神清冽像一汪清泉，金灿灿第一次点进吃播视频就是被这双熟悉的干净双眸吸引的，这双眼太像一个故人，一个如暖阳般温暖和煦的人。

她从胸前掏出一个玉制的小鹿吊坠，来回抚摸着，玉似常被人摩挲玉面清亮滑溜，看上去精巧又别致。

“你在哪儿？过得还好吗？”

她像是在对玉说话，又似在对着清风朗月呢喃。

谁家今夜扁舟子？何处相思明月楼？

金灿灿还在愣怔状态中，手机铃声打断她复杂的思绪。

“灿灿，我刚调查了一下，这事儿跟卜凡有关。”

“怎么说？”

“我刚发现那个叫‘懒懒猫’的人根本就不是个文化公司的产品经理，她就是卜凡的脑残粉。”

“哦，你的意思是‘懒懒猫’是他指使的？”

“这个不确定，但是我确定的是这事儿与他脱不了干系，你给我一些时间我一定会查清楚。”

“谢谢你。”

“你我之间不需言谢，先这样吧，你等我电话。”

“好，谢谢你。”

向乐天有生之年从金灿灿口中听到最多的两个词除了“对不起”就是“谢谢你”。他从来不知道金灿灿到底做错了什么，他自己又帮助过她什么，让她时刻将这两个词常挂在嘴边。

明明一个愿打一个愿挨，说谢谢实在是太过生分。

他从大理石桌的烟盒里拿出根烟，没开灯的房间只有一个橘红圆点在摇曳，他将身体陷入懒人沙发里，任自己在回忆中沉沦。

卜凡整整挂了“懒懒猫”十二个小时后，“懒懒猫”将钱都打到了金灿灿的账户上，还在微博上发了道歉声明。

卜凡看了看“懒懒猫”的道歉声明，冷哼了一声：“这道歉词怎么这么眼熟？”

他多看了两眼，气冲冲从老板椅上站了起来。

“这不是那个十八线歌手抄袭国外明星时，经纪公司发的微博？这就是一键复制粘贴，这也太不走心了吧。”

助理站在他身边，端茶的手微微颤抖。

卜凡坐回座位上，刚准备发条微博再吐槽一下这件事。

05

“网上的事你少参与，免得被想要出名的人给利用了。”

老卜突然出现在他的身后，阴沉着脸，冷冷地看着他，卜凡跷着二郎腿，一副“随便你怎么说，相信你我就输了”的架势差点儿让老卜气吐血。

“看见你就烦。”

“那我走了”

“我同意你走了吗？”

“腿长在我身上，我爱怎样就怎样。”

“行行行，给我滚。”

每个月总有那么几天会跟老爸闹矛盾，也没什么理由，就是亲人之间，待在一起就烦，分开了又想。

卜凡待在自己的小别墅里，约了好几个朋友一块儿开黑，没想到临近时间点，一个个都放他鸽子，不是要进行女朋友求生欲测试，就是要去陪客户。

“……没有你们组队，我不信我就玩不成了。”卜凡气咻咻地点开手游，说来也背时，他一进入游戏间，就被队友连坑三局。

“……天要亡我。”卜凡长叹一声，“非游戏之罪也。”

关闭游戏页面，他看到壁纸上橘黄色的微博图标，点开“一座小火山”的微博，最新一条微博底下评论已破万，点赞量高达十多万个，这热度堪比一线明星啊。

她依旧保持着冷淡作风，没有回复任何一个问题，也没有点赞任何一条微博。

卜凡看着自己搞出来这么大个动静，对方依旧无动于衷，他心生一计，孙子兵法有云：敌不动我先动，出奇制胜。

他点开@自己的消息，在浩浩荡荡@他的队伍中，在一条微博前顿住：

啤酒饮料矿泉水，花生瓜子八宝粥，让一让，吃个瓜，卜凡小公子和“一座小火山”是什么关系？一包辣条求答案。

他看着这个看热闹不嫌事大的吃瓜群众，本着关爱八卦群众的态度，在底下评论：你猜。

这活久见大型八卦本人被正主翻牌系列，一时之间，原微博底下炸开了锅，第二条评论是：这暧昧的味道有点儿甜是怎么回事？

接下来一条是：我现在吃瓜还来得及吗？

第三条是：大型真香现场。

…………

这夜，微博评论区里一片混战，知道真相和不知真相的围观群众都在吃“霸道毒蛇总裁VS清冷小透明画手”的瓜，微博上更生出不少比小说更精彩的桥段，什么“霸道小公子救落难小透明”。还有人直接据此写文《嘿，我注意你很久了》。

金灿灿一觉醒来，从向乐天那儿知道昨晚微博发生的与自己有关的事，她惊得张大了嘴。

真的是人在家中坐，锅从天上来。她长叹一口气，找到热搜里的原微博，在热搜第一条“你猜”下回复：没半毛钱关系。

这一下，越描越黑，又有一圈人涌过来攻占评论区，在底下刷：媳妇生气了快来哄哄@卜凡不是吴亦凡。

屏幕这头的卜凡看着终于被炸出来的本尊和这一拨花式打助攻的网友，想想屏幕那头估计气个半死的老古董某人，心里乐开了花。

“这一届的网友真上道，整蛊别人也太好玩了。”

助理看着少爷得意的小表情，心里也跟着乐开了花。

连着两天“你猜猜有没有关系”霸占着热搜。

第三章

原来你一直都在这里

01

后来微博上发生的事，金灿灿全然不知，她回复了那句“没半毛钱关系”后就下线了。

这些天发生的糟心事让她心头乱成团麻线，遂罢笔在家昏睡了两天。

何以解忧，唯有睡觉，没有什么是睡一觉不能解决的事，如果有，那就再睡一觉。

手机在桌上震动旋转成陀螺时，她精神恍惚勉强将眼皮睁开，迷迷瞪瞪间，摁下接听键。

“喂。”

在得到“懒懒猫”打款成功的消息后，向乐天第一时间就拨通了金灿灿的电话，听着话筒那头软糯如自家小奶猫的嘤嘤声，顿感被电击中般，酥酥麻麻，他愣了好几秒。

“灿灿，你看看你的余额里有没有进账六千元钱。”

“好。”

金灿灿退出拨号框，找到信息框点进去，消息第一条是个红点，她不抱希望地点开，“这……”

信息框里显示进账两万元！

“你帮我要到了那个画稿的全款？”

“全款？可对方答应我只赔偿六千元的损稿费啊。”

“可我明明进了全款。”

“那就好”

“谢谢你。”

“别客气，这是我应该做的。”

这是句实心话。挂了电话，向乐天心里有种不祥的预感，自己态度虽强硬，可“懒懒猫”只答应赔偿损稿费。这会儿又爽快地赔全款实在是不太科学，他隐隐觉得这事儿跟卜凡脱不了干系。

金灿灿挂断电话，心里既忐忑又兴奋，这笔钱失而复得，心头的阴霾一扫而尽。

手机亮了一下，通知栏里弹出一条：你所关注的“卜算子”有最新动态……她急急忙地点开。

卜凡手里正拿着铁叉，将圆滚的面条卷了一圈又一圈，长叹了一声。

弹幕清一色：卜少这是怎么呢？

卜算子：这个面条让我想起一件事。

弹幕：What ?

弹幕：嗅到八卦的味道。

卜凡两眼就没离开过面前这碗面，他低声呢喃着：“我之前送外卖……”

弹幕：你送外卖？！

卜凡意识到自己说漏了嘴，慌忙补充道：“不是我，是我一土豪朋友，他有次无聊跟朋友玩真心话大冒险，输了的人要去送外卖。他那晚手气背，连输三局，没办法，誓言立在那儿，总不能打自己的脸，他当场就点开了外卖APP，成为一名送餐人员，没想到一共送了三个单，其中一个单拨打电话是关机状态，我朋友没办法，只能将那份外卖放在消防箱里，没想到对方给他打了差评。”真是丧心病狂。

02

“简直是我人生中最大的黑点。”卜凡气哼哼地噘着嘴，狠咬了一口铁叉上的面条。

好几根调皮的面条滑落到盘子里，还有几根滑落到他的灰色西装上，他还沉浸在回忆中，全然没理会这些。

屏幕这头的金灿灿听着这些吐槽，大呼不妙，她慌忙站起来，趿拉着拖鞋拉开门，跑了出去。来到消防箱前，深呼了一口气，做了一分钟心理准备后，才一点点将消防箱的门拉开。

一份包装完好的外卖安静地摆在那儿，她捏住鼻子，把那个塑料包装袋提出来丢进垃圾桶里。

“欸，这可是半月前订的外卖啊。”她撇撇嘴，折返回去，进到房间，此时直播已结束，她再次打开外卖APP，想修改一下评价，可连订单都找不到了。

她这才想起当时一气之下就将所有订单都通通删掉了。

“我的手怎么这么贱。”

她一屁股瘫坐在地板上，想着应该想个办法补救下。

“打电话？”

不，通话记录也早已被她删掉了，她是有整理东西的习惯，一个人在家，用过的东西会放回原位，进过的网站都清除浏览痕迹。手机里更是没有任何垃圾文件，干净的像寡妇的灶台。

补救的方法没找到，她迷迷糊糊又睡了过去。

一夜无梦，醒来时阳光将墙壁晒暖和了。

金灿灿不知今夕何夕，又睡了个回笼觉。

床以外的地方，都是远方，手够不着的地方都是他乡。

直播一结束，卜凡去了网咖，火速跟朋友组好队，在游戏里杀了个人仰马翻，好不快活，谁知玩得正起劲时手机铃声响了起来。他没理会，继续在游戏里厮杀，手机似执意要跟他对抗般，响了一遍又一遍，他听得有点儿恼火，索性关了机。

这一下，河清海晏，世界又归于平静。

从游戏中厮杀结束已是深夜，一伙人血气方刚，从网咖里出来准备去飙车。

刚走出网咖，寒风猎猎刺得人骨头生凉，他开车到网咖时只穿了一件灰青色貂皮马甲，内搭一件白衬衫，一双黑靴子。

网咖里空调开到最大，脱下貂皮马甲，挽起衬衫衣袖都感觉到热气腾腾，可从网咖里一出来，户外就是真实天地，狂风怒号，天气阴沉。

卜凡哆嗦着身子往车里钻，将空调调到舒适的温度后，打开手机，第一条消息：你爸生病送到医院了，你快去看看。

第二条信息：你爸现在送进急诊室了，你人在哪儿？

第三条：手机怎么关机了？

第四条：……

他看到这些消息，脑子里一片空白，他不相信前几天还精神矍铄跳起来骂他没出息的人，这么突然就被送进了医院。

上天就像个调皮的孩子，总在暗处偷偷捣乱。

老爸怎么了？他会不会就这样离开我？

这个想法刚从卜凡脑子里蹦出来，他着实吓一大跳。从小到大，老爸都是护自己周全的一面墙，外头无论是狂风怒号还是风沙走石，他都可以在这一方天地里安全无虞。

如今……

他猛踩油门，车子顷刻间消失在苍茫暮色中。

他赶到医院时，急诊室门口已围了不少人。卜凡走过去，一眼就看见站在门口眼圈红红，一脸憔悴的母亲。

“我爸怎么了？”

“医生说是急性阑尾炎，正在做手术。”

他没有接话，看着急诊室的门，两扇巨大的门像是两个不同的世界，将里头与外边阻隔开来，里头正在进行一场“时间就是生命”的抢救，外头的人则正在经历一场心灵的熬煎。

卜凡坐在医院长凳上，看着忙进忙出的人，他生平第一次感觉到，时间过得好快，快到他还没来得及懂事父母就老了。以前他没心没肺惯了，逢年过节从未陪在父母身边，总是呼朋引伴，办Party打游戏想各种法子来打发日子。总觉得时间一大把，怎么挥霍都用不完。

而现在，隔着一扇门，里头的那个人可能会因为抢救不及时而随时从自己的生命中失去。

从这一天起，他就暗暗观察起自己的父亲。

他发现父亲在住院期间，都还在忙着各种工作事宜，他原本想插手，但努力了几天，发现自己真的提不起任何兴趣去参加每日会议，听冗长的各部门工作报告，去见各个合作方，演一场场宾主尽欢的戏码。

在这个过程有个惊喜收获，他发现父亲有出一本自传的想法，知道这事儿后，他就再也不淡定了。

给父亲出自传这事儿说难也不难，卜凡没让父亲的助理插手，自己暗中倒腾起这事儿来。

他废柴了太久，头回正儿八经来干一件事发现千难万难。

最大的难题就是找谁来写？找写手来写，他们对父亲的印象，肯定还停留在看那些商业杂志和娱乐八卦的浅层次上。找父亲的商业合伙人父亲那边肯定瞒不住。

思来想去，还是自己来写最合适。

可单单从自己对父亲的了解，写些有的没的文字实在太过单一，别说是其他人，就是自己都看不下去。

就在他拿着手机刷朋友圈时，刷到有人在夸“一座小火山”最新给一个电影公司画的宣传海报。

那是专属于她的味道，恬淡如菊，让人心安。

可以我来写，让小火山来配插画，这样既有趣味性，又有可读性。

有了这个认知，卜凡说干就干。

03

手机铃声在房间里响个不停，金灿灿目光呆滞地看着天花板，恍惚几秒后才意识到有人打来了电话，她顺手一抓，手机被攥在手心。

“喂。”

“灿灿是我，你看下 QQ。”

“嗯。”

金灿灿的意识还处于一种关机重启的状态，她从桌上的瓶瓶罐罐中摸到喷雾，对着自己的脸猛得一喷。

整个人瞬间清醒了不少。

打开电脑，QQ 界面弹出向乐天的消息框：灿灿，我最近给你接了一本书的插画，价格还不错，画十五张内页插画，五万元稿费。

金灿灿：“五万元！”

这对于她这样一个名气不高的画手来说，真是笔不菲的收入。

向乐天：我，我把他 QQ 抛给你了，具体风格你们自己谈。

金灿灿：嗯，谢谢你。

金灿灿按照向乐天给的 QQ 号去查找好友。

一键搜索完毕。

找到一个人。

昵称是 F。

她恍惚地点下：添加好友。

果然……

QQ 提示弹出来一条消息：

F 已经是你的好友，不能重复添加。

金灿灿整个人顿时都傻眼了。

这个世界真小，丢失的人转角都能再遇到。

那年。

新学期伊始，缴完学费后金灿灿就被检查出患有严重抑郁症。住进医院，休学一年。

那段时间，时间像被人给拽住了脚，每一天都漫长得像一整年。

她整日躺在病床上，吃药治疗，心头苦闷没个发泄口。

F 君就是在这个时候出现的，是他先加的她，两个陌生人开始把对方当成树洞。

有些话只能说给陌生人听，隔着屏幕，她向他诉说自己的少女心事。

他也每次都温柔回应。

两个人每天分享日常，互道晚安，情愫渐渐潜入彼此心房。

是他先提出线下见面，她心有千千结，可联想到自己的真实处境……果断拒绝。

后来……

没有后来。

故事就这样草草收尾。

灿灿重新注册了一个昵称为“一座小火山”的 QQ 号，添加了 F。

F 看到 QQ 里新的好友验证消息，点开是“一座小火山”，当场点击同意，嘴角掠过一丝不易察觉的笑。

F：你知道要给我画十五张画这事儿吗？

一座小火山：嗯。

F：……

F：你除了“嗯”之外，能多给个字吗？

一座小火山：嗯，给。

F：……

F：算你狠。

金灿灿在消息框里编辑了一大堆文字，她又一一将那些文字删除。

她想问他如果当初她去应约，他们会不会有后来。

她没有问，她不敢，她也不能问。

日本文学巨匠太宰治在《人间失格》里曾说“胆小鬼连幸福都害怕，碰到棉花都会受伤”。

她就是那个胆小鬼，从小到大，一直如此。

卜凡歪着个身子靠在老板椅上，谁人不知，博纳集团的公子幽默风趣，从来不会把天给聊死，可谁也没想到，有朝一日，这个小公子竟会被一个网友给闷出内伤来。

助理的心也跟着颤抖起来，他不知道今天是哪位不长眼的人竟然得罪了少爷，想着自家少爷的个性一定不会让这个人好过，心里默默给对方念了几遍《大悲咒》和《往生咒》。

卜凡沮丧了几秒，又冷不防把身子坐直，从桌子上拿起手机，点开聊天界面，发现对方没有回复自己任何消息，心里更不是滋味。

F：什么时候给我画？

一座小火山：你先说下要求。

F：要求就是你求我呀，求我，我就告诉你。

一座小火山：……

原来他和陌生人聊天是这种欠揍态度。

回想起过往，他对自己格外温柔。

开始话题的人是他，结束的人亦是他。

以前，从来不会让她感觉到分毫尴尬。

可现在的他，倒像个纸老虎。

外冷内热，一点就着。

莫名可爱。

04

卜凡一个人生了几分钟闷气，随即又像个漏气的皮球，听到QQ新消息的提示音，又赶紧拿起手机。

一座小火山：求你。

卜凡看着手机屏幕里的那两个字，他还从没见过有人求人还这么傲娇的，求人的倒像是被求的那一方。

他心里暗暗发誓要骂她一顿。但他的手却很诚实地编辑：接受你的请求，你就按照自己感觉走。

F：……

想撤回已超过两分钟。

一座小火山：？

现在的甲方都这么随意的吗？

F：不乐意？

一座小火山：没。

F：呵，女人。

结束尬聊后，卜凡来来回回翻看了好几遍两个人的聊天记录，心头一惊，屏幕那头的人说话方式像极了她。

一想到她。

卜凡敲开列表分组“我最亲爱的”那一栏。

里头只有一个人。

灰色头像不会再跳动。

他好几次想问她还好吗？最终又怕打扰到对方而默默退出聊天对话框。

是谁说：人生短暂，所有不被珍视的情感，都应该高傲地绝版。

金灿灿拿起画笔，心头乱糟糟的。

之前每一次商业合作都是甲方规定作品要求，给她一个框架，她就在这个既定框架里按照自己的理解来构图。

如今……金主是故人，还是个意识流派，给她无限随意涂抹的自由，可她竟无从下手。

自由和束缚原本就相辅相成，有束缚才有自由，一旦束缚消除，自由也随之消逝，剩下的是无尽的迷茫和彷徨。

金灿灿在画纸上涂涂改改，每次有一点儿想法都想着要在第一时间画下来，可一拿起笔，每多画一笔，都离自己心头所想远了一步。

两天之后，她真的要疯了，顶着一头乱糟糟鸡窝状的头发和厚厚的黑眼圈敲开与F的聊天对话框，看到熟悉的头像，强制让自己镇定自若。

一座小火山：给点要求，不然我画不出来。

F：哈哈哈哈哈哈哈哈哈哈哈哈。

一座小火山：……

隔着屏幕，卜凡都能感受到对方的崩溃心情，他嘚瑟地跷起二郎腿，暗搓搓感叹：“天道好轮回，没想到你也有今天。”

助理在旁边看着少爷春风得意的模样，不由得感慨这真是千年等一回啊，老爷生病这段时间少爷总阴沉着一张脸，脸上没有任何属于青年的明媚色彩。

F：这样吧，我给你一点儿提示，我想要你画自己想象中父亲的样子，以一种很日系的风格去画，这样够清晰明确吧。

一座小火山：好。

卜凡看着对方转眼间就公事公办的态度，也没想着去怎么怼回来，一来，总算能为父亲了了这个心结；二来，他更加确定屏幕那头的人是她。

一想起她，他心头便柔软了几分。

金灿灿关掉聊天对话框，平复了一下刚激荡起的点点涟漪，心里反复思忖父亲这个意象所能勾勒的形象。

她父亲是个嗜书如命的人，从她有记忆开始，父亲每天都待在书房里，极少出门。

她有好几次偷偷进去看过，书房里的书堆得到处都是，她还翻开了好几本，里面有很多字都是她不认识的。

父亲每日除了在书房里就是在院子里侍弄花草和瓜果蔬菜。

在她的记忆中，家里的窗户上就有各种盆栽，颜色不一的鲜花，时令瓜果蔬菜。

父亲也会在窗帘边挂好些自制的木风铃，每次推开窗，风铃声串串，清脆悦耳，午后骄阳，那是金色童年最美好的画卷。

印象中的父亲脾气都出奇地好，她吃饭时米粒掉在桌上，父亲会给他讲“悯农”的故事；摔倒在地上自己爬起来被父亲发现时，他会马上找来医药箱，拿着棉签，沾上碘酒，轻轻地给她擦一擦；她不会做作业，他都耐心地引导她去思考……

第四章 / 你见或者不见，我都在这里，不离不弃

01

卜凡在给对方一个提示后，时时让助理盯着自己手机里的 QQ。

一开始他满怀期待，隔几分钟就会看一眼助理。

助理小心翼翼地捧着手机，迎着少爷殷切的眼神，他也希望少爷 QQ 好友里的那个叫“一座小火山”的能发送新的消息来，可别说是一句话，就连个表情包对方都没发过来。

助理看着少爷那张像霜打过的茄子般的脸，也被他情绪所感染，一主一仆，两张苦瓜脸。

助理有时候也纳闷，少爷这么希望收到对方的消息为啥不主动出击。

卜凡心里最清楚，画手最讨厌的就是刚找到思路，半路又接收到金主的新方案。

每条消息都会让他们精神紧绷，心绪不得安宁。

时隔多日，金灿灿总算发来了新消息。

助理精神为之一振，激动地冲卜凡喊：“来了，来了。”

“磨叽什么，快把手机拿过来啊。”

手机里的消息提示音不断响起，助理飞奔过去，脚步轻快不少。

卜凡接过手机，看着QQ消息里发过来的全是文件，就知道画稿已经完工，他还没等文件接收完毕就迫不及待地一一点开来。

一幅幅色彩绚丽的画稿出现在屏幕上，每幅画里都有个胖老头，腆着肚子，大鼻子上架着老花镜，或埋头看报或低头浇花，神采奕奕。

画稿对人的感染力就是，自从你点开它那刻起，你就从现实世界中抽离出去，来到画者想要带给你的那个世界。

那里有他所构筑的世界，他的三观和喜好，他所蓄积的能量都迸发在那几尺见方的画稿里。

好的艺术总有共通性，他能连接一个个平凡个体，唤醒个体内心深处沉睡或被掩埋的另一个自己。

如果说之前还有点儿怀疑，此刻卜凡已完全确定对方就是自己一直想见而未曾见过的那个人。

那个人也曾跟他在深夜里回忆起去世的父亲。

她说的每句话卜凡都清晰记得，那些明明几年前说过的话，回忆起来仿佛就发生在昨天。

而这一次，他想从头再来，补全遗憾。

卜凡点开对话框。

F：我觉得这些画存在一些问题。

一座小火山：什么？

F：我说不出来。

一座小火山：……

F：这样吧，我给你一个地址，我们当面讨论。

一座小火山：不行。

F：为什么？

为什么你一次又一次拒绝我。

一座小火山：不方便。

F：哪里不方便，说出来，我来解决。

一座小火山：……我不方便见人。

F：你奇丑无比？我不怕，我见惯了奇形怪状的物种。

一座小火山：……

金灿灿深吸了一口气，两只手放在键盘上，久久不知道该如何去回复消息。

她仔细想了想，上一次出门还是刚上大学时的事，多么久远又渺茫。

她每次出入人群，就呼吸紧促，胸闷气短，全身上下都不舒服。

她原本以为自己这一生，都会在这间出租屋里，过着与世隔绝的日子，没想到，安逸的日子这么快就到了头。

一想到对方还是他，金灿灿心头暗叹，有些事真的躲得了第一次，躲不过第二次。

F：你在哪儿，我叫司机去接你。

一座小火山：别，我自己去。

F：那行，地址发给你了，下午五点见。

金灿灿发了个 OK 的手势后，就坐在床边，环顾自己的衣橱，黑白灰三色。她不知道现在流行什么，她的衣服一向松垮又肥大，这些年宅在家，她从没买过衣服，穿的还是大学时买的硕大袍子。

拉开窗，小区里有小孩儿在奔跑跳跃，午后的阳光从窗口斜射进来，将桌上的瓶瓶罐罐镀了层柔光，说不出的温暖和煦。

“这样的好天气，确实应该出去走走。”

金灿灿自顾自感叹道，爸爸还在世时，不时会在这样的好天气里带着她去地里采摘成熟的瓜果蔬菜，爸爸的手掌宽阔，单手拉着她稳稳当当。有爸爸的每一天，日子都五彩斑斓，爸爸会在山里蘑菇冒头的时候，将她全身包裹严实，就带她到山里去采蘑菇。

红的、粉的、绿的、黄的形态各异花色不一的蘑菇满山坡疯长，爸爸每次都走在她前头，提着大篮子，拿着长柄柴刀，砍掉那些刺人的荆棘，她走他身后，只消低头捡地上新鲜的蘑菇即可。

每次爸爸牵着她的手满载而归，踏着细碎阳光唱着山歌往家走，两个人的影子，一大一小，一长一短，间或交叠，偶尔错开。

这是她前半生为数不多的快乐来源之一，也成为支撑她在失去爸爸后踽踽独行的精神慰藉。

金灿灿的手在衣橱里扒拉开来，纤纤玉手从一件件衣服上滑过。

手指瞬间在一件黑色长披风上停驻，再从柜子底找了一双长丝袜和一条格子长裙。

看了看时间已是下午三点，穿戴好后，想着时间还早，躺在床上又睡了过去。

02

金灿灿一觉醒来，外头阳光已不似刚才那般炽热，她拿起手机，时间显示四点五十三分。

她从床上蹦起来，急得像热锅上的蚂蚁，

一想起外头拥挤的人潮……她就有点儿想吐。她真的很抗拒出门这件事，哪怕对方不认识自己，她都不想见到，越想越不想出门，她忐忑地点开QQ上与F的对话框。

一座小火山：我身体不舒服，不出去了。

F：那我帮你叫救护车。

一座小火山：……

F：别怕，我助理的车就在你楼下。

一座小火山：？

金灿灿不知道那天是怎么出的门，她下了楼，脚步虚浮，像喝醉了酒般。

走到门口，夜幕降临。这无形之中给她心里添了些许安全感。

她一坐上车全身上下都写满了不舒服三个字。

车子停在米其林星级餐厅门口时，灿灿长吁了口气，怯生生从车子里走出来，把车门关上，没来得及收回手，她的手指被车门夹出了一条口子。顿时，猩红的鲜血从伤口上冒了出来，金灿灿吃痛地捂着手，狼狈地走到米其林餐厅门口。

她还没往里面走，餐厅里走出两个穿着工作装的服务员，满脸谦恭。

金灿灿心里发虚，手心直冒的冷汗夹杂着猩红的鲜血，让她有种晕眩感。

旋转门里的大厅梦幻璀璨，灿灿脸色不自觉地泛起潮红，像涂抹了腮红般。

“请进！”出来两个穿着工作制服约十七八岁的女孩儿，浓妆里遮藏不住眼底的稚嫩。

“好。”金灿灿身体缩了缩，两个手指头互相摩挲着。

餐厅只有一条长廊，长廊左右两边垂落咖色帘布，帘布里是独立的小空间。

已是饭点，可这餐厅寂若无人，除了几个穿着工作服的工作人员在忙碌着。

就要看见他了，金灿灿的心跳到嗓子眼儿里。

唯一庆幸的是他并不知道自己就是曾经拒绝过他的那个人，不然该有多么尴尬。

卜凡拉开帘子，看着不远处皮肤白到发光的女孩儿，她手上拿着手机，慢吞吞地在帘子外来回踱步。她穿着一条格子长裙，细长眼，柳叶眉，带点东方古韵气质，再加上她身形消瘦，举手投足间都是不食人间烟火的气息。

这个姑娘，我在哪里见过？

卜凡木然站定，就见女孩儿已站在他面前。

“是你？”

他没料到是对方先开的口。

“你认识我？”

对，她应该早就知道是我。

“你……怎么在这儿？”金灿灿此时的心情跟学生时代那些跑去跟男神表白，在见到男神本人后就全然忘记自己组织了一整晚语言的女同学一模一样。

“我在这儿等人啊。”

“哦哦哦。”

金灿灿会上前主动打招呼是因为看见活在屏幕里的吃播博主卜算子，凭空出现在自己面前就脑袋一热。

打完招呼，她不知道该说什么，空气中飘着尴尬的气息。

“我还有事，我先……走了。”金灿灿猛然想起自己来这儿不是为了邂逅男神，而是要去见F君，没等对方回话，她就慌忙开溜。

刚挪开步子，还没走几步路，身后就传来一道洪亮的声音：“你等等。”

金灿灿止住脚步。

“往后转。”

她不知道对方要干什么，木讷地转过身去。

“你往前走。”

金灿灿的心紧张地怦怦直跳，可又没有违抗对方的勇气，缓缓地往前走，走到快要靠近他时，他都没喊停，她低着头，像做错事一般，两只手无处安放。

“我刚才忘记跟你说，我要等的人就是你。”卜凡的声音干脆果断，丝毫不拖泥带水。

“什么？”

“我就是F，这事儿你早就知道吧。”

“我……”

被人当面揭穿，金灿灿只想找个地洞钻进去。

“那天……你为什么不来。你不知道，我一个人在那里苦等了多久。”

“对不起，”金灿灿低垂着脑袋，怯生生地说道，“我……”

她面红耳赤，抬头的瞬间，脖子上的小鹿吊坠滑了下来，在空中划出一道完美的弧线。

卜凡黑亮的双眸在这瞬间闪过一道亮光，就像流星划破天际。

金灿灿抬起头见对方直直地朝着自己胸口看，又羞又赧。

卜凡在这短暂的几分钟里，知道了一件更让他震惊的事。他心头狂喜，努力控制着脸上的表情，不让自己的欢喜表露出来。

他很想一股脑儿说出来，可他害怕因为自己的毛躁吓到她，已经错过一次她了，他再也不能再次错过她。

金灿灿的心情着实微妙，她最初是因为自己关注的吃播博主近在咫尺，她出于粉丝见偶像的初衷，冒冒失失打了声招呼。

她有生之年都没料到偶像竟然就是F君。

她一时间又惊又喜，不知如何自处。

“吃点儿东西吧。”

卜凡平复下心情，就把菜单慢慢递到金灿灿面前，他还没接近她，她就自然往后缩。

卜凡从没见过如此胆小的人，她就像只惊弓之鸟，时时绷紧神经，对外界保持高度警惕。

她到底经历了什么？

卜凡心里泛起苦涩，久别重逢的欢喜瞬间就被对方极度敏感的神经所冲淡，他感觉他俩，看似面对面坐着，可心离得很远很远。

念及于此，他的心揪成一团，有股无法形容的疼痛。

“你不点，那我点了啊。”

“嗯。”

卜凡这一连串的心理变化，还在低头消化着“我偶像从屏幕里跳出来就在我面前还是F”的金灿灿自然是体会不到的。

卜凡依照自己对女孩儿饮食喜好的认知点了份牛排和意面，两杯红酒。

两个人各怀心思，安静等待着晚餐到来。

服务员端盘上桌，将食物摆放齐整，离开时随手拉上帘子。

蜡烛缓缓燃烧，周遭被暖意缠绕。卜凡起身，慢慢将金灿灿盘中的牛肉细切成小块状，四周恬静，能清晰听到刀叉与盘子摩擦时的清脆响声，灿灿的心就像坐过山车一样蜿蜒起伏，这是她第一次吃牛排，正不知该如何动手，没想到对方先她一步，让她免于尴尬。

柔灯之下，她心中被暖流所萦绕。

“趁热吃，凉了就不好吃了。”卜凡言语轻软，如春风拂面。

“好。”金灿灿冒冒失失将盘子往自己身边挪。

盘子以肉眼可见的速度挪移，眼看着就要掉在地上，卜凡眼疾手快，站起身，踮起脚尖，将盘子移向桌子中间，及时挽救盘子打碎的命运。

“对不起，对不起。”金灿灿用细小的声音道歉，她从家里出来后就有种被人给盯梢的不自在感。这种不适感持续到自己与F见面的这段时间，都没丝毫的缓和。

“没事，你小心一点儿别伤着自己就好。”

卜凡的话语里没有丁点儿不耐烦，满满的都是对她担忧。

一顿饭在金灿灿缩手缩脚，极不自在之间结束。

卜凡的爸爸对粮食相当虔诚，他耳濡目染，从小就分外珍惜粮食，加之后来成为吃播博主，将盘子里的东西吃光是件自然而然的事。

金灿灿平日隔着屏幕看卜凡吃东西，当时就觉得他的胃口极好。而当屏幕里的人就在眼前，她有种梦想照进现实的既视感。她抬眼一瞥，见卜凡盘子里只剩下面汁，回想起他那次直播说的话，不觉笑了起来。

金灿灿的瞳孔接近琥珀色，总是水雾朦胧，像捉摸不透的猫眼，她浅笑的弧度极小，可还是被卜凡迅速给捕捉到了，他从没见人连笑都如此拘谨。没露半颗牙齿，面部表情也没任何变化，除了嘴角弧度浅浅往上扬。

“你笑什么？独乐乐不如众乐乐，说出来分享一下。”

“没……没什么，我吃饱了。”

金灿灿又自动恢复到原先局促不安的状态中。

卜凡蹙着眉，眼前的这个女孩儿，明明是花季少女，却像提前被人给折断根茎的幼苗，失了天真烂漫，满怀忧虑和不安。

03

“你真吃饱了吗？！”

卜凡难以置信，她盘子里的牛肉只吃了一小块，意面端上来是什么样现在还是什么样，唯一有点儿变化的是杯子里的大麦茶，已见了底。

吃这么一点点东西怎么能维持日常所需能量呢？

“你这么瘦又不需要减肥，要多吃一点儿。”

“啊？我习惯了。”

金灿灿像断了片似的，愣怔了一会儿，她胃口奇差，每天都“量入而为”。

听到那句“我习惯了”，卜凡心里更不是滋味，他一遍一遍地追问自己，这些年自己到底在干什么？都没想过要去找她？自己没参与她生活的这段时间，她到底经历了什么？

他抬起头，瞥见她拿着纸巾很用力地在擦拭掉落在桌上的一点儿酱汁，擦拭过一遍后她又将纸巾对折再继续第二遍擦拭，等到确定擦拭干净后，她又将面积不大的纸巾对折好，握在手中。

他不敢轻易跟她说话，害怕自己会再次让她受到惊吓，她神经太过脆弱，已经受不了任何摧残。

这顿饭原本是由于画稿而起的，但在整个过程中，两人和和气气自始至终都没提画稿到底存在什么问题。一个不愿提及，一个不敢去提。

黑夜笼罩整个大地时，沉默也将两个人紧紧包围。

两个人之所以都缄默不言，一个是因为真的没有胆量，另一个是因为对方才做此选择。

“你准备什么时候回去啊？”

卜凡率先寻找话题打破沉默，他若不说话，两个人会一直这样僵着。

“啊？现在。”

金灿灿以为对方急着想要离开，为了避免尴尬，准备马上开溜。

一席对话，两人均会错意。

“我送你？”卜凡总想靠近她，了解她。

“不用。”金灿灿毫不犹豫就拒绝了，虽然她每天看他吃播视频，感觉对方近在咫尺，可她还不习惯身边真真切切有个人，更何况这个还是自己有点喜欢的人，她更加不允许自己麻烦对方。

毕竟距离产生美，两个人越靠近反而越容易伤害到对方。

“那好吧，我助理的车在外面，我就不出去了。”金灿灿不知道是不是自己产生了错觉，她感觉卜凡这句话里有淡淡的失落，就像过节时没有如期收到父母玩具的孩子。她快步往前走，生怕自己再慢一步就会后悔。

“有事记得随时 Q 我。”卜凡看向逐渐远去的瘦弱背影，喊出这句话。

“好的，谢谢你”。这句话是灿灿在心里说的。

人一生当中有几万个日日夜夜，可金灿灿觉得她会永远记住这一天，她阴差阳错走近他的桌前，没想到歪打正着，对方比她原有的印象还美好。

温柔体贴，会照顾人，有共情能力，可爱又帅气……

一想到之后的日子永远只能隔着屏幕与对方相见，她心里就不是滋味。可人生就是如此，有太多错过与终难再相逢。

助理回来的时候，看到卜凡冷冷地坐到车子的后排，助理看不清他的脸，但他感觉自己全身上下凉飕飕的，一种黑云压城城欲摧的逼人气势。

"你回去帮我查下我爸在我七岁时带我去的那个村庄的名字，查好后给我安排好最近一趟去那个村庄的行程。"他语气冷得像结了一层冰。

"好的，少爷。"

助理一刻也不敢停留，将卜凡送下车就登录系统去查询少爷想要的那个地名。

"小水村"是一个西部偏僻的村庄，少爷为什么会对这个地方感兴趣？助理只当是富家少年特殊的乐趣，也没细想，当即定好往返机票和汽车票，找好导游，迅速安排好一切。

第五章 / 我来到你的城市，走过你熟悉的街

01

第二天一早，阴云笼罩。卜凡提着行李箱坐上了贵宾舱。

几个小时后，飞机安全降落，他心里既紧张又欣喜。

“我终于要去到生你养你的地方，很快就会知道我不在你身边的这些年到底发生了什么事？”他拉着行李，走出机场。

接机口有块很显眼的牌子，上面写着：欢迎凡总来小水村视察工作。

卜凡：……

助理你出来，我保证不揍扁你。

原本想低调的一次调查旅行，一下子搞得人尽皆知。

博纳集团未来的继承人去往小山村？扶贫还是去作秀？当天的社会新闻头条报道的就是这一条，中间还配着一张占据半个版面的照片。

卜凡从机场出来时，外面冷风肆虐，将他上身穿着的黑夹克吹开，

凛冽的寒风从四面八方向他袭来，他冷得打了个哆嗦。

来接他的导游是个黑瘦小伙子，走了约莫五六分钟，小伙子快步走向一辆SUV，打开后备厢，单手一托，行李箱就被稳稳安放在了那儿。

“老总，请上车。”小伙子麻利地拉开后门，挤出乡里人惯有的憨笑。此时的卜凡手脚已冻僵，坐进开着空调的汽车里，等到手指头稍微有点儿意识后，他才从裤兜里掏出手机，点开“都是蠢汪除了我”的微信群，信息已是99+[①]。

菜菜：老大，听说你去乡里扶贫去了？

一个大帅哥：凡凡在哪儿都叱咤风云。

菜菜发送过来一张图片。

一个大帅哥：这次怎么这么急，是不是为了躲老爸？

一个大帅哥：还是有好看的小妹妹在等你？

一个大帅哥：不应该啊，你只对男生感兴趣啊。

…………

十个人的群硬生生聊成一人独白群，卜凡点开菜菜发送的图片，是一条社会新闻的报道，“扶贫”两个字让他哭笑不得。

卜凡：有事。

菜菜：什么事？

一个大帅哥：霸道帅哥算一算，觉得这事儿不简单。

卜凡：回来再说。

菜菜：等你回来嗨起来。

一个大帅哥：靓仔，风里雨里，我也在这等你。

一个大帅哥：等你回来喝酒撸串。

卜凡：……

车子下高速后，转入一条坑坑洼洼的泥泞路，路两旁都是密密匝匝的毛竹，高矮不一，郁郁葱葱，飓风吹得竹叶如蝴蝶般翩跹飞舞，

---

① 代表99条以上的意思。

雨刷一上一下，刷不干净倾泻而下的雨，他的眼皮子也重了起来。

02

炸雷之后，狂风暴雨呼啸而至，泥巴路上积水成深浅不一的小水潭，不一会儿，整个路面成为一条河道，在雨水的冲刷下，干涸的池塘里积水以肉眼可见的速度在不断上涨。

相较于为田埂会不会裂开口子，新栽种的禾苗被雨水冲走后怎么办，为这些农家事所烦恼的大人，在门前拿着瓦片在戏水的两个小孩儿玩的是开心极了。

小女孩穿着件仿古吊带，青绿色宋裤。她的手肉肉的，一节一节，似莲藕，她一只手拿着瓦片接水，空瓦片上的水越积越多，当她的手快要承受不住时，脑袋一转，瞥见旁边有个矮自己一个头的小男孩，双手拿着瓦片，小心翼翼也在接着水。

小男孩皮肤粉嫩的像个瓷娃娃，长长的睫毛像把小扇子，忽闪忽闪，灵动异常，细看下，他有双混血儿所特有的浅褐色的眸子，眼波流转，煞是好看。

小女孩接水接累了，决定去逗逗他，她轻轻一甩，瓦片上的水一半洒在地上，一半落在小男孩身上。

小男孩有些惊愕，他噘着嘴巴，好似遭受了莫大的委屈，双手吃力地捧着瓦片，眼睛呆萌地望向旁边的小女孩。

小女孩原本以为小男孩也会像村里的其他孩子，在自己将水泼向他时会立刻反击，早就做好等小男孩将水泼过来时立刻闪躲的姿势，可谁知小男孩竟然用那样一种被自己深深伤害的无辜小眼神看着自己。

小女孩被那样一双好看的眼睛看着，顿时就慌了神。

“那个……我刚手抖了一下，不是故意的。”

为了缓解尴尬，小女孩胡乱编了个拙劣到自己都不相信的借口，没想到小男孩转过身去，也不去理会自己身上被雨水溅湿的衣服，继续专心地接着水。

“满了。”当看着溢出瓦片的水，初来乡里的小男孩木木地陈述道。

溢出来的水顺着瓦片往下流，滴落在他的小白鞋上，白净的鞋子被混杂着泥巴的水浸染，迅速分化成两个世界，黑黄分明。

“你是不是傻。”小女孩一把从小男孩手里夺过瓦片，将积满水的瓦片放在地上。

雨越下越大，檐边的水像断线的珠子在地上洒落，小女孩看着傻站在檐下的小男孩，伸出手想扯他后背的衣服，可手指尖沾满泥巴，她将手往自己衣服上胡乱揩着。揩的差不多后，她将小男孩往屋檐里拉，小男孩整个人都跟提线木偶般，被拽到墙角，小女孩冷不防把手松开，小男孩慌了神，一屁股坐在了地上，屁股火辣辣地疼。

小男孩还没来得及怀疑人生，身边有人同坐屋檐下。

那个午后，屋檐下淌着雨滴，小男孩和小女孩排排坐，看雨滴落在山冈，看蝴蝶飞舞，看蜘蛛结网，看着看着小男孩眼皮打架，脑袋往小女孩的肩膀上靠了靠，甜甜地进入了梦乡。

03

卜凡是被急促的手机铃声惊醒的，一觉醒来，四乡如墨，刚才的梦格外清晰。

瓢泼大雨转为淅沥小雨，他黑亮双眸低垂。

“卜总，给您安排住在村主任家里。”助理没听到回应，音量递减。

卜凡“嗯”了一声，推开车门，导游迅速绕过车尾，撑着伞来到他面前，他的身高才到卜凡的肩膀处，努力将伞往上举。

村主任的家是一幢两层的小洋房，红砖青瓦，从外观看上去就很舒适。

村主任是个和蔼的老头，一副饱经风霜又超然物外的模样。看见卜凡走近时，他脸上露出和蔼的微笑，开口想说点儿什么，可话到嘴边又咽了回去。

卜凡走进小洋楼的大厅，香喷喷的饭菜早已齐整地摆放在桌子上。他一早出门，如今早已饿得前胸贴后背，看着这么多好吃的，也没装矜持，一坐下，拿起筷子就吃了起来。

地道的农家饭菜比他之前吃过的饭菜都可口，他风卷残云，没一会儿，桌上的好几个碗已见了底。

村主任原以为这位少爷是个瞧不起乡下人的公子哥，让自己媳妇准备一桌子好饭菜也不过是走个形式，没想到这位公子哥一点儿也不嫌弃，比自己家里人都吃得干净，村主任高兴得连旱烟都多抽了几口。

对一个农人来说，对他最大的赞美不过就是将他准备的饭菜都吃个干净。一直在厨房没露面的老妇人来收碗筷时，内心平白无故就对这个素未谋面的年轻人生出了几分好感。

卜凡当晚睡了个好觉，一夜无梦。第二天一早醒来，也没知会村主任和导游，径自便出了门。他事后才知道，他的父亲不知何故，每年都要给这个名叫小水村的村庄捐钱，不仅在村里建了图书馆还新修了学校，拓宽了马路。

这也是为何他一来这里，就能受到如此隆重接待的缘由。

卜凡在路上走着，看见路边有一个农妇背上背着个小孩儿低头在地里挖蒜，他走上前问道：“你好，我想问一下，你知道一个叫金灿灿的人吗？”

“嘛？”

“金灿灿。”

“说的是啥子哦。”

“……”

妇人的嘴里叽里咕噜说着方言，他完全听不懂，可过往的记忆慢慢复苏，他就那么鬼使神差七弯八拐，最终在一间土屋前停下了脚步。

与周围翻新的农家小院不同，这栋土屋，已坍塌了一半，杂草疯长，满目疮痍。

卜凡：“……”

不远处有一群小孩儿在欢快地玩耍，他走过去，抓住一个小男孩。

卜凡：“这屋子里住的人呢？”

小孩儿：“早死了。”

卜凡：“你说什么？”

他用力攥着小男孩的衣服，小男孩眼看着同伴都走了好远，自己却被一个陌生人攥着，眼里满是焦灼，“哇”的一声就哭了起来。

卜凡：“……”

他从小就被教育男儿有泪不轻弹，可面前这个小孩儿说哭就哭，他一慌神，便松开了手。

小男孩逮着机会，飞也似的逃离，迅速地追上了前方的小伙伴。

卜凡看着面前这栋土屋，转身往四周看了看，他坚定地自言自语道：“就是这儿，错不了。”

过往记忆如老电影一帧又一帧在自动放映。

04

午后，云淡风轻。

“我要去摘桃子吃，你去不去。”小女孩兜头盖脑就来这么一句，“可好玩呢。”

小男孩不知道桃子还需要摘，在他的记忆中，所有的水果都是摆放在盘子里的静物，怎么吃都吃不完。

好奇心促使他怯生生地跟着小女孩往前走，小女孩走了约莫一百米，转头就走进一条岔路口，他跟了过去，岔路口杂草丛生，小女孩欢快地迈着小碎步，小男孩生怕迷路紧随其后。

小女孩走到一个池塘边停下了脚步，眼里闪过亮光，双手麻利地抱住打横生长在池塘边的桃树。

桃树一半枝丫垂落在水面上，枝丫上缀满青色的桃子，小女孩往前一跃，双手抱住树干。小男孩站在田埂上，看着这个正往池塘边攀爬的小女孩，他还从没见过这样的惊险场面，暗自为她捏了一把汗。

小男孩没想到平日唾手可得的桃子这么难摘，只见小女孩双脚挂在树枝上，双手慢慢地往前攀爬，可终究人小力气不够大，这样倒挂着又使不上劲，怎么用力桃子都摘不下来。

小男孩比她更紧张，眼睛一刻也不敢松懈，死死地盯着水面。

没一会儿，只听扑通一声，小女孩掉落到水里，激起的水花四处飞溅。

湖面迅速恢复平静，小男孩当即被吓傻了，不知道该怎么办，他想大声疾呼可不知道该喊谁，他也不会讲本地方言，一想到再也见不到这个小女孩了。情不自禁蹲在田埂上抱着双膝哇哇大哭了起来。

“嘿，傻瓜，你哭什么？我还在这儿呢。”

头顶上有道嘚瑟的声音飘来，还混带着小水滴滴落在自己的身上，他疑惑地抬起头，瞪大眼睛，看着眼前失而复得的人。

小女孩看着小男孩湿漉漉的眼睛，她深受其感染，心头一暖。

“给。”她将手里的桃子递给他。

“我不要。”

小男孩有种被嘲弄和欺骗之感，他头也不回，气哼哼地往回走。小女孩跟在后面，哭笑不得。

走到马路上，小男孩越走越急，小女孩慌忙跟上去，拉住他的手。小男孩想挣脱却又选择了放弃，就这样小女孩拉着小男孩的手，两个人大踏步往前走。

小男孩从没见过这么古灵精怪的小女孩，她就像是个山间精灵，在这片滋养她的山林里几乎无所不能，爬树上楼，下塘捉鱼。

每一次都能给他许多惊喜，他跟着她，在山坡上采摘野花，在家门口玩过家家，那是他人生中，每次想起都觉妙不可言的快乐时光。

可美好不常在。

那天，风和日丽，他俩刚吃完饭，小女孩一手拿着渔网，一手牵着小男孩，准备带他去小河里捕鱼。

两个人欢欢喜喜地走出家门，就见门口的嬉笑打闹声好似过年般。小女孩刚走到门口，就见一群小孩子围着一个身着西装的英俊男人，他像从电视剧里走出来的人，皮鞋擦得锃光瓦亮。他身旁站着一个鞠着身子的男人，正笑容可掬地给周围的小朋友发糖果。

乡里的孩子就算是过年吃糖都要被父母严格管控精确到具体数量。何曾见过这种阔气的主，孩子们里三层外三层将两人团团围住，眼巴巴地望着他们。

小女孩咽了咽口水，她清晰感觉到小男孩正试图从自己手心里抽出去的手，她转过头。就见小男孩看着那个穿西装的男人，热泪盈眶，而那个穿西装的男人也正看向他，眼眸满是关爱。

那是小女孩生平第一次感觉到人与人之间的差别，王子就算流落到民间，也遮藏不住其举手投足间的气质。

穿西装的男人从孩子堆里走出来，带着一种不容置喙的强大气场，在小女孩的面前停下脚步："跟我回去吧。"

明明是询问的口气，可小女孩分明感觉到命令的口吻，小男孩听完这句话，平心静气地跟在西装男人身后。一点点消失在小女孩的视线范围之内，小女孩心里隐约知道，小男孩这一生都要消失在自己的生活中。

小女孩垂着脑袋，无精打采地拿着渔网继续往前走。

车子行驶到转弯处，骤然停了下来。

小女孩像是听到某种召唤般，也停下了脚步。

车门被打开，小男孩向她冲了过来，他跑得很快，身后霞光万丈。

小女孩受其感染也向着小男孩的方向跑去，他们跑到彼此面前停了下来。

“怎么呢？”

小男孩气喘吁吁地从自己脖子上取下来一个小鹿吊坠，郑重其事地递给小女孩。

“这是我在手工课上雕的，是我的幸运星，我把它送给你，希望它能给你带来好运。”小男孩真诚地说道。

“你还会回来吗？” 小女孩擦了擦手，接过吊坠，话语中带着一点儿哭腔。

“回来，一定会回来，你要等我啊。”

“好，我等你。”两个人都在心里许下承诺，暗暗等着对方来兑现。

可太美的承诺因为太年轻，岁月流转，小男孩回城后，人生再也没有这种意外小插曲，每一步都被安排得井井有条。可他永远不会忘记她，忘记这里的一些。

如今卜凡来兑现承诺了，可她已不在这儿，物非，人亦非。

卜凡呆呆地站在破土屋前，直到日上三竿。

导游赶到这里时，看见的是个落寞的身影，他在此之前听说过这个富家少爷的很多花边新闻，爱打游戏爱和女主播炒绯闻，他原本以为这位富家少爷来到这儿，是要带小女朋友来看看父亲的成果。可当他去机场接卜凡，卜凡没有想象中颐指气使的态度，这位富家少爷只是个不爱说话有点儿闷的大男孩。

而现在看着卜凡一个人痴痴地站在那儿盯着一栋破房子发呆。

导游当即得出结论：这是一个有故事的大男孩。

他走到卜凡面前，也盯着破败的房子。

“这栋房子以前的主人是金老师。”

“哦？”

“金老师是我们村学校图书馆的管理员兼学校里一至六年级的语

文老师，他学识渊博，待人宽厚，村里的人都很喜欢他。”

“那他人呢？”

这位金老师卜凡还有印象，那时候他就住在这里，每次和金灿灿疯玩到很晚才回家，金老师也从不责备。每次无论他们玩到多晚，性格温和的金老师总是给他们热好饭菜。

“金老师十年前生病去世了。”

“怎么会？那他女儿呢？”

“你认识金老师？”

导游从卜凡颤抖的声音里感觉到事情没那么简单。

“认识。”

一句话冷到骨子里。

“金老师的女儿，在他去世那年性情大变。金老师死的时候，她一滴眼泪都没流。”

“……”

卜凡很难想象，那么小的女孩儿要承受失去挚爱父亲的痛，而当时她身边的人，关注的只是她有没有哭。

难怪她会变成现在这样怕人，卜凡的心像被尖刀剜过，疼得慌。

“后来呢？她去哪儿了？”他声嘶力竭追问道。

富家少爷情绪就像是大海中的孤舟，起伏不定，导游不知道自己哪句话说错了，说话越来越没底气。

“后来……村里人发现她消失了。”

“她这么一个大活人怎么会凭空失踪了呢？她后来去哪儿了？”卜凡说话的语气中蓄积着难以掩藏的愤怒。

“我……我不知道啊。”

导游不自觉地往后退了好几步，生怕对方的怒火会殃及自己。

“……”

卜凡的心像被扔进苦胆里泡过一般，又苦又涩。

她的前半生怎么可以这么苦！！

导游为了不招惹这个正在怒火中烧的富家少年，早就脚底抹油溜了个没影。

城市另一端。

好不容易喘口气，正在家里看篮球比赛的助理把电视机的音量开到最大。电话响起时，他完全没听到，等到震动声不止，他才从沙发上捞起电话，一看备注“少爷”，当即就关掉电视机，身子站个笔直，酝酿好情绪，按下接听键。

“你刚在干吗呢？”

“我……”

“马上帮我查个人，我明天回去就要。”

“你明天回来？可是……”

后面要说的话，愣生生给咽了回去：“查谁呀。”

“金灿灿”

“好。”助理听到这个近期在少爷嘴里出现频次最多的名字，心里秒懂，挂断电话后，他就开始地毯式搜寻工作。

第六章

/

我的心里，住的那个人，从头到尾都是你

01

卜凡当天晚上没有回到村主任家，他像小时候那般蹲坐在土屋门口，头抱着膝盖，心里五味杂陈。

这么多年，他原本以为自己早已放下了这一段往事，可当他再次见到金灿灿，看着她还戴着自己送给他的那个吊坠。他的心里竟然有种久违的欢喜。

昏黄的路灯打在院子里，村里一入夜便四下无人。

跑出去没多久后又溜回来的导游站在另一栋房子前，隔着安全距离看着暗处亮起的小红点。

卜凡对烟没有依赖，可坐在墙角，他迫切地想抽烟，过往不断在脑中涤荡，他一根又一根抽着烟，直到晨光熹微之时，看着地平线上冉冉升起的那轮红盘，他掐灭手中的烟，双手插在裤兜里，嘴唇早已冻成紫色，四肢也已冻得僵直。

可卜凡心里是暖的，他来到她成长的村庄，寻找她旧时的模样。他从前浑浑噩噩，现在四肢百骸像被注入新的力量。他终于知道自己想要什么，能做什么。

卜凡站身起在原地舒缓了下筋骨，他往左走了几步，又折返回去，在另一栋房子前停驻，踢了踢脚前的一抔土。

导游睁开眼，眼神没一个聚焦点，四下张望一圈后，落在眼前这个戴着帽子，瑟缩成一团的人面前。不过才一天的工夫，他见证了眼前这个人从傲娇的公子哥变成了落魄少年。

“走了。”卜凡的语气温和了不少，导游屁颠屁颠地跟在他身后，疑窦重重。

“走？走……去哪儿？”

“我要回家了。”

话中有种做出重大决定后的释然。

“回……家？”导游砸吧着嘴说道，“卜少爷，您要回A市啊，我马上给你安排。”

卜凡一夜没睡，可当车子往回行驶的那一刻，他心里有希望的种子在疯狂生长。

东隅已逝桑榆非晚，他和金灿灿虽然错过了好些年，可一切都还来得及，往后余生，他们还有大把时间。

他从裤袋里掏出手机，点开QQ，对着金灿灿的对话框发了条“等我回来”的信息。

谁人不曾年少情愫悄悄，心里有个喜欢的人，最大的愿望也不过是牵一牵她的手，看着她眼睛如看见满天星河。

那天尬餐结束后，金灿灿再也没有收到F君的信息，即便她悄悄把对方设为特别关注。

对方没有信息发过来，她自然也不会主动去发信息。

自那天起，F君就像人间蒸发了一般，任凭吃播视频长草也没再去管理。

金灿灿从小就是一个比较悲观的人，对等不到的东西从不眷念，对失去的东西更从不回望。她在心里将与F君有关的记忆慢慢抹去时，她竟然收到这样一条有点儿暧昧的信息。

等你回来干什么？

她心里七上八下，有点儿小期待，又有点儿害怕。

四小时后，金灿灿QQ界面里弹出一条最新信息：

卜凡：下楼。

金灿灿：？

卜凡：我在你家楼下，找你有件很重要的事。

夜已深，她穿着毛茸茸的粉色睡衣，这个点再换衣服下楼，实在不便。

她如实表达自己的不方便，委婉地想拒绝：我穿着睡衣……

卜凡：没关系。

对方秒回，这是不想下去也得下去的意思。

再换衣服有点儿太过刻意，金灿灿深吸了一口气，心里反复暗示自己“没关系，他不会吃了我”后，攥着手机，拿好钥匙，走下楼。

柔和的灯光下，男孩儿穿着白色卫衣，烟管裤上还沾着泥巴，好似它的主人跋山涉水而来。

金灿灿反复确定周围只有他一个人，才大着胆子往前走。

还没走近，便听到清朗的声音：“你停下。”

“？”

“抬头。”

隔着一米远的距离，金灿灿顺从乖巧地抬起头。

“啾”的一声，黑黢黢的天空下起流星雨，绚烂张扬，烟花易冷，可轰轰烈烈的在穹顶燃烧过，总比永久被尘封在纸盒纸里好太多。

生命原本就不在于长度，而在于它的宽度。

金灿灿痴痴地望着天空，白净的小脸在五颜六色的烟火下，有了不同的颜色。

浅绿，粉白，绛紫……

卜凡暗想，金灿灿的人生，远不止黑白灰三色，还应有更多姿的色彩。

烟花燃烧到尽头，一声巨响，天空里出现一行彩虹色的字。

“金灿灿，你知道我是F吗？知道我是那个送你小鹿吊坠的小男孩吗？你知道我从小就喜欢你这事儿吗？”

“？！”

金灿灿惊愕，心里也像有烟花在绽放，浮花浪蕊，人世间还有什么比你一直喜欢的人也一直在喜欢你更美好的事。

天空已恢复刚才的黑，四周寂静无声。

“你喜欢我什么？”

金灿灿鼓起勇气，问出心底的疑问。

“这个问题太大，我以后慢慢告诉你，我此刻只想问你一句，你愿意做我女朋友吗？”

金灿灿耳朵里嗡嗡作响，她有种眩晕之感。

“你不需要马上回答，我愿意等，多久都可以。”

等一颗心向我靠近，等一个人共度余生。

第二日卜凡起了个大早，开着他的车出了门。

车子径直驶入金灿灿所住的小区，小区里头发花白的老人在打太极，也有人在给家门口的花浇水。

昨晚他急于向对方表白没太注意周围环境，这会儿……他看着墙上密密匝匝的爬山虎，墙上贴着的铁板子。

这个地方化成灰他都能认出来，这不就是那天夜里他送外卖被打了差评的地方。

等等。

他像是冥冥中有种预感，拿出手机查看助理查到的金灿灿的地址。

406号房？

那个给自己打差评的人原来就是她！

这个世界还能再小一点儿吗？兜兜转转自己身上所发生的事情都与对方有关，这或许就是传说中的缘分，这么一想，他心情大好，口中吹起了口哨。

02

金灿灿昨晚回去后就心绪不宁，她手捧着手机，紧盯着那条告白信息，她真的很想奋不顾身就答应对方，可她又怕，怕对方只是一时兴起，怕自己沉浸其中受伤害。

她的心已被伤的千疮百孔，再也不能经受任何打击。

中途胡乱睡下，又被噩梦惊醒，一看手机，才过了半小时。

长夜漫漫，竟如此难熬。

手机QQ信息声再次响起时，她不抱任何希望地点开，又是那个熟悉的“下楼”两个字。

她看到这两个字心里的欢喜大于不安。

她昨天以为，他们两个人之间，天南海北，再无交集，而现在……

卜凡：我在楼下等你。

第二条消息弹出来，看这仗势，自己不下楼，对方是不会走了。

罢了罢了，该来的总会来，与其刻意躲避，不如坦然面对。

她长叹口气，内心一直在给自己做心理建设工作。花几分钟洗好脸，刷好牙，换了身休闲衣服戴了顶棒球帽就下楼去。

刚才出门时还一副大义凛然英雄就义的态度，可步子刚迈出去，心里就只剩下后悔。

她很想见他，可又莫名害怕，害怕他的喜欢只有三分钟，害怕自己会深陷其中不能自拔。

卜凡在车上看着金灿灿从楼梯间走出来。她原本就瘦弱，今天穿的又是宽松的衣服，裤脚空空，她戴着帽子，脸白的反光。他看着她走下楼，像一个从巢穴里怯生生跳出来的兔子，眼睛骨碌碌查看四周是否有人类生活过的气息，待兀自觉得周遭安全，整个人又恢复了生气和活力。

卜凡：上车。

就在金灿灿准备转身上楼，QQ 里又弹出这样一条信息来，轰隆一声，一辆车在距离自己不到 5 米的地方停下来。

打开车门，从车上下来一个戴着墨镜，穿着荧光色冲锋衣，宽松工体裤的熟悉男子向自己走过来。

这是……要去徒步？

金灿灿脑海中跳出这样的想法。

车门敞开，卜凡笔直地站在车门外，向金灿灿做出一个“请”的姿势。

小区里静谧无声，草在结它的果子，风在摇它的叶子，男子一副“你不来，我不走”的姿势。

这是……不上也得上的意思？

金灿灿急急地往车里钻，只听“哐当”一声，她脑袋直直撞向车顶。

没有想象中的头皮肿痛，金灿灿暗自庆幸逃过一劫。

“小心点儿，别碰着头，我的手给你垫着。”

难怪软乎乎的，原来脑袋撞到了他的手上……

金灿灿耳根子一红，整个人有点儿晕乎乎的，慌忙将身子往车子里面钻。

坐下后，脸也涨得绯红，很不好意思地用手扇着风。

“热吗？”

虽然两人一前一后，相隔不远，卜凡眼角微挑，在后视镜里瞅见后座上用双手扇风的金灿灿。

“不，不……不热。”

突然被人过分关注，金灿灿感觉自己就像热锅上的蚂蚁，双手扇得更用力了一些。

“嘴上说不热，身体却很诚实。”

卜凡嘴角噙着笑意，言语温软。金灿灿扇风的手也顺势放了下来，尴尬而不失礼貌地微笑着。

卜凡将车窗放下来，阳光温热，风儿轻柔。

一小时后车子就出了城，车子行驶在一条乡间小道上，路边山花烂漫，紫黄蓝粉的小小花朵，开满整个山坡。

车前有纯白蝴蝶像南迁的候鸟，翩翩横飞过马路，前飞的蝴蝶撞在车上滑落到车底，后头的蝴蝶就像扑火的飞蛾，无所畏惧继续横飞在急驰的轿车旁。

金灿灿看呆了，小小生命尚且如此勇敢，更不用说我们勇敢的人类，一时之间，她囚禁的心也似乎被释放出来。

卜凡从后视镜里看着金灿灿有些痴傻的神情，以为她一个人坐在车后座无聊。

“你座位前面有画板，无聊的话可以拿出来画一画。”他早就料想到依照金灿灿这样胆小的性格一定会龟缩到后排的位置上，就将她可能需要的东西都放在座位上，堆的满满当当的。

他自己的东西都是助理采购的，可对于灿灿的物品他都亲力亲为。

金灿灿看着座位旁堆满的购物袋，不禁有些动容，她不知道画板的具体位置，只能挨个拆开。她怯生生地扒拉着快递，像一只容易受惊的猫。

卜凡看她局促的窘样，嘴唇往上扬了起来，他将握着方向盘的双手抽出一只来，帮她去拿画板。

“我自己来，你好好开车。”金灿灿几乎是歇斯底里地喊出这句话。

相比较于她脸色发白，正主倒是一脸无所谓，笑嘻嘻地又将手放回到了方向盘上。

拿到画板的金灿灿心想，幸好这条路没有其他车辆，不然分分钟就是一个车祸现场……

这个人的心可真大啊。

车子一路往前开，畅通无阻，沿途的画卷从高楼大厦到茂密山林。

拿到画板的金灿灿没了原先的焦躁不安，画板将她忐忑的一颗心安定了下来，她放好画板一笔一画认真涂抹，画到轻松时，她眉目疏朗，画到紧张处，她眉间一紧，卜凡不时地在后视镜中看着她。

“砰”的一声，画板落地，车头与前方车尾来了个亲密接触，金灿灿整个人栽倒在车子里，脑袋嗡嗡作响。

“你怎么开车的？怎么回事啊？”

前面的车主气急败坏地从车上走下来敲着他们的车窗，卜凡从没遇到过这样的事情，第一次在女孩儿面前发生这种事，他真的不好意思说自己是个有着七年驾龄的老司机。

卜凡给对方转了笔钱堵住了那人的怨气，卜凡回头一看，金灿灿趴在地上，身体缩成一团，眼里充满恐惧。

“我……对不起。”

他伸过手去想将金灿灿拉起来，可刚伸出手，就已感受到她的抵触情绪，他讪讪地将手缩了回去。

金灿灿以为发生了重大事故，当她看到一双温柔的眼睛望向自己的时候，才知道事情并没有她想象中的严重。她动了动身体，感觉自己一切都好。

小型追尾事件很快告一段落，车子往前行驶没多久，就在一个少数民族的村落停了下来。

午后的阳光斜照着大地，并不过分刺眼。

卜凡刚下车就有一群穿着当地民族服装的人涌了过来。对着他们吹着笙箫。金灿灿下了车，伸个懒腰。暗自感叹：活在阳光明媚的人间真好。

四周的山高耸入云，清冷的山风吹来，带着股清新的山野气息，清冽，干净。

金灿灿虽然不知道来这里干什么，但这个地方莫名让人心底有种久违的平和与安宁。

卜凡从远处慢慢走过来时手里多了一顶遮阳草帽，他的心情似乎很不错，背着一个背包，冲着她笑，露出八颗白亮的牙齿，满满的少年感。

他轻轻地将帽子盖在她头顶。

"戴着，晒黑了我可不负责。"

"嗯……"

金灿灿心里有不少疑问，为什么要来到这里？什么时候回去？

可她不敢问，只能走一步看一步。

"走吧，吃饭去。"卜凡说完话就头也不回地往前走，金灿灿跟在他身后，生怕稍微走慢一点儿他就会将自己一个人留在这个地方。

没走多远就到了一户人家门口，这是一栋新建的吊脚楼，建在半山腰上。

卜凡轻叩一下门，从门里走出个矮胖的中年男人，鼻尖架着一副老式眼镜。

"到了？今天挺快的。"中年男人看到卜凡就像是看到了老熟人。

"路上没堵车。"

"稀罕啊，这回还带了一个人。"

"是啊，给你介绍一下，炳哥，他是我女……"金灿灿的脸在听到这个字时瞬间变得绯红，"是我朋友。"

"好，给你在客栈准备了两间干净的房间，这是钥匙。"

"好嘞。"

卜凡从中年男人手里接过钥匙，就往回走。金灿灿跟在他身后，像条小狗般乖巧。

“小心，有蛇。”卜凡停住脚步，警惕地说。

金灿灿从小就怕蛇，听到蛇当场就吓傻了，呆立在原地，像只待宰的羔羊，卜凡就像踢皮球般一脚将金灿灿面前的小青蛇踢出去老远。

“没事了。”卜凡回过头，看着面色已吓白的金灿灿，他很想伸手去给她拍拍背，给她一点儿安慰，但理智告诉他，自己如果这样做，只会让她更紧张。他灵机一动，从脚边扯了根长条树枝，确定不会再割到手后，才将树枝向灿灿递过去。

“牵着。”

金灿灿看着伸到自己面前的树枝，心下了然，手伸出去握住树枝。一段不长不短的路，有喜欢的人牵着，即便隔着树枝，她心里比吃到糖都甜上三分。

第七章

/

最想要去的地方，不过是你的身旁

01

第二天一早，山里擂鼓声响起，金灿灿半睡半醒间，听到敲门声，心里一紧。

“谁？”

“是我，我给你准备了衣服，放在门口的凳子上，你记得换上。”

金灿灿昨晚就想说自己什么都没准备就来到这里，没想到他早已将这一切都准备好，心里有股暖流在涌动。

脚步声完全消失后，她才将门打开一条小缝隙，放在门口凳子上的衣服叠得整整齐齐，她小心地把衣服捧起来放在床单上。

黑色冲锋衣，工体裤下是黑色的运动内衣和内裤，还有一双黑色的运动鞋。

“……”

这是要去打家劫舍吗？

心头有万千谜团没敢说出来，利索地将衣服穿上，不得不说，卜凡看上去是个粗线条的人，相处后才知道是个顶细心的人。

收拾妥当后，她走到大门口，发现卜凡坐在那儿，桌子上摆放着两碗面条。

“下来了，来吃早饭吧。”

卜凡抬头，看向她，眼前一亮，她肤白似雪，黑色更加衬得她皮肤白皙，头发扎个小马尾，清爽又洒脱。

吃的是手工面条，浑圆粗厚，卜凡胃口一向很好，没几下，一碗面就见了底。

金灿灿的筷子在碗里搅了几圈，将煎蛋吃完就再也吃不下去了。

卜凡将自己的脑袋从碗里扒出来时，看着她碗里的面没有多大变化，吃了一惊。

“面不好吃？”

“不……不是，是我没胃口。”

“真不吃了？”

“吃不下了。”

“浪费可耻。”

他纯粹是开玩笑，可刚说完，金灿灿的脑袋就垂落下来。

“那我帮你解决。”卜凡将金灿灿那碗面条端到自己面前，几口下来，连汤底都没了。

“吃完我们出去运动一下吧。”

“啊？”

“不乐意啊。”

“没有，没有。”

“那跟我走吧，现在就出发。”

说完，卜凡大踏步迎着阳光走出门去，灿灿回头看了眼空空的瓷碗，心头一暖。

他对我吃剩的东西都毫不嫌弃？那他说的喜欢我，是不是也是真的呢？

她的心头暖暖的，嘴角更是不自觉往上扬。她看着早已走出大门，背着个包站在门口晒着太阳等他的那个人。

她快步跟上去。

是来时的那段路，金灿灿心有余悸，卜凡从口袋里掏出昨天那根木棍递给他，棍子明显改良过，金灿灿看着自己那头树枝上手绘的大花猫，再抬头看着那个一米八九，高自己两个脑袋的人，莫名感觉到一种反差萌。

“我们要进趟山。”卜凡声音清亮又温柔，“我要带你去个地方。”

“啊？”灿灿心漏掉几拍，“好。”

心头暗暗窃喜。

02

卜凡在山中搭建了一栋木房子，每年都会进山去采集植物标本。

这事儿他没告诉任何人，毕竟跟自己人设相差太大。

人活一世，或多或少都有些只专属于自己，不愿意与他人分享的私密，可在今日，卜凡很想一股脑儿把这一切都与金灿灿分享，他希望她能了解，慢慢走进他的世界。

这何其漫长的一生，若真有个喜欢的人，愿意与自己共享繁华与落寞，那该有多美好。

“你不好奇，我们进山干什么吗？”

金灿灿轻摇头，她知道他如果想告诉她一定会说的。

卜凡看着她安静乖巧的模样，若不是自己曾见过她的活泼样子，他几乎会以为这是她的全部面貌。

“你就不怕我把你拐卖到山里，卖给别人做媳妇。”

卜凡决意要逗逗她，他往后一看，正对上她惊恐万状的眼神，刚生起的那点儿坏心思在瞬间消散，“我逗你的，我是进山去采集标本，给你带了画板，你就当是来陪我，去山里呼吸新鲜空气。”卜凡收起刚才的坏笑，满脸真诚，让人没有半分拒绝余地。

大花猫树枝将两人拉开距离，越往里走，林子越密。

卜凡在金灿灿低头看路的当儿从背包里掏出把长刀，一路将阻隔他们前进道路上的荆棘都砍断，他甩动臂膀，稍一用力，荆棘便折落在地上，他的动作看起来那么熟稔。金灿灿踩着还散发着新鲜浓郁植物气息的残枝落叶，抬头看着前方的少年。

她完全不敢相信，昨天还光鲜亮丽的西装上身的霸道少爷，今天摇身一变，成了位身着冲锋衣的植物爱好者，在此之前，他还是一个“吃播”博主。

他真是个谜一样的美男子。

金灿灿跟在他身后，可以毫无顾虑地看着他，看他顽皮微翘的发尾，看他后脖子上的小黑痣，看他挥舞着刀为自己斩去荆棘的身影，他就像一道光一点点照亮她的黑暗世界。

“想什么呢？这么入迷。”

卜凡回头，眼里满是温柔。

“没……没什么”

金灿灿慌忙低下头，耳根已涨得通红。

“前面就是密林了，跟紧点儿，可能会有野兽出没哦。”卜凡说完这话时感觉手头的树枝轻颤。身后呼出来的热气流，缠着他脖子痒痒的。

他觉得逗金灿灿实在是太好玩，她就像一只小兔子，听见任何风吹草动都会竖起耳朵来，生怕稍微错过一点点，就有性命之忧。

走了将近一个小时，高大的落叶乔木遮天蔽日，空气里雾气浓郁，除了能看见彼此外，视线中再无其他。

置身于这样的环境中，对外在陌生环境的恐惧战胜了她对自己靠近别人会产生的不适感。白雾茫茫一片，金灿灿时时感觉有双无形的手，会将她拖拽到一个无底深渊里去。

金灿灿哆哆嗦嗦，一步三回头。

身后的人距离自己越来越近，卜凡不知道发生了什么事，可心里美滋滋的。

金灿灿脑补一系列恐怖画面，草木皆兵，不断往前靠，待到手覆在一只温热的手背上时，她吓得弹了起来。

她刚刚触碰到的是他的手！

“耍流氓呀。”卜凡调戏道，“耍流氓可以，但要对我负责哦。”

金灿灿：“……”

她本就占据下风，哑口无言，涨红着脸。就在她站立不安时，前方出现一块草坪，芳草青青，青草丛中有栋木房子。

“到了。”卜凡也有种拨开云雾见月明的感觉，由衷的欢喜起来。

金灿灿看其转移了注意力，也长舒了一口气。

两人走到木屋前，卜凡单手一推，门缓缓拉开。

“小心台阶”。

不太高的台阶，金灿灿小心迈下去。卜凡在门口摸到开关，咔嚓一声，整个房间都在灯光的照耀下，特别明亮。

金灿灿长这么大，还是第一次看见这么多的标本。被子和种子植物都被定格在七寸的相框中，整整一面墙都置放着各种植物标本。

“这些都是我每年的收藏，二楼还有……” 卜凡眉飞色舞，向金灿灿分享每个标本背后的故事。

金灿灿听呆了，这么多年她一直把自己禁锢在一个小小的空间里，不关心世间万物。而今天第一次直面这些鲜活的事物，巨大的冲击在她的脑海里进行着一场大轰炸。

“你在这儿慢慢看，天色不早了，我要出去找寻一些标本，再晚天就黑了，不太好找。”

“好。”

卜凡走出门，又转身跟她说道：“你的画架我放在二楼，楼上也有床，你如果累了可以上去躺一躺。”

金灿灿还没来得及回复，就见他大踏步走了出去。

她安静地看了一会儿标本，凝神遐思，看累了就走出门去，躺在草地上。

天地辽阔，万里无云，偶尔有几只飞鸟，忽上忽下，自由翱翔。金灿灿看着看着就进入了梦乡，醒来时天色已沉下去。

卜凡还没回来。

金灿灿在这刻有种巨大的不安，之前看过的恐怖新闻如雨后春笋般在脑海中冒了出来：误入山林的游客，在山中迷途；探险的城市来客，受到不明野生动物袭击……

金灿灿再也淡定不下去了，她拿出手机想发信息给他。

手机屏幕信号源里仅剩的一格信号让她心如刀割。更让她绝望的是她发现自己除了他的QQ外，没有任何联系方式，这是何等的悲哀。

可这样干等下去也不是办法，金灿灿决定到森林中去找他。

林子里寒鸦四起，天也完全黑了。她打开手机自带的手电筒，每走一步，心里都在颤抖。要找的人迟迟没个踪迹，想转身往回走已找不到来路。

夜晚的深山老林，阴冷潮湿，各种恐怖的声音在金灿灿的耳边萦绕，她迈着沉重的脚步，拖着疲惫的身躯往前走。

前方是哪儿她不知道，有没有明天她也不知道。

她整个人都是木讷的，感觉自己的身体与灵魂已脱离，身后有呼哧呼哧地震般的脚步声响起时，她吓得面如死灰。

那只在黑暗中闪着亮光的活物正步步向她逼近。

近了，更近了……

她慌不择路，拼命往前跑，跑着跑着，眼前一黑。

03

卜凡一入林子深处，如放虎归山，神清气爽，他眼睛扫视着四周，不敢放松半分。走了约莫半里路，在路边发现一棵新奇的蕨类植物，他将背包放下来，拉开拉链，从里面掏出样本采集工具箱。

厚实的铁盒子泛着磷光，他取出挂钩，从里头拿出医用手套和圆锥形的玻璃缸来，再拿出福尔马林液体，将植物简单脱水处理后，将瓶子放回原处。

他重新背上背包，去往下一处。

采集植物标本的妙处在于依靠自身技术外，更多的成分是碰运气。有时候走过好几个山头，都有可能找不到一棵自己想要的植物，而有时候运气好，转个弯，所需植物就在眼前。

卜凡今天的运气好极了，他没走多远就发现了两棵心仪的植物，极少数的植物直接丢进储物瓶即可，绝大多数的植物需要准备植物标本夹和草纸，先将从泥土里挖出来的植物清理干净，再将它的花瓣整理好压放在植物标本夹上，最后将它的根茎和叶依次放在标本夹上。这个过程要求片片舒展，稍微一个不用心，就会破坏整个标本的完整性。

卜凡小心翼翼地将刚采摘到的新鲜植物在标本夹上摆放好后，然后将草纸放上去，这个时候不能接触到阳光，不然标本很容易会变色。

制作一个植物标本可是一个技术活，要求一天之内，每隔几小时就要更换一次草纸。

卜凡就像一个守着蜜罐盒的孩子，每掀开一次盖子，都会有不同的惊喜。

他不胜疲倦地开合着瓶盖，品味着其中的快乐。

天慢慢黑下来，他在这大山里采集了多年的标本，也做了多年的背包客，他的背包看起来并不大，里面却样样俱全。

他从背包里掏出一个强光手电筒，摁下电源开关键，一道亮光就照射着前方的路。

他背上的背包沉甸甸的，看来今天的收获可不小，他心里开心极了。自己这次不是一个人出来的，小木屋里还有一个人一盏灯在等着他，想着孤灯下少女羞怯的脸庞，他嘴角微微上扬。

她的一颦一笑都占据在他的心头，就像电影里的回放镜头，来来回回在他脑海中播放。

是不是一个人喜欢一个人时，一想起她，就感觉瞬间吃到了全世界的糖。

他无心再往前，前方纵然有万千珍贵植物标本，此时此刻，他更想见到她，看着她低着头，一副乖巧可人的模样。

他不知道这就是牵挂，而当一个人开始牵挂一个人的时候，就再也没了一往无前的勇气。

卜凡转过身，飞也似的往回跑，风从耳边呼呼刮过，他穿过密匝匝的林子。冲到草坪上时， 没有想象中温馨的“爱的人就在眼前，房间里开着暖灯”。

房子黑漆漆的静得可怕，喜欢的人已不知所终。

卜凡：“……”

他的双脚发软，刚才完全是憋着一口气往回跑，到达草坪上时，早已累得筋疲力尽，而现在……

他靠着一股蛮力拖拽着自己的一双脚往前走，走到木屋前，门是敞开着的。

按下开关，灯亮起，她不在一楼，他抱着全部希望，连走带爬，上二楼。

门被推开时，他心里设想了无数种她在等他的场景，可灯光将里面照亮后，屋子里也没有她的身影。

他的心如灌铅，重重垂下去，他走到阳台上，扯开嗓子一遍又一遍地大喊着："金灿灿你在哪里？"

林子里的回声清晰入耳，远处山林中早已落巢的鸟儿被这突兀的声音惊醒，胡乱纷飞。

卜凡心急如焚，额上的汗不住地往下冒。

是他一厢情愿想带她出来与大自然亲密接触的，如果她遭遇到什么不测，他万死难辞其咎。他止暗自懊恼时，电话铃声响了起来，他就像是抓住最后一根救命稻草，在背包里一顿乱翻。

没有手机！

他拉开背包内袋的拉链，鳄鱼皮纹的黑壳手机屏幕上，"炳哥"两个字在一闪一闪。

"你今晚回来吗？"

"我……"

卜凡刚才咆哮式的嘶喊让他的嗓子喑哑，说不出话来。

"你怎么了？慢慢说。"

炳哥觉察到有些不对劲。

"她……她不见了。"

"她？"炳哥很快就意识到小老弟口中的那个她是谁，他与他曾经都是户外爱好者，走南闯北，两人爱好相投，又都对植物标本情有独钟，很快就成为忘年交。

虽然外人说他是一个花花公子，但他俩相识数载，他却从没见他对哪个女人上过心。

"我马上带人去找。"

炳哥刚挂断电话，就敲响了家门口的那面大鼓，鼓声雷动，安静的村寨顿时骚动起来。他们村子约定俗成的一条规矩是：一旦谁家发生重大事件就擂鼓，鼓声一响，其他人都必须无条件去支援。

鼓声响起后没多久，村子里的草坪上就集结了一百来号人。一个个你看看我，我看看你，不知这时候发生了什么重要的事情。

“大家听我说，我今天召集大家前来，是因为我一个弟媳妇进山后，在山里失踪了，我想麻烦大家帮忙去找一下人。”

“好。”

说完大家就回家准备去了， 没一会儿，进山口火光漫天，一个个高举着火把的男人看着炳哥，只等他一声令下，大伙儿就到林中找人。

“是这样，我们现在来了八十九个人，我们分成八组，谁要是找到人就将人给带出来，再给我打电话，我的电话大家都有吧。”

“好。”

聚拢成一团的火把又四下散去，散落成星星点点的火光，飘向林子深处。

04

金灿灿醒来时，顿感脑袋吃痛，刚想伸手去揉揉，发现动惮不得。

自己身处于狭窄的只能容纳自己的身体，没有任何回旋的余地的深坑里。

刚才她是为躲避野猪情急之下往后退，没想到就掉进这个深坑里。

“有人吗？”求生欲顿起，可叫到嗓子沙哑，周遭鸦默雀静。

金灿灿陷入沉思。

不知道卜凡知不知道我失踪了？他会不会来找我？

自从和他认识后，她就像被绳子给拴住了，可她内心是欢喜的。她和他分明相处时间不长，可她感觉自己的人生因为他多了明媚的色彩。

如果自己的生命在此时终结也没多少遗憾，至少……她这一生，有过这么一个短暂的美好的故事。

故事的开头，猝不及防，恰逢其会。

故事的结局，不尽完美，可知足常乐。

炳哥赶到林中小木屋时，看着憔悴不堪瘫坐在门口的卜凡，无奈地叹着气。

由爱故生忧，由爱故生怖，他看着卜凡，脑海里想起曾在书上看过的这句话。

卜凡看到炳哥他们几个人，手倚着门，慢慢站起来。

身旁有两个眼力见很好的人，搀扶着卜凡在山中展开地毯式搜寻，林子很大，卜凡心急如焚。

炳哥走着走着突然尖叫了一声："啊！我想起个关键线索。"

"想起什么了？"

"我们村子曾为逮野猪在山里挖了不少坑，我们找了这么就没找到，我想她十有八九是掉坑里了。"

"啊……坑里有没有锐器？会不会伤到她？"

卜凡满眼写着焦急，望着炳哥焦急地问道。

"那些坑早就废弃了，不知道现在情况怎么样？"

炳哥看着他心急如焚，说话的声调都越来越小："不过每个坑的位置我都知道。"

"那快点儿带我去！"

一行人迅速调转方向，将盲目行动变为主动。走到第一个坑旁边，卜凡挣脱搀扶就想往前冲，要不是被身边人强行拉住，他自己就一头栽进去了。

"你冷静一点儿！"炳哥第一次见他这么失态，赶紧安慰他。

"我冷静不下来，我一想到她不知所终，我……"

卜凡从喉咙里发出的声音像破风箱，刺刺的。

"你不好好的，若找到她，谁去照顾？"

"道理我都懂。"

他只要一想到金灿灿有可能会消失在她的生命中，就感觉自己被一点点抽掉了空气。

一行人来到第五个坑前，这个坑原本是来这里采矿的人挖下的，约有两人深，挖矿的人满怀信心而来，空手而归后，这个废坑就被猎户用来捕猎。

“底下好像有人。”有人叫出声来，所有人都兴奋围过来。

金灿灿原本以为自己这一生到这儿，已是大结局。可意料之外的是他找到了她……

她不知道，在她掉进坑里的这段时间，他花了多少心力来寻找她。

“炳哥，是她，你们快救她上来”

卜凡蹲在坑沿，眼圈发红。可当他回过头，却看见炳哥摇摇脑袋，一筹莫展的模样。

“这个坑，直径只能容纳一个人，不好救啊。”

“我不信。”卜凡刚想推开众人，手机铃声响了起来，是助理打来的电话，原来他的父亲已经知道了事情的原委，问他何时回家？要他带儿媳妇回家给他看看。

卜凡重新燃烧起希望来，他将在这里发生的事一股脑儿地告诉了助理，并请求赶紧过来救援。

挂断电话，卜凡支走了所有人。

满天星光，满地月亮，声音暗哑的高个子傻趴在坑口，给坑底的女孩讲起故事来。

“有个小男孩，他家里很有钱，可他父亲一直都很忙，他从小就过得孤单且不快乐。可有那么很意外的一天，他父亲陷入一个网络暴力事件中，为了防止他受到伤害，他父亲就将他送到乡下朋友家。小男孩在那里度过了一段很快乐的时光，也见到了人生中想守护的女孩儿，女孩儿那么机灵古怪。他在走的时候送给女孩一条自己从小就戴着的小鹿吊坠，他怕女孩儿不收，就撒谎说是自己手工课上制作的礼物，他没告诉那个女孩儿的是，那个吊坠是他奶奶给他妈妈，他妈妈送给他，让他留给自己心爱的女孩儿的……”

“后来呢？”

金灿灿明知故问。

“后来我弄丢了她，我去找过她，我好不容易找到她，可最终还是把她给弄丢了……”

他带着哭腔，像一个丢失了玩具的小孩儿。

后来就算拥有再多的玩具，可每一个都不及第一个那么珍贵。

“她怪过天地命运，可从没怪过你。”金灿灿思绪被拉向很远的地方，“她也许没跟你说过，你是她唯一的光亮，照亮每个黯淡无光的夜晚。”

哪部电影上曾说：不曾被善待的人，最容易识别善良，也最珍惜善良。

那天夜里，星河烂漫，天上一轮弯弯的月牙儿照在这对恋人身上，两人喁喁私语，诉说别后的各自际遇，人世浮花浪蕊，唯真心最可贵。

这世间，还有什么比失而复得更美好的故事吗？

小番外

/

这碗狗粮有点满

01

老卜自打从助理那儿听说自己儿子有对象这事儿后，心里的石头总算落了地。

自从大病一场，他心里便生出退隐之心。

可一个商界大亨没被对手打败就兀自退出商界，这事儿不知会被娱乐杂志编排出怎样的惊天秘闻。

不敢想，简直不敢想，老卜握笔的手微微颤抖着。

可如果有了孙子……那不就师出有名了。

对头，这个想法一冒泡就在他脑海里挥之不去。

可左等右等也没见儿子有找女朋友的想法，儿媳妇一直活在“助理嘴里”。

商界大亨决定亲自出手。

恰好助理接到卜凡的求救电话。

听说要救助的人是自己的儿媳妇，他当即拨通那个村子里救助站的电话。

领导上任三年，头一回接到金主打来的电话，心情那叫一个激动。

拍着胸膛说要亲自去救人，挂断电话就召集救援队上阵了。

老卜还不放心，带着医疗队搭乘私人飞机亲自出马。

他在机场 VIP 贵宾区左等右等，助理在一旁看着平日端庄高冷的总裁在问完今天打的领带颜色是否合适后，又问带的补品和礼物女孩儿是否会喜欢，问完这些七七八八的事情又想打电话催，可助理刚拨通电话，总裁又选择了放弃。

来来回回好几次，让助理打电话不是，不打电话又也不是。

从前出席再重大的国际会议都不曾如此，可今天却有种丑媳妇见公婆的既视感，助理强忍着不笑出声。

…………

儿媳妇入了门，老卜乐得合不拢嘴，他在助理那儿早就了解了金灿灿的口味。

老卜亲自下厨。

卜凡看着端出来的小米粥，玉米粥，黑米粥……

全是自己媳妇爱吃的。

登时有种走错了家门的感觉。

晚上一家人围坐在一起吃饭。

老卜看着眼前的两个人。

老卜：“凡凡，有件事我怕你反对一直没跟你说。”

卜凡暗叹不好。

老卜：“你妈还在世的时候给你订了个娃娃亲。”

卜凡：“……”

金灿灿心想：“我现在走还来得及吗？”

老卜小酌一杯酒，双眼迷离。

老卜：“订婚的对象，远在天边近在眼前。”

卜凡看了看饭桌上的父亲，他媳妇和两个候在一旁的男助理。

“就是金灿灿，你妈和她妈是大学室友，两个人无话不谈，原本两个人是决定孤独终老的。”老卜微醺，独自嘟囔道，“我当时和灿灿他爹费了好大劲才结束她俩孤独终老的想法。”

卜凡看着平日不苟言笑的父亲今日成了个絮叨的老头儿。

第一次觉得这老头儿还挺可爱的。

不到一个月，卜凡和金灿灿就顺利领了结婚证。

卜凡在朋友圈晒出结婚证并配文“恭喜卜凡，英年早婚”。

在微博的文案是：持证上岗，配图是两个人的结婚证。

点赞者众，连续一周都有人在吃这碗黄金狗粮。

金灿灿也不甘示弱，在朋友圈配文“就是这个人打乱了我孤独终老的计划”。

她这个万年不发朋友圈的人一发就是个深水炸弹，炸出一堆深度潜水者。

02

向乐天经过多方打听，找到了小水村。

刚进村子，见路边栽满桃树，树上缀满粉色的桃子。

两个小孩儿，一男一女。

小男孩爬在树梢上，伸手去摘桃。

桃树下肉肉的小女孩眼巴巴地望着，砸吧着樱桃小嘴。

小男孩用力一拽，将桃树的枝丫折断。

小女孩眉眼弯弯，大声喊道：“哥哥好棒。”

小男孩将桃子从枝丫上扯下来，刚要递给比自己矮了一个头的小女孩时，又将桃子收回来，在自己衣服上擦了好几遍，反复确定桃子上的绒毛被擦拭干净后才递给小女孩。

向乐天问这两个小孩儿知不知道一个叫金灿灿的人，两个小孩儿的脑袋摇成拨浪鼓。

向乐天打通金灿灿的电话说清楚自己的位置后，就等在原地，和两个小孩儿有一搭没一搭地说着闲话，知道了两个孩子一个叫金卜换，一个叫金卜移。

金灿灿穿着粉色长裙从家里走出来，就像从漫画里走出来的花仙子一般，美艳动人，眉目含笑。

阳光温暖，岁月静好。

向乐天心里美滋滋的，他刚想往前走，就见身旁的小男孩牵着小女孩，老远就跑了过去，一头栽进金灿灿怀里，甜甜地喊着："妈妈。"小男孩还将另一个擦干净的桃子递给了金灿灿。

向乐天："……"

很意外，卜凡对向乐天的到来并没表现出多大的敌意，只是笑得有点渗人。的亏向乐天见惯世面，心脏强大。

吃晚饭时。

一条红烧鱼摆在餐桌上。

小萝卜头金卜换眉头一皱，噘着嘴说道："妈妈，妈妈，这鱼有点儿苦。"

金灿灿从小男孩碗里夹过一块鱼尝了一口。

"没有啊。"她紧皱眉头，认真品尝着。

"有的，妈妈你多吃点儿就吃出来了。"

金灿灿将整条鱼吃完都没吃出苦味来。

金卜换甜甜地笑着说道："爸爸说妈妈经常喝粥营养不良，吃鱼补补。"

金灿灿双眼圆瞪。

卜凡低着脑袋吃着饭，嘴里嘟囔着："老婆我错了……"

向乐天："我吃饱了，我先走了。"

这狗粮我真的是塞不下了，卜凡，算你狠。

金灿灿看着向乐天没动过的碗筷。

金灿灿：“……”

03

幼儿园开学第一天。

所有的家长都来参加开学典礼。

表演结束后，小朋友们各自上台介绍自己的名字来源。

其他的小朋友都是爸爸妈妈翻遍《新华字典》《辞海》《诗经》得来的名字是：澄邈、德泽、海阳、瀚钰、涵煦、浩晶、浩波、鸿宝。

金卜换上台。

走到脑袋还不够讲台高的黑板前，小男孩歪歪扭扭地写下了自己的名字“金卜换”。

“叔叔、阿姨们好，我叫金卜换，我起这个名字是因为我妈妈姓金，我爸爸姓卜，我爸爸说我妈妈千金不换，就给我起名金卜换。”

底下其他同学家长的脸色不太好了。

金卜换还没走下讲台，金卜移摇摇晃晃也走了上去，小萝卜头肉手捏着粉笔，够不着黑板，正要哭时，金卜换将她抱了起来。

“妹妹，哥哥抱着你写。”

金卜移脚底不稳，气喘吁吁。

小萝卜头一笔一画写得格外吃力。她写完后冲着后头的小脑袋瓜甜甜地说道：“谢谢哥哥。”

坐在教室后头刚才还深吸了一口气的卜凡和金灿灿顿时松了一口气。

“大家好，我叫金卜移，金是我妈妈的姓，卜是我爸爸的姓，爸爸跟我说，起这个名字是想说她对我妈妈的爱如石头般永远不移。”

君当作磐石，妾当作蒲苇。蒲苇韧如丝，磐石无转移。

够了够了，这碗狗粮，幼儿园的学生家长都想一脚踢翻。

何来欢喜，
唯有遇见你

/歌十九

第一章 / 好多人心酸

01

幸欢觉得自己一向不幸。

高考时因为母亲的突然去世，她放弃了高考。

辍学得到的第一份工作因被骗无疾而终。

连她想回报的“恩人”，三年都没再遇到。

学业、事业，在她生命的旅途中越行越远。

至于爱情……

爱情是什么？能有面包重要吗？

幸欢换好工作装，开始了今天的第三份兼职。

02

入夜，大城市的狂欢才正式开始。

帝皇 KTV 的隔音效果再好，也抵挡不住一些人的嘶吼。

幸欢在这家 KTV 做晚班清洁，工作是打扫一整层楼的走廊.

相对而言，工作还是比较轻松的，幸欢拿着拖把，正在进行最后的收尾工作。

不过，今天倒是有些不寻常。女厕所洗漱台趴着一个人，一个男人。

熨帖齐整的西装上沾满水渍，头发梳着三七分，嘴里在念叨着听不懂的醉话。

此时，幸欢的工作已经完成，只等她们的主管吴晴来检查。幸欢不想多管闲事，想着总会有人发现他的。

她习惯性地将拖把挂在杂物间，身旁的男人似乎清醒了一点儿，见着眼前站着个人，晃荡着步子走了过来。

“欸，怎么还叫了个女人来包厢……”

男人打了个嗝，隔着一米远都能闻到浓烈的酒味。

幸欢皱着眉，打心眼儿里不愿和这个人有过多的纠缠。她一边往外走一边拨通了 KTV 保安的电话。刚和保安说明情况，有只手便向她袭来，幸欢的手机“啪嗒”一声掉在了地上。

她的内心在咆哮：这可是陪了自己几年的手机！

赶紧俯身捡起手机，幸欢仔细检查了一下，还能用，这让她不觉松了一口气，修手机可是很贵的。她愤恨地看了眼始作俑者，对方还是一副迷迷糊糊的状态，不知今夕是何夕。

与喝醉酒的人计较？那是这世上最不理智的做法，幸欢只想赶紧离开他身边。

可眼前的这个人却在猝不及防间将她堵在了门口。

“长得还行，这是谁叫来的！这么上道！”

男人眯眼打量着幸欢，像在赏玩一件物品，轻佻又暧昧。

幸欢眼见着他向自己慢慢逼近，悄悄攥住挂在墙上的拖把，在她心里，已经用拖把甩了这个男人一万次了，但理智让她只能想想，作为一个秉承着“客户就是上帝”的服务人员，让客户恼怒自己丢饭碗的事，她是不会去干的。

可她又转念一想，这里是厕所，没有摄像头，这个时候也没有人……

好吧，上帝，我决定给你来点儿“特殊服务”。

幸欢将洗漱台上的水龙头开到最大，手指紧紧按压住出水口，顿时水花四溅，硬生生把“上帝”给浇醒了。

“咳咳咳……搞什么！”男人骂骂咧咧睁开眼睛，眼前早没了人影。

幸欢早在他回神之前，迅速跑到了转角处，心情愉悦地欣赏着这个男人面对保安时的窘迫表情。

好戏散场，幸欢准备离开时，却发现身后不知何时又站了一个男人，因为身高的原因，她被笼在一片阴影里。

这个男人不知道是什么时候过来的，也不知道他在这里站了多久，她的心跳到了嗓子眼儿里，旋即又平稳放下，保持从容镇定。

她并不怕被男人看到刚才那一幕。

男人喝醉酒错进女厕，碰见漂亮女服务员进行拉扯，这种戏码，她可是受害者。

幸欢冷静地说道：“先生，请您让一让。”

十秒，一分钟，五分钟……眼前的人没有任何想要挪步的意思。

心底的怒气一点点涌上幸欢的心头。

这人到底怎么回事，堵在这儿是等着我下跪求他吗？

幸欢有些不耐烦：“这位先生，您……”

“我头疼……”

低沉好听的声音让幸欢抬起头，又是一个喝醉酒的男人，他像一座小山似的挡在她的跟前，手肘靠在墙上，脑袋枕在上面，呈现出一种一推就倒的醉态。

转角的这条走廊并不宽，也不常有人走动，纯属是为了设计感而装修出来的，幸欢想要绕过去，得努力收腹，才能不碰到这个人。

吸气——

幸欢贴着墙从男人身后绕过去。

男人晃了晃身子，身体失去平衡，整个人砸向幸欢。

幸欢灵活一闪，避开了倒向她的男人，男人的身子直直地撞在了身后的墙上，“嗷”的一声叫了出来。

“哈哈——”

幸欢没忍住，很不道德地笑出了声。

男人跌倒在地上，一时无法动弹，幸欢轻手轻脚，准备安静地走开。

“你拉我一下，我摔倒了。”语气软糯，听起来像是在撒娇。

幸欢以为自己出现了幻听，回头见坐在地上像小孩般乖顺的男人正向她伸出手。

“不怕汉子落泪，就怕猛男撒娇……”幸欢心想。

她折返，蹲了下去，顿时起了捉弄他的心思：“你求我啊？”

“求求你。”

男人醉得已神志不清，倒是把幸欢给逗乐了。

KTV 转角的灯光昏暗，对方的脸看得并不清晰，唯独那双眼睛里盛满了光，光的形状折射出眼前这个男人的好心情，让幸欢好奇心顿生。

“可我拉不动你，怎么办呢？”

“你拉我试一试。”

“那……好吧。”

幸欢拉住男人伸过来的手，用力想将他拉起来。时间仿佛定格在此刻，两人的姿势呈现出静止状态。果真，重，太重了。

“不拉了，我拉不动。”

幸欢准备将手抽出来，再去找人来帮忙，可男人却不乐意。

“你都没用力，不算，要这样。”男人手上开始用力。

“欸，你等等！”

男人不听幸欢的话，用力将她拉进自己的怀里，幸欢下意识地扶住墙缓冲了一下，她怕自己的身体径直倒下去，这男人要遭殃。

扶住墙缓冲的结果，是让她的整个身子都趴在了男人的身上，她能清晰感受到男人胸腔的震动。

幸欢想要站起来，偏偏男人毫无所觉，拽着她的手不放，嘴上嘟囔着："学会了吗？"

学会这个干吗，这人怎么跟个小毛孩一样！

"学会了吗？"男人没听见回复，又重复了一遍。

"学会了，学会了！"

"学会了就好。"

男人这才放开幸欢，并再次伸出手，示意她再来一次。

谁管你。

幸欢脸上微热，心跳加速，她双手扇风，想让自己尽快平静下来。

"你管管我。"男人的手伸向幸欢，不依不饶。

幸欢叹了一口气，准备再次去拉他的手。身后突然传来"嗒嗒"的脚步声，幸欢莫名有些心虚，一溜烟跑了个没影。

"喝醉了酒还到处乱跑，你是小孩子吗？"

来的是个身材姣好的女人，伸手准备将地上的男人搀扶起来。

"反正有人管我。"地上的男人赖着不愿动。

"喝醉了说胡话，这个犄角旮旯里谁来管你。"

男人下意识地往周围看了一眼，的确一个人都没有。

"你把人给吓跑了。"

"好好好，是我吓跑的，等会儿你哥也会过来，赶紧起来，被他看见肯定又得唠叨你。"

"嗯……"

"嫂子，你跟我哥说，我不回去了……"

后面的说话声已被距离拉扯得听不清了。

幸欢松了一口气，脸上的余热还未消散，她在心底唾弃自己：单身久了，和男人握个手都会脸红。

03

晚班的兼职做完，负责人吴晴过一遍后就放幸欢离开了。

今夜的风带着凉意，幸欢踏出大门的时候瑟缩了一下。

此时手机铃声响起。

幸欢拿着手机，上面显示的名字是“幸郭平”，她的父亲。

“喂……”

“小欢啊，怎么好久没回家，爸爸养了鸡，你回来做给你吃。”

“最近不回去了，工作有点儿忙。”

“这样……有一件事……我养鸡花了不少钱……”

“你这次要多少？”幸欢并不想绕弯子，直截了当地问道。

“也没多少……”

“到底是多少？”幸欢的耐心欠佳。

“一万元，就一万元！”

“好。”

幸欢直接转账过去。

“转好了，你记得看短信。”

将电话挂断，幸欢快步往前走，突然有辆车贴着她的身子驶过，她一惊之下崴了脚，摔倒在地，车内有一个女人走了下来，将她扶起。

“对不起，有没有哪里伤到？”

幸欢摇了摇头，这才发现自己走到了马路中央，想来该是自己的责任，便尴尬地答道：“我没事。”

“你家住哪里，我送你回去吧，或者去医院看看也好。”

“没事，没事，我家离这儿不远，我自己可以回去。”幸欢摆摆手。

女人还是不放心，还想拉着幸欢去医院做检查，直到被幸欢拒绝多次才作罢。

车内突然传来一声呢喃：“怎么了？”

“睡你的觉吧，不能喝酒还陪着你哥喝。”女人对后座说话的男人可一点儿都不客气。

幸欢也把视线转了过去，车后座躺着一个男人，凭着记忆中模糊的印象，幸欢认出是今晚一直拉着她不放的那个喝醉酒的男人，男人的脸轮廓分明。

明朗的面容，眉头紧皱，不似之前眼角都像携着笑的模样。

男人在这一瞬间睁开了眼，和幸欢对视，幸欢慌忙将视线挪开，直到车开走，也没敢再看一眼。

女人将车开走前留下了电话，让幸欢有事随时找她。

车标昭示着这辆车的名贵，幸欢看了一眼，将纸条随手塞进了包里。

这些人啊，和她不是一个世界的，还是不要有联系的好。

04

说好不要有联系，没想到第二天又遇到了。

而此时的幸欢，正在做着她的主要工作——客服。

在这里，公司每个月会按照表现决定你下个月是否继续做下去。

幸欢端坐在前台，脸上露出标准的微笑。

走上前来的客户是个五十多岁的大妈，一上前就对着幸欢吼叫。

“你们最好给我一个满意的答复啊，我从你们这里购买的机器人怎么回事？突然就发出警报声，把我家小孙子吓得一晚上都没睡觉，我家宝贝出了问题你们负担得起吗！？”

幸欢身体前倾，脸上的表情调整成和客户同步的“急切模式”。

“您先冷静下，我这边帮您把问题记录好，很快会有我们的技术人员和您沟通……”

无论脸上的表情如何丰富，头脑必须冷静，大妈提出的这个问题属于最基础的问题，只要提交上去，不出十分钟，就会有相关工作人员回复并拿出解决方案，此刻她的任务就是安抚好客户。

可眼前这位大妈冷静不下来。

“沟通有什么用？那机器也不能经常这么叫啊，我家小孙子被刺激的精神出了问题可怎么办？”

“您……”

大妈全程表现出了极好的肺活量，幸欢一句话都插不进去。

“必须找你们的维修人员跟我回去一趟，我在这里和你说不清楚！”

“我马上……”幸欢正准备将这个情况反馈上去，突然手背上有一丝疼痛，回过神时她的衣领已被大妈一把揪住，胸前的第一颗扣子被生生扯开。

“……”

眼见事情发展成这样，大妈冷静了下来，赶紧把手松开。

“你……你们可不能逃避责任，小姑娘家家的，穿得这么少，这可不能怪我……是你们的制服质量不好……总之得给我把事情解决了！”

说话声越来越小，说到了最后一句，又理直气壮起来。

幸欢的手紧紧拽着鼠标，内心汹涌到难以克制，她本不是个会让自己受憋屈的人，工作几年，她深刻懂得，一旦憋屈了，随着时间的堆积，只会让自己更难受。

犹如吵架没发挥好，事后恨不得再吵一遍一个道理。

说实在的，她的确不适合客服这份工作。

但这家公司就客服这项工作而言，福利比曾经兼职过的几家都要好。

受过没钱的苦，她深谙跟钱过不去，生活就会让她过不下去。

金钱使她很快调整好了自己的情绪，她并未整理仪态，保持这种形象会给眼前的大妈以愧疚感，哪怕效果微乎其微，也足够幸欢拥有话语权，将大妈打发走。

“您好，这是您的单据，稍后就会有专业的工程师为您解答，请您稍等片刻，下一位！”

迅速按下叫号键，下一位客户上前，大妈不得不坐在一旁等待。

幸欢将自己的衣服整理好，确定电脑屏内映出的笑容并无不妥之处，才去接待下一位客户。

“您好，有什么可以帮您？”

“我想购买一款机器人，是在你们这儿直接可以购买吗？”

有些熟悉的声音让幸欢微抬起头，眼神有一瞬间的愣怔。

昨晚才说不要有联系的男人，今天就见面了。

眼前的人穿着淡紫色上衣，衣服胸口的位置上印着猫爪，配上和上衣一套的裤子，休闲又清爽，和昨天的富家形象很不一样。

幸欢迅速调整好自己的心态，维持着客服的职责回答道：“可以的，您是需要哪一个型号的机器人呢？”

“最新一款，在你们的官网首页上看到的。”

“好的，您需要留下您的收货信息。”

男人躬下身子填写信息，在姓名一栏写下了三个字——周何一。

看到名字的一瞬间，幸欢内心扶额：遭了，这让她如何不再有联系。

她惦记了三年的“恩人”，出现了。

05

周何一。这个名字不是第一次看到。

她刚出来工作的时候，按照身份证上的信息，还不足十八岁。

找工作也不好找，好不容易求着一家小饭馆的老板收留她做工，开出的条件是让她免费干一个月，包吃住，幸欢当时也没地方可去，便答应了。

好在她工作上手快，老板也不介意帮她隐瞒年龄，要是被熟悉的客人问起，老板就说是她儿子的朋友，过来帮忙的。

客人笑得意味深长，幸欢初涉尘世，不懂其中的复杂和腌臜。

两个月满，到该发工资的时候，她到工作房去找老板结算工资。

“也是到给你工资的时候了，你看我这记性。”老板打开钱包把钱拿出来，却在递给幸欢的时候，又停下了。

“小欢啊，你看我们两口子待你怎么样。”

幸欢沉浸在即将拥有自己的第一笔工资的喜悦中，突然被问话，脱口而出：“我很感谢老板能够收留我在这里工作。”

“我就知道你是个知道感恩的人，要不然你就一直留在这儿工作好了。”

幸欢不清楚老板的意图，没有回话。

“你看你这学历，在外面找工作也困难，我儿子挺喜欢你的，还说以后我们成了一家人，也不需要这么见外。”

“对不起，老板。”

她低着头，委婉地拒绝。

刚才老板还笑意盈盈的脸瞬间拉了下来。

“你这是什么意思？”

“老板，你把这个月的工资给我，我以后就不做了。”

“哎哟，这么不情愿啊。”老板把钱又放回钱包里，“我也不是会强迫别人的人。”

听见老板的语气软了下来，幸欢心里松了一口气，还没等她把这口气给缓过来，老板又接着说道：“但是啊，你看你这个月打碎了好几个碗，还惹恼了我的几个老客户，这些钱还是得扣掉的吧，这么一算，喏，就剩这么点儿了。”

老板抽出两张百元大钞放在幸欢手里。

幸欢当时脸皮薄，自尊心重，她接过钱，又丢了回去，愤愤地说道：“这钱，我不要了，明天我就搬走，再见！”

回忆至此，幸欢只想给当时硬气的自己一巴掌。

两百元也是钱啊，要是当时拿了再走，可能就不会落得那么狼狈了。

当时的她，收拾行李从小饭馆里出来，提着行李走在大街上，身无分文，满心思都是得赶紧找个新工作，每看见一家店面前贴了纸，都会上前去瞧一瞧看看是不是招工信息。

周何一就是在这样的情况下出现的，他手里提着一碗米粉从一家店里出来，看见站在门口的幸欢，顺手就将米粉递给她。

“小妹妹要吃吗？哥哥请你吃。”

大概是男孩儿的动作太过于自然，幸欢当时看着这个人，觉得此人怕是端着英俊皮囊干着拐卖人口的勾当。

06

幸欢拿着信息表，将信息录入电脑后，直勾勾盯着眼前的男人。

“我……是不是应该还有什么问题需要注意的？”被这么盯着，男人也没有任何不满，语气依旧温柔。

“没有，我们这边会尽快送货上门并进行调试。”

幸欢端正自己的工作态度，就算在“恩人”面前，也要矜持，她把这张信息表单独放在一旁，准备叫下一位顾客的号码，眼前突然递过来一片创可贴。

“你的手划伤了，先贴上这个，如果有消毒的东西最好尽快处理一下。”

幸欢下意识再次看向男人的脸——头发梳理得干净利落，皮肤很好，笑起来也很开朗。

三年前见过的人，相貌在记忆中已模糊，这一笑，倒生出些许熟悉感。

“谢谢……”

幸欢难得窘迫，快速低下头，将创可贴贴在自己手背上，随后按了一下“叫号按钮”，在下一个客户来到之前，男人又指了指自己胸口上的猫爪处。

“你的工牌歪了。”

幸欢快速将胸口的工牌戴好，再次说了声“谢谢”，抬头时，男人已经走到门口，之后便左拐离开了，留下带着笑的侧脸。

她的“恩人”，依旧那么好。

而她自己呢？三年前与现在，能让一个人有多大的变化。

如果是三年前的幸欢再次遇到周何一，定会当场将人抓住，追问：“你还记不记得我。”

如果对方不记得，她肯定也会忘记对方，不带任何留恋。

但是现在……

幸欢在工作用纸上写下“周何一”三个字以及联系电话，然后默默塞进口袋中。

体验过生活艰难，才知恩情难还。客服工作持续一整天，晚上的时间被空了出来。晚上的兼职本就难找，工资高点吧，又不是很安全，工资低了，幸欢又不愿意去干。上次找的那个 KTV 兼职每周只上三个晚班，导致她有四个晚上都需要重新找兼职。

沿着回家的路逛了逛，就近是没有什么兼职可以做了。

幸欢居住的小区有些冷清，但好在交通便利、房租便宜，尽管房子略显陈旧，但是整理一下屋子，还是能够住得很舒心的。

幸欢推开 406 号的房门，刚搬来的时候，屋子打扫得很干净，一种墨香萦绕在屋内，床底遗留着几张画稿，很有画手自己的风格，热烈与宁静的交织，幸欢没舍得扔，找了画框，将画给框起来。

幸欢放下东西直接坐在书桌旁，翻开一本本子，上面记录了一些代称和数字：

李：欠一万叁仟贰佰元。

王：欠一万零捌佰元。

村主任：欠了叁万捌仟元。

…………

本子上记录着十多笔债务，零碎加起来有几十万，一些还清的债已被画掉。

这些都是母亲在世的时候欠下的。

幸欢出生的时候，母亲难产大出血。

当时地方的医疗条件并不是很好，生了幸欢之后，母亲的身体每况愈下，以往的工作也辞掉了，只能在家编织些手工在附近摆摊叫卖。

父亲腿脚不便，没法去很远的地方，就在家里种点儿菜。

当时幸欢上的学校还是好心人资助建造的，本地的小孩儿上学都是免费的，这倒是为家里省下了不少钱。

村里像他们这样的家庭并不少。

原本靠着父亲种菜、母亲编织手工赚的钱也能够勉强生活。

但是连勉强活着这一点，幸欢都觉得是自己想得太好了。

母亲的身体得好好养着，编织超过三个小时就开始头晕，全身瘫软，站起来都很吃力。父亲的腿，每周都得用药，拖延一次不用，便疼痛难忍。

想要好好活下去，都不是这一点儿钱能够满足的。

邻里这几年，时不时也会拿点儿钱出来接济一下他们，这些人情幸欢都一一记着。

幸欢高中时离开家乡，到县城去读寄宿，父亲这时候却开始赌博，母亲无力劝阻。一开始邻里依旧会借钱给他们，救急不救穷，发现父亲把钱都花在赌桌上，再也没有人借钱给他家了。

高考的时候，母亲身体熬不住了。

幸欢得知消息从考场出来，急忙打车回家，结果还是没能见上母亲最后一面。

在车上的几小时，幸欢暗自发誓：以后我和父亲相依为命，我得坚持下去，努力撑起这个家。

而父亲，在见她从出租车上下来时，说的第一句话却是：“有大巴车不坐，就知道浪费钱。”

一句话，将她对未来的打算全部击碎，片甲不留。

刚刚料理好母亲的丧事，幸欢就被父亲叫住，逼问道：“你妈生前赚的钱放在哪里，她临死前是不是忘记说了。”

幸欢盯着自己的父亲，一字一顿地说道：“没了，一点儿都没有了，全用在妈妈的葬礼上了。”

幸郭平转身就走，留下让幸欢终生难忘的话：“人都死了，钱就该给活人留着。”

她的母亲，她最爱的、最温柔的母亲，一直是幸欢努力学习，努力打拼的动力。

如果没有母亲去世这段时间的所见所闻，父亲也是她不可缺少的动力所在。

她悲伤的时候，父亲的话却让她坠入更深的痛楚之中。

此刻的幸欢是恨父亲的。

之后，她离开家，远离了父亲，选择辍学开始打工生涯，只要有点儿积蓄立刻寄回家，同时又把父亲的药买够量邮寄回去。

偶尔幸郭平老毛病犯了，幸欢才请假回去看看，也不愿多作停留，只是留点儿钱确定没事又走了。

她在外打零碎工的两年，便恨了父亲两年。在她最艰难的时光里，原本最亲近的人，却连多聊一句话都无法做到。

幸欢将记账的本子往后翻一页，上面写着幸郭平：一万元。

给幸郭平的每一笔钱，幸欢都有记录，她不想欠幸郭平的，如果亲情能用金钱来衡量，那真是糟糕透了。

可这世上，她也只有这一段糟糕透顶的亲情了。

幸欢将本子往床底一塞，却发现被什么东西阻隔住，怎么也塞不进去。

探下头看去，床底有一个箱子，似是想到什么，幸欢突然脸色绯红。

箱子里是她偷偷藏起来的东西。

第二章 / 过去和现在，都一个样

01

门口站着两个人，男孩儿手里提着一碗米粉正往眼前站着的女孩儿面前递。

米粉的香味让女孩儿更加饥肠辘辘，尽管她只有一顿早饭没吃而已。

“吃吗？”

“不吃。”

女孩儿嘴上不诚实，鼻子倒是微微抽动，男孩儿将手中的米粉提高了一点儿，在她眼前晃了晃。

女孩儿下意识地退了一步，眼神却开始随着这碗米粉的晃动而闪烁。

她在心里掂量：不应该这么随便就吃别人的东西，万一人家又有什么要求呢。

可一碗米粉等价的要求，还是可以接受的！

女孩儿说了声“谢谢”后，小心地从男孩儿手中接过了米粉，蹲在一旁的花坛边吃了起来。

男孩儿没走，也在女孩儿的身旁蹲了下来。感受到身旁强烈的存在感，女孩儿不好意思地停了嘴。

在陌生异性面前吃东西，真是一种煎熬，女孩儿开始一根一根腼腆地挑着吃。

“你家是哪儿的？”

“咳咳咳——”女孩儿被米粉里的辣椒呛到，不住地咳嗽。

男孩儿拿出一瓶水递给女孩儿，她犹豫了一会儿，还是没有伸出手去接。

“我为什么要告诉你？”女孩儿吃完最后一口米粉，才开口说话。

“这碗米粉不能抵一个问题吗？”

刚吃了一碗米粉还觉意犹未尽的女孩儿，“……我从一个小乡村来的，说了你肯定也没兴趣。”

“你知道你刚才看我的眼神像什么吗？”

“啊？”

“像猫。”

“……”

“是这样的，我正在做一个《探究人类社会的动物学》，如果你不介意，可以让我跟着你一天吗？当然！仅限在外面。”

女孩儿呆呆地看着他，觉得这人搭话的方式挺奇特的。

“包你一天吃的，怎么样？”

“成……成交。”女孩儿想着：反正自己这一天估计是要在找工作这件事上度过了。

这一天，男孩儿全程跟着女孩儿，女孩儿不知道男孩儿的名字，男孩儿也没问女孩儿。

男孩儿并没有对女孩儿多说什么话，仅仅是跟在女孩儿的身后，时不时会用笔记本记录些什么，女孩儿也不知该跟男孩儿说些什么。

这一路下来，如果女孩儿不搭话，男孩儿也不会开口。

值得高兴的是，在找工作的时候，因为有男孩儿在场，店家对女孩儿也没提什么过分的要求，她成功找到了第二份工作。

按时发工资，包吃，但不包住。

到了晚上，男孩儿伸了个懒腰，从书包里拿出一张纸。

是一份调查问卷。

“今天谢谢你了，希望你还能帮我填一张问卷。”

女孩儿接过问卷，上面的问题是：关于面对一些紧急事件发生时自己应该做出的反应。女孩儿很快就填写完了。

问卷的末尾印刷着一行字。

调查负责人：周何一。

周何一和她挥手告别之后，女孩儿才反应过来——

她身上没钱，今晚住哪儿刚才都忘记考虑了，要是早点儿想起来，也可以问问新老板，工作的地方可不可以让她借住一晚。

可现在这个点，都关门了。

女孩儿走了一天，这时候已经疲惫不堪了。她坐在路边的石凳上，准备在那儿将就一晚。

一旦有了这样的念头，身体更是一动都不想动了，将背包放在头下面枕着，夏夜的风带着燥热感，女孩儿在这样闷热的触感中将双手贴在了石凳上，获得了片刻冰凉。

不知道躺了多久，耳边响起了一道声音。

“你怎么还在这儿？”

…………

幸欢想到这里，不禁捂住脸，她不打开箱子也知道里面是写了“周何一”名字的一沓调查问卷。

她突然想到了什么，又拿出那本本子，另起一页，在上面写着，周何一：一碗米粉，一片创可贴。

02

“您好，很高兴为您服务，请问有什么可以帮您。”

新一天的上班依旧枯燥无味，和昨天不一样的是，幸欢从前台服务转移到了电话服务。

电话里传来刺耳的怒骂声，幸欢忍不住将耳麦拿开一点儿，她脸上毫无表情，说话的语气却显得着急了些。

“不好意思……我马上……”

“好几次了，问题都没解决，这是你们对待 VIP 客户的态度吗？找你们领导来和我说话！”

幸欢没来得及安抚客户情绪，电话被人挂断了。

把耳麦放下，将电脑上接电话的状态由“空闲”调整为“忙碌中”，幸欢手指敲键盘，将客户的问题用电脑记录好，嘴上不住地抱怨。

“……最近客户是怎么了？什么事都要找领导，还拿 VIP 客户的身份来说事，话说我们公司什么时候有 VIP 客户了？”

周围的同事对这类事情早就司空见惯，有几个关系好的女孩儿也附和着幸欢抱怨了几句。

同期进来的易巧凑过来，回复着幸欢刚才的疑惑：“我知道是为什么？”

“什么？”

“都是销售部门闯的祸，他们销售产品的时候忽悠客户说现在购买即刻享受 VIP 待遇，只限今天哦。”

“行，知道了，我们都是给人擦屁股的呗。”

“说话文雅一点儿。”

“已经够文雅了，你不会想知道我最初想说的是什么吧。”

幸欢和易巧聊了两分钟后，再次拿起耳麦，拨通刚才接入的号码，应付的话张口就来。

“尊敬的VIP客户，您好，这边已经将您的情况告知我们领导，领导很重视，他们正在优先处理您的问题，为了给您节省时间，我这边先和您重新确认一下……”

说了一些冠冕堂皇的话，再花十分钟，将客户的问题解决完毕。

做服务行业就是这样，满足客户要求，重视客户要求，至于真相如何，谁又会去在意呢？

“吧嗒——”

客服办公室的门突然被打开，主管李知行将一份“员工工作心得”拍在幸欢面前，几个字刺得幸欢眼睛疼。

“啊——”幸欢发出一声哀号。

“别号，每周都要有人写，这周正好轮到你，还有公司觉得你形象好，你等会儿去前台拍张照，发给我，笑容要标准一点。”

“好的……”

“精神点儿，我听了你刚才的电话录音，怎么能这么敷衍？趁机搞明白客户的问题才是主要的，这通录音要是被监督部门抽查到，又得扣你分，等会儿记得回个电话过去，搞清楚客户的问题。”

“扣就扣吧，我也想为客户解决问题，可他们不配合呀。”幸欢表示自己也很无奈。

“不配合就说服他们配合，摆正你的态度，早日成为正式员工，别做这种枪靶子的工作才是最好的选择。”

幸欢赶紧举起双手表示投降。

“我知道错了，知行姐。”

谁好谁坏，谁是谁非，她都懂，幸欢看着办公室的摄像头，做了个鬼脸，随即去前台拍照。

背对着门站好，摄像头的方向对准公司放置在门口的Logo，幸欢眼神看着摄像头，脸上露出标准的微笑，此时门外突然走过来一个人，一晃神，手指迅速按下了快门。

幸欢下意识地回头看向门外，繁华的街道上人群熙攘，刚才引起自己注意的人已经不见了。再看着自己的照片，一张笑容灿烂的脸，眼神飘忽不定，显然是不合格的。

正准备删除，却又顿住了。

照片的背景是一个男人抱着一只猫，男人的脸被照得有些模糊，那只猫倒是很显眼，猫咪在怀中想挣扎出来，被男人伸手安抚，还低下头在猫咪耳边说着什么。

很温柔。

这是给幸欢的第一感受。

手机照例每天提醒内存不足，幸欢还是将这张照片保存下来。

接着又拍了一张完美的照片，发送给知行姐，然后继续到办公桌上去奋斗。

突然手机震动，是知行姐给她发了一条消息。

知行姐：小欢，有客户申请了顾问，我明天把信息给你，你跟一下客户的进度。

幸欢回复消息表示已经知道了。

客户可以付款申请客服作为顾问，时间一般为一个月，一位客服只对应一位客户，除了给普通客户做解答之外，顾问必须对客户的要求第一时间回复。

做顾问也是有钱的，并且可以以这个方式积累客户，后续升为正式员工也会优先考虑。

幸欢激动地搓搓手。

一天的工作很快就结束了。

幸欢喝了一大口水，清了清嗓子，顺手将废纸放进碎纸机内。

易巧凑过来，问道：“你知道今天是什么节日吗？”

“什么节日？”

“每月十四号的情人节啊！”

“……情人节怎么了？”

“你需要放松下，赶紧恋爱吧，朋友。”

恋爱？

手指无意识地抚摸着手背上的创可贴，顿了顿，又放开，顺手将散在脸上的头发捋到耳后。

易巧看了眼门外，急忙和幸欢说了声“再见”，接着奔向了男友的怀抱。

03

幸欢换好衣服，大踏步出了公司大门。

空气中带着些许闷热感，幸欢将长裙的袖子挽起来。

情人节这天，街上比以往热闹得多。

幸欢所在的公司，不是繁华地带，但胜在交通便利，出门就是地铁站，附近的高端居民楼比较多，里面住的多数是他们的客户。

没有直接回家，她选择了乘坐地铁，直奔繁华街区。

情节人，可是一个赚钱的好机会。

街边充斥着各种情人节活动，幸欢直接选择无视。

她观察许久，最终停在了一家花店前。

花店在一处巷子里，熙攘的街道和这里只隔了一个拐弯，却将情人节的气氛隔绝开。

在其他花店门庭若市的时候，这里的生意冷清了不少。

幸欢走了进去，里面的老板正捣鼓着花束，花的品种多样而鲜艳，包装也很精致。

“想问下，这里需要兼职吗？”

幸欢直接开口问，老板看了她一眼，漠然道：“不需要。”

“老板，我看你这里花比外面包装得精致，也很新鲜，今晚肯定很好卖。”

“你睁眼说瞎话的本事还挺好，生意好不好我自己知道，我也没那么多心思，求个保本就行了。”

幸欢认真地推荐自己：“老板，你今晚应该缺个我。”

说服一个人的方式很简单，说服一个生意人那就更简单了。

幸欢只说了一句：“老板，我帮你卖花，赚的钱，你减去平常卖的价格，多的分我一半可好？”

老板犹豫了一会儿，同意了。

幸欢拿上一个好看的花篮，装好老板亲自包装的花，走到了大街上。

看花的人很多，买的人却很少。

幸欢随口吆喝着：“情侣参与活动免费得花，活动只有一次哦，十分钟之内报名的情侣都可以参加。”

冲着“免费”二字，便吸引了不少愿意当场秀一秀恩爱的情侣。

最终来了八对，但围观的人更加多了。

活动无非就是情侣之间的拥抱、接吻，难度越高，得到的花束越大。

有一对小情侣，男孩儿直接将女孩儿抱起，并持续接吻了二十分钟，引得围观群众惊呼，最终获得了最大的一束花。

有一对小情侣的男友面子上过不去了，果断也买了一束花送给女友。

其他几对也赶紧补上。

情节人，最不缺的就是情侣之间的攀比。

不到半小时，拿出来的花基本都卖完了，幸欢再次去拿。

有了活动宣传效应，有的人甚至直接跟幸欢去了花店买花。

老板见着突然来了这么多客人，笑得合不拢嘴。

夜已深，街上人流稀疏，幸欢在原地站了许久，这一天下来，也确实有些累了。

花篮内的花还剩下几朵，这时一个人站在幸欢面前。

“这些花怎么卖？”

“红玫瑰十五元一枝，黄玫瑰……”幸欢下意识地抬头，顿了顿，接着说道“……二十五元一枝，是你要买的话，可以免费！”

幸欢可不能放过这次还“恩情”的机会。

“给我免费？那……可以当作是你送给我的吗？”周何一鬼使神差说出类似调侃的话。

幸欢可不敢认，情人节送花，太暧昧了，只好勉强整理了一个说辞，“因为……你看周围已经没有人了，给你免费也没关系。”

周何一摇了摇头。

“不用，你按照原价给我吧，剩下的花我都买了，心意可是不能打折的。”

幸欢无法，愣愣地将花篮一起递给周何一，又突然反应过来。

“你等我一分钟。”

她立刻拿起花，跑进花店，让老板包起来，顺便还加了几朵其余的花作为点缀，又迅速跑出去。

将花递给周何一的时候，心情有些闷闷的。

原来这个人，有女朋友啊。

“给你，祝你和你女友情人节快乐。”

“没有女朋友。”

“嗯？”

“这是买给你的。”

“给我的？”

周何一并未立刻回复，似乎在整理着说辞，“给别人送了那么多祝福，自己也该拥有一份，情人节快乐。”

“谢谢……”幸欢手足无措地抱着这束花，眼圈发红。

工作三年，辗转在各个行业赚钱，极少被人惦记，更何况这个人还是周何一。

而自己“恩情”还没还上一丁点儿，这会儿又加了一条了。

幸欢去找老板结算工钱，老板心情很好，多给了她一百元作为奖金。

她从花店出来的时候，周何一还没有走。

幸欢自恋地以为，他是在等她。

结果不是。

“我约了朋友一起过来吃饭。”

“那我就不打扰你们了，我先回去了。”

“你吃饭了吗？”

“没……”

“我朋友还要半小时才到，介不介意陪我先吃点儿。”

“恩人”的话她没法拒绝啊，幸欢果断地回答：“好的。”

吃饭的地方就在花店不远处的繁华地带，店内装潢很好，一看就是幸欢平时绝对不会踏足的地方。他们进的还是个包厢，想来是提前预定好的。

“你想吃什么？”周何一拿过菜单，问幸欢。

“我……都可以，我其实不饿。”菜单上的价格让她不敢随意开口。

周何一笑了笑，随口报了几个菜名。

“要不要先别点这么多啊，我就坐一会儿，等会儿你朋友来菜都凉了。”

“没事，我朋友付钱，我正想趁这个机会撮他一顿，还好碰见了你，不然又要便宜他了，你就当是帮帮我。”

菜一上来，幸欢看着那些精致小巧但价格昂贵的菜，坐着更加难受了。

怪不得要点这么多，作为正餐吃，是吃不饱的吧。

等周何一开始动筷子，幸欢才跟着拿起了筷子。

“为什么出来卖花。”

“生活所迫。”

“白天的客服工作也是吗？”

“嗯嗯。”幸欢回答问题的时候，嘴里还含着菜，含糊点头。

“那……那天在 KTV 也是？”

幸欢点了点头，发现周何一没有继续说话，抬头看了看。

这一看，就看进了周何一眼底。

他在笑，笑得很开心。

像是确定了什么般势在必行。

幸欢不禁低下头，继续吃着碗中的饭菜。

突然有人敲门进来，是个小提琴师。

幸欢正疑惑着，却见周何一对小提琴师点了点头。

悠扬轻快的音乐响起，让她放松了一些，连对着周何一说话都自然了不少。

音乐的确是缓解尴尬的一剂良药。

周何一看着幸欢满眼的疑惑，解释道：“包厢自带服务。”

在周何一说完这句话的时候，小提琴师突然变出一朵花，送到了幸欢手中。

幸欢接过花，轻轻说了声：“谢谢”。

小提琴师离开后，幸欢才问道：“你朋友是男的？”

周何一愣了片刻，才斟酌着说道：“一个亲戚。”

幸欢听完点了点头，完全没深究为何不一开始就说是亲戚。

周何一松了一口气。

他俩吃饭已经超过半小时了，周何一的亲戚应该也要来了。

幸欢还想陪人陪到底，刚好也没事，陪着他等一等，刚把这个想法说出来的时候，周何一像是想起什么，脸色有些发红，随即说道：“我被亲戚放鸽子了。”

幸欢心疼他一秒，看这孩子，脸都气红了。

周何一顺口接道：“谢谢你今晚陪我，我送你回家吧？”

幸欢了看了看时间，还能赶上地铁，随即表示不用他送。

周何一还想说些什么，被幸欢打断：“我们又不顺路的。”

她今天受惠良多，不愿意让“恩人”再麻烦了。

回到家后，幸欢的本子上关于“周何一”的那一页又多了两笔：

情人节花束。

高端饭店吃饭。

04

幸欢一上班，就直奔知行姐的办公室。

幸欢需要拿到那位申请顾问的客户的资料。

“这位客户是昨天刚购买的产品。”

幸欢的心突然猛烈跳动了一下。

只听知行姐接着说：“你产品知识挺扎实的，我才推荐了你，你可不要惹客户不快，给你，这是客户信息。”

幸欢拿到资料，首先看了客户的名字——周何一。

果然……果然很开心啊。

“嗯，遵命！”

“客户号码要背下来，你在这里登记的工作手机号我也给对方了，工作之余客户若是有什么产品方面的问题也可以找到你。”

李知行还在说一些注意事项，幸欢已开始神游。

“知道了吗？”

被突然问话，幸欢下意识地回复道：“知道了。”

直到坐在了工位上，幸欢还愣愣地盯着那个名字看。

她可以光明正大给“恩人”打电话了。

做顾问第一步是什么来着？

给客户打电话介绍自己，并让客户可以随时联系到自己。

幸欢擦了擦手心的汗，拿起座机电话，拨通了号码。

电话里传来那道熟悉的声音：“喂，哪位？”

幸欢深吸一口气，努力平静地回答道：“您好，周先生，我是您的产品顾问，我叫幸欢，您这边有问题可以直接联系我。”

“我知道了，小客服。”

幸欢被这称呼闹的脸热。

“可以不用叫我小客服……”

“那我要怎么称呼你。”电话那头的人心情很好。

“小欢。”下意识的回复让幸欢差点儿咬到舌头。

怎么能让对方叫自己小欢呢？一般不是叫幸小姐吗？

“好啊，小欢。”对方并未觉得有何不妥。

幸欢在听到顾客叫自己小名的那刻，放弃了挣扎，觉得这样……貌似很不错。

“那么，礼尚往来，你可以不用叫我周先生，可以直接叫我的名字。”

“周……周何一。”幸欢接着把话说完，“你应该有我的电话号码，任何时候有疑问，都可以找我。”

“任何时候？”

“对，任何时候。”

…………

对方似乎在忙，这通电话并未持续多久。

但幸欢相当满足。

易巧狐疑地看着打一通电话就满脸通红的幸欢，惊讶不已。

临近下班的时候，周何一打了电话过来，说有个不太明白的地方想找她当面了解。

幸欢果断回答：“没问题。”

周何一约定的地点在一家小吃店，里面各色小吃、米饭也都有，价格平价，环境还不错。

幸欢还专门带了一本小本子出来，准备将周何一遇到的问题都整合一下。

然而周何一看上去对食物的兴趣比较大。

“先吃吧，我很饿了，吃完再详细问你，好不好。”

幸欢心想：依你，什么都依你。随即点头。

将菜单拿给幸欢的时候，幸欢只点了一碗米粉。

周何一也要了一碗米粉。

吃完一碗米粉并不需要多长时间，周何一没有阻止幸欢主动去埋单，等她付完钱回来，他说道：“这次算你请我，下回我请你吃吧。”

“嗯嗯，好。”幸欢欣然应诺。

两人出了门，幸欢才想起，“恩人”的疑问还没有解答呢。

“刚刚我想起来了，应该是我没有设置好的原因。”周何一这么解释着。

“哦……”幸欢自觉没帮上什么忙，懊恼不已。

周何一觉察到了幸欢的一丝异样，便补充道：“但是我不明白，机器人产品如何区分陌生人呢？”

幸欢听到问题猛然抬起头，先讲解了一下如何设置，接着分析了一遍机器这样设置的原因，每说一个点，都会确定周何一是否明白了。

说到自己擅长的东西的时候，她眼底会发光。

周何一看着她认真讲解的样子，自己也受到感染，听得很认真。

两个人一路说，一路走。

不知不觉幸欢走到了自己住的小区。

幸欢：“……”

“这是哪儿？”周何一发出疑问。

“我租的房子……”

房子很破败，幸欢有些不自在。

她也不是租不起更好的房子，只是她比较节省，加上赚来的钱都寄回家里用来还债了。

幸欢不知道为何让周何一见到这里会这么别扭，明明已经将自己最狼狈的模样都暴露给他了。

还好周何一没有再跟着上前。

之后的几天，也总能接到周何一的电话，还都是在饭点。

尽管幸欢对于两个人的相处是满心欢喜的。

但一般情况是：上一次幸欢主动去埋单，下一次周何一就会找一个更好的地方请她去吃饭。

等到幸欢想请客的时候，周何一只会找一个比较亲民的小吃店吃饭。

反复了几次，幸欢觉得有些不对劲了。

便主动提出来。

周何一回复："不然，我们下次不吃饭？"

幸欢开始纠结，不吃饭的意思是……电话联系吗？

周何一接着说："我们可以吃点心。"

幸欢："成。"

05

往常的周二和周五两个工作日的夜晚，幸欢都会在KTV兼职，今晚也不例外。

做完客服的工作后，她就收拾东西离开了公司。

刚到KTV所在的大楼门口，几辆车排成队开过来，她赶紧避让。

这是一栋集各种娱乐设施为一体的高端商业楼，每一层楼都有着不同的娱乐项目，射击、唱歌、酒吧……成为一些有钱人集中娱乐的休闲场所。

幸欢在门口站了一会儿，便走进了大楼。

到吴晴办公室的时候，那里已经有好几个和她一样来兼职等待安排的人。

然而她一个都不认识，索性直接坐在了一旁的沙发上休息。

今天是周五，估计要凌晨才能结束工作，幸欢不想放过任何休息的机会，然而身边的人却异常兴奋，一直说个不停。

顶楼，聚会，机会……

几句重复出现的话贯入幸欢的耳朵里，基本可以猜到她们在讨论些什么。

这一栋楼的顶楼是一家酒店，能预定上的人非富即贵。

看他们讨论的阵势，估计顶楼是有人在聚会，可这和他们有什么关系呢？值得讨论这么久？

吴晴在此时走了进来，说了一大段工作内容以及注意事项后，幸欢就知道刚才那些人讨论的话题了。

这栋楼今晚有人包场了，主要邀请了许多商业人士过来。

而他们所说的“机会”——

这栋楼的服务员都是靠脸吃饭的，在这种地方，如果到了二十八岁还没有做到主管，基本就可以走人了。

她们这类外在条件好的底层员工，除了努力工作，再就是做一做飞上枝头的梦。

幸欢对这些没多大兴趣，反正兼职的钱都是一样的，选择麻烦事最少的工作才是她的初衷。

往常周末前夕包厢爆满的KTV，今天稍显冷清了一些，偶尔有喝醉的顾客靠在走廊上，也是姿态优雅。

幸欢拿着拖把默不作声地拖着地。

一墙之隔，传来欢呼与抽泣声。

旁边是一间豪华包厢。

幸欢叹了一口气，想找个安静的地方待着。

紧接着，抽泣声越来越大，幸欢听到了一声惨叫。

她有些不确定，贴着墙仔细听了听。

“我不要了……求求你们，放过我吧……我只是……”

后面的话隐约听不清，幸欢又贴近了一点儿。

“我只是想在这里继续好好工作……请你们放过我……”

幸欢脑海中已浮现了一出惨案，她握住包厢的门把，直接将门打开。

“请问，刚才有人按了服务，是因为什么事呢？”幸欢别的不说，说瞎话的本事靠着客服这工作，练出来了。

“你按了吗？”

“没有啊。”

“没准是按错了。”

幸欢趁着他们说话的时间打量了一下包厢：包厢内还算整洁，起码酒瓶都好好地放在桌子上，角落里坐着一个女生，看穿着像是KTV服务生。

她看着那女生没有生命危险，正打算离开，那女生却突然叫了一声，盯着幸欢露出了求救的眼神。

幸欢装作才发现她的样子，大声说道：“你怎么在这儿啊，我说和我交接工作的人怎么不见了。”

说完就要去拉她。

“你先出来。”幸欢随即和包厢中的客人说道，“不好意思啊，因为工作上的事，这人得离开这儿了。”

幸欢和包厢里的客人鞠躬道歉，假装生气地拉着那个女生就往外走。

“等一下。”身后有人说道，“你把她带走了，我们这儿不好玩了啊，总要留下一个吧。”

这些人有些难缠。

幸欢见着摆不平，打算先把女生送出去再说。

刚打开门，就见到一个熟人。

“你在这儿干什么？”说话人的语气有些急切，“你这是想逞什么能，这种事找人处理就好，你进去能有什么用？”

“周……周何一？”

幸欢看见他的那一刻，这个名字自然而然就脱口而出。

“是我。”

还没等她说话，包厢里的人就走了出来。

见着来人，原本醉熏的面容一时清醒。

“周小公子……”

“李老板兴致挺好，今天玩得开心吗？”

“开……开心。”被称做“李老板”的对着周何一恭敬起来。

“那李老板继续，这是我朋友，我们就先走了。”

“是是是。”等李老板脑门儿上的汗滴落，周何一拉着幸欢就走。

刚才的那个女孩儿却早就没了踪影。

走廊上只有他们两个人。

幸欢这才发现，周何一穿得很正式，笔挺的西装勾勒出他的好身材。

她身上的衣服，倒是有些起皱了，幸欢伸手去抚平。

“不是说好我随时可以找你的吗？”

“是啊。”幸欢下意识地回答。

“那我打你电话，你怎么不接。”

幸欢拿出手机，上面显示有未接来电。

“抱歉，我工作时一般会调静音。”

“那你补偿我一下好了。”

“嗯？什么？”

“下周六你陪我一晚怎么样？”

“啊？！”幸欢退后几步，这是要自己怎样。

“下周六晚，我哥在这里有一场舞会，说实话，我来这里也没有多久，其他人都不熟，我想邀请你做我的舞伴，可以吗？”

“我没有舞会上要穿的衣服。”

“我给你。”

“我不会跳舞。”

“我教你！”

…………

第三章 / 好聚好散

01

周六，幸欢一般都是白班，下班之后，幸欢如约而至。

周何一早就等在那儿了。

手里拿着一件礼服。

递给幸欢的时候，还有些不好意思。

“因为来不及按你的尺寸定做，所以我自己拿主意给你挑了一套，不知道你喜不喜欢。”

递过来的是一条深蓝色的长裙。

“和我身上穿的是一个色系哦。”

周何一说这句话的时候，完全不在意幸欢是何种心情。

幸欢去更衣室换上。

领口刚刚好，不会很低，又能衬出她修长的脖颈。

幸欢的皮肤是介于黄白之间，穿上深蓝的长裙，皮肤显得更加白皙。

她出来的时候有些紧张。

裙子刚好衬托她姣好的身材，她忐忑地走到周何一面前，像个回答了问题等待老师评价的小学生。

“很好看。”

眼前的男人，眼底盛满温柔，正用手肘示意幸欢挽好。

“现在离舞会开场还有一段时间，要去练习一下舞步吗？”

“嗯！”

幸欢的内心，像下了一场暴风雨，雨滴将整颗心敲得砰砰作响。

不知从何处响起了音乐声。

周何一伸出手，幸欢将手搭上去。

“舞步很简单的，跟着我迈步子，就不会出错了。”

信任的感觉说着简单，做起来却很难。

在几次两人旋转时，幸欢一慌神脚就不知道该怎么迈。

导致两人的舞步根本就跟不上节奏。

“和我跳舞这么紧张？”

“没……没那回事。”

“别紧张，什么都不要想，放松点儿才能好好享受舞蹈。”

一步，两步，三步……幸欢让自己不去在意两人之间亲密的距离。

跳个舞而已，可别丢人啊，幸欢。

在脑袋放空的当儿，两人的舞步流畅了许多。

幸欢仿佛可以听到自己的心跳声在耳边回荡，她害怕心跳声过大，被身边的人听到，恨不得伸出手去将他的耳朵捂住。

等心跳慢慢平复下来，幸欢才松了一口气，将视线转移到两个人相握的手上。

她能够感受到，周何一的手掌很绅士地握住了自己的手。

深蓝的长裙在裙摆处做了开衩处理，每一次旋转，裙摆扬起，如同一朵怒放的花朵。

舞会比幸欢想象中还要盛大，她能感觉到这种场合和她之间的格格不入。

幸欢挽着周何一的手走进去，周何一似乎是察觉到了她的不安，一直待在她的身边。

跳开场舞的是一对夫妻，幸欢看着有些眼熟，这才想起是之前在KTV外遇见的那个女人。

“他们是我哥嫂。”

幸欢不由得想起那辆名贵的车，低下头轻声“嗯”了一声。

接下来的舞蹈，幸欢显得心不在焉，但被周何一带着，也没有出什么小差错。

舞蹈结束之后，周何一哥嫂两人向着他们这边走了过来。

周何一说道：“你等我几分钟，我很快就回来。”

全场的焦点都汇聚在那一处。

幸欢终于想起来那几个人是什么人了。

在KTV兼职，也不是那么容易的，除了参加培训之外，还得经过严格的筛选，能留下来的，还需要记住KTV管理层的信息。

这栋楼都是周家的。

周家继承人周景实，她刚来上班的时候记过这个人的信息。

幸欢仔细看着那个人，的确是照片上的模样，而这个人，是周何一的哥哥。

思绪翩飞，幸欢端着点心心不在焉地吃着。

旁边走过来几位女孩儿，看起来年纪和幸欢小一点儿，在幸欢身边停住脚步。

幸欢只是微微笑，并不想主动跟她们搭讪。

她这副模样倒是吸引了那几个女孩儿的好奇心。

“看你在这里一个人挺孤单的，和我们一起聊聊吗？”

幸欢继续微笑，她其实对和她们聊天一点儿兴趣都没有，但是明着拒绝又不好。

那几个女孩儿就当作是幸欢默许了。

开始在她旁边说起来。

“我叫周愿，我爸爸是景实哥哥的叔叔，你叫什么名字啊？”

“幸欢。”

“幸？”周愿这会儿又当幸欢不存在了，便转头和旁边的几个女孩儿说道，“我怎么没听过合作方有幸这个姓啊。”

“我也没有……”

旁边的几个女孩儿也纷纷附和。

“但是她和何一哥哥一起来的耶。”

“你和何一哥哥是什么关系啊。”

幸欢很烦这种自来熟的场面，但是对一群小孩儿，她还是有办法的。

“这个问题嘛，保密。”

“啊——”

惹得一众哀号。

幸欢想趁这个机会走到一边，没注意，撞到了一个人身上，没把对方怎么样，自己倒是一个趔趄摔倒在地上，裙子被撕裂开直到大腿处，幸欢只能保持坐在地上的姿势以避免走光。

刚才撞到的女人已经不见了，周围的人被这处的动静吸引，都围了上来。

实在是丢脸，这么坐着也不是办法。

幸欢打算豁出去了，她想站起身跑出去。

只是没想到，周何一一直注意着幸欢这边，看见她摔倒在地，奔过来脱下外套，将幸欢抱了起来。

幸欢对自己的体重很清楚，百把斤是有的，这会儿又不好意思让周何一这样抱着自己，一直不自在地动来动去。

“别动……”周何一轻声说道。

在众人面前，他走出了平稳有安全感的步伐。

一进电梯，幸欢立马跳下来。

只要不做大动作，裙子还是不会暴露太严重的，就是开衩的位置，有点儿尴尬。

周何一脱下自己的西装让幸欢围在腰上。

幸欢轻松地说着：“好了，我的任务已经完成了，等我换好衣服，再把西装还你，你应该还需要待在那儿吧，那可能来不及将西装熨好……”

“你穿着，下回再给我。”周何一和幸欢一同进了电梯，“那个……”

“什么？”

“没事，你先去换衣服吧。”

幸欢换好衣服的时候，周何一还在外面等她。

周何一看见她出来，说道：“我最近可能不会再来这儿找你了。”

“没事啊，你不来找我，还需要和我说？”幸欢掩盖住内心的失落，却连什么原因都没有立场问出口。

他们的关系，顶多只是算朋友吧？或者只是单纯的客户关系？

周何一看着幸欢的眼神坚定。

“那我现在走了，这条裙子，已经破了，可以直接丢掉了。”

“嗯。”

手中的裙子布料很好，上面布满了华丽的星星点点，在光源微弱的灯光下闪着光。

02

每天下班前，幸欢会整理好自己的桌面，她将工作记录本拿出来，上面留下了几条记录：

185********

周何一

…………

都是关于周何一的。

这是她记录工作日记的习惯，碰到印象深刻的人或事，她会以简单的关键字记录下来。

今晚不需要兼职，她可以早点儿回去。

她家离公司不过两站地铁的距离。

幸欢走进地铁入口，才发现这一处已经封闭了，门口放着“地铁口正在维修，请从 2 号或 3 号地铁口进入”的牌子。

看来是要过个马路去对面了。

穿过一条马路，这里与对面的居民区不同，多是小诊所，超市之类的店铺，幸欢很少来这边逛。

发现地铁口旁边是一家宠物医院，门内蹲着一只金毛犬，眼神随着幸欢的步伐移动着。

幸欢突然有些心动。

她推门进去，金毛犬立刻跑上前来蹭了蹭她的腿，幸欢蹲下去，将金毛犬揉了个尽兴。

里面的人听到声响，走了出来。

“您是想要买宠物，还是宠物需要看病？”

“我就进来看看。”

“好的，好的，您随便看，我们这里猫狗都是分开养的，宠物售卖、寄养、看病，以及手术都有单独的房间。”

宠物店内干净整洁，给幸欢的第一印象特别好。

以后要是真有了宠物，这家诊所倒是个不错的选择。

幸欢看着店内玻璃笼内的小猫崽，毛茸茸的一团十分可爱。小猫崽似乎是感受到了幸欢的视线，将肉垫按在玻璃上，发出足以融化人心的“喵”叫声。

“这只布偶幼猫不怕生，是我们这儿的医生家里养的。医生偶尔会把猫带来店里，靠着它，还吸引了不少养猫爱好者来观看呢。”

“嗯，很可爱。”幸欢将自己的手也按在玻璃上，小猫崽见着，跳起来用肉垫碰了碰，幸欢将手抬高一点儿，小猫崽跳得更高了一些，不依不饶要来再碰一下，最后够不着，踮着脚，伸长爪子轻拍着玻璃，露出雪白的毛茸茸的圆肚子。

幸欢莫名觉得眼熟，她下意识地拿出手机，翻到之前无意拍到的一张猫咪的照片进行对比。

果然是一样的。

“我可是第一次看到它跳得这么欢，您很有猫咪缘呢。您可以常到店里来看看，我们店里会有很多顾客将小猫放在这里售卖或是托付我们照管，这些猫都很健康，没准哪天就认准了一只猫，会有种非它不可的感觉呢。”

“好啊……”

幸欢看着玻璃笼内的小猫崽，没有反驳店员的话。

她看了看时间，离开宠物医院，去了地铁站。

一进地铁站，手机信号就降到了一格。

幸欢也没想要玩手机，随手塞进了包里。

走出地铁站的时候，手机持续震动起来。

幸欢打开一看，是一个陌生的号码，连续打了几十通电话过来。

她回拨过去，刚接通，熟悉的家乡口音噼里啪啦在耳边响起。

幸欢没有打断，听到话的大致意思是她父亲病发了。

这不是一两次了。

“你给我，你把电话给我。”幸欢认出说这话的声音是幸郭平的。

“喂，小欢你长本事啦，打了这么多通电话都不接，你是不想管我的死活了吗？”

幸欢解释："刚是地铁里面信号不好，我买今晚的票回去。"

"别，大忙人你可别回来，我又没死，做个小手术就行了，又不是没做过这种手术。"

"我还是回去一趟。"幸欢说这话眉头皱起。

"叫你别回来了，你回来有啥用，你打钱过来就行，跟你待着还不如和钱待着。"

"……行，你要多少。"

"你有多少先打过来吧，后续还不知道会不会复发呢，最近挺不舒服的。"

幸欢看了看自己存的钱，足够支持这一次手术。

她将钱全部转了过去。

那边应该是收到钱了，电话被挂断了。

为了避免这种突发状况，她还得想办法多去赚些钱。

03

今晚轮到她在 KTV 值班，她负责清扫的走廊上有几个酒瓶摔碎在地上，清扫的时间便久了一些。她准备在第二轮清洁之前，先去休息室休息一会儿。

没想到同组的齐淑媛也在，看见她来了，把头偏向另一边。

幸欢同样的也不去理会她。

这时，休息室里又进来了一个人，应该是新来的。

进来的时候小心推开门，见着有两个人在里面，还瑟缩了一下。

幸欢眯着眼，开始疑惑自己是不是拥有魔鬼的面容，让小姑娘这么害怕。

说人家是小姑娘，其实幸欢自己比她还小，大概是在社会上摸爬滚打久了，让幸欢总透着看破人世间悲喜的老成。

小姑娘往两人身边靠过来。

对着她们说道：“你们好……”

幸欢琢磨着自己是不是应该回复个“你好”，还没等她开口，那小姑娘又接着说道：“遇见你们真的太好了，我想请你们帮个忙。”

幸欢这会儿不想说话了，等着小姑娘把话说完。

“能不能今天帮我替一次班，后续如果你们也需要找人替，尽管找我。”

“小妹妹，出门找吴晴姐打个请假条，然后吴晴姐安排人，这样走程序谁都没意见。”齐淑媛先开口说道，幸欢也认同这种做法。

“我知道……就是，我刚才没找到吴晴姐，但是我记得公司有规定说，只要双方同意，之后再补张条子也是可以的。”

是有这么一条规定，原本碰到幸欢这样的拼命三郎，为了钱，是肯定会同意的，毕竟一天赚两天的钱，但是她还想去外面看看，有啥固定兼职可做的，如果今天晚上看到了，明晚就有地方做事了。

小姑娘见两个人都不说话，开始着急了。

齐淑媛理都没理她，直接出了休息室，幸欢一个人在这儿面对小姑娘的泪眼，实在有些受不住。

“好吧，我今晚替你，你是……”

“送酒水，很简单的！”

“嗯，我知道。”

待在兼职部什么工作都干过，只是后来觉得清洁最安全也最安静，幸欢每次就主动去干。

“太谢谢你了，我的呼叫机给你，我还有事，拜托你了，我先走了！”

小姑娘看上去的确很急，衣服都没换，就走了。

呼叫机已经有了声音。

“718 包 8 号 酒水。”

一句简单命令，幸欢已经听懂了，718 号包厢，酒水已经准备好在 8 号推车上，放在前台，只需要她推进去就可以了。

幸欢将酒推到 718 包厢门外，就知道里面闹得有多欢了，她甚至听到了有酒瓶被砸碎的声音。

里面的人被这一声响更来了兴致，闹得更疯了。

幸欢推开门，入眼便是一片狼藉，碎酒瓶玻璃碴、水果盘、酒杯，瓜子、花生之类的就不用说了，满地都是。幸欢想要进去，都无从下脚。

“站在门口干什么，进来啊，怎么送个酒水都要这么久，这儿的酒都喝完了！”

站在门口的男人声音有些嘶哑，像是被什么撕裂了喉咙，听得幸欢心里有些发毛。

幸欢推着推车走进去，却被地板上的碎片挡住了，推车推不过去了，她将推车放在门口，用手拿起几瓶酒走了进去。

包厢内瞬间安静了下来，幸欢感受到所有人的目光全都在自己身上扫射，甚至有的人还往前凑了几步。

幸欢闻到了一丝血腥味……

包厢内微弱的灯光，让幸欢无法确定这血腥味是从哪儿来的，不过闻着倒不重，至少不是大出血，她只得更加小心了一些。

酒被幸欢一瓶瓶摆好放在茶几上，只差这最后几瓶，她就可以安全撤退了。

幸欢双手拿着最后几瓶酒，眼看就要靠近包厢内的茶几，却被人突然拉住，手中拿的酒全摔在了地上，幸欢为避免摔倒赶紧扶住了茶几，看着酒摔了，也顾不得自己是被谁拉住，连忙起身往外走，边走还边说道：“不好意思，我再送几瓶过来。”

即将到达安全界线，却又被门口嘶哑嗓子的男人拉住手臂，甚至往上挪了一点儿，按住了她的肩膀，说道：“小妹妹，我跟你说，这几瓶酒可不便宜，你过来陪哥哥们说说话，酒就不用你赔了怎么样。”

“这么好啊。”幸欢努力克制住自己的紧张，脸上的表情尽力自然了一些。

男人没想到来的这个女孩儿还挺单纯的，对着身后的人笑了笑，就准备关门，幸欢紧接着说道："呀，我的呼叫机没关，上班聊天要是被发现了，可是要罚款的。"

男人伸出手想要将呼叫机夺过去，幸欢先拿了起来，说道："这里面可是有录音功能的，这回我连狡辩都没有说辞了，不敢偷懒了，大哥我得赶紧回去，再将酒送过来。"

"……"

里面的男人喝醉了，踉跄着朝着幸欢走过来。

幸欢快步走到门口，扶好推车就要往外走，没想到还是被人一把拉住，脚下一个不稳，摔倒在地上，门被迅速关上。

门口一些碎小的玻璃碴，扎在了幸欢的大腿上，她的整条腿都有些发麻。

"小妹妹，别怕，摔着了，哥哥扶你起来。"

一双手伸过来，准备将幸欢搂起来，幸欢挣脱不开，被人搂在了沙发上。

男人用牙齿咬开几瓶酒的瓶盖，把瓶口就往幸欢嘴里塞。

"来！喝！把哥哥我喝尽兴了，少不了你的小费。"

"抱歉，我不喝酒。"幸欢梗着脖子拒绝。

"在这里工作哪能不喝酒，不喝是吧，那就跳个舞，把哥哥我陪开心了，就给你钱！"

男人把几沓钱甩在茶几上。

见幸欢没有任何动作，男人又接着说道："别怕啊，小妹妹，我又不是要对你干吗，至于这个表情吗？我们都是良民。"

一边说着话，一边将手顺着幸欢的大腿摸上来。

幸欢看着桌上的钱，推开了那只咸猪手，站起身来拿起桌上的一瓶酒，就往嘴里灌。大半的酒顺着脖颈流进衣服里，男人看得眼都直了。

就在男人准备做一些小动作的时候，幸欢将喝了大半瓶的酒往地上狠狠一扔，巨大的声响像是助长了幸欢的气势。

幸欢又拿起一瓶酒直接往嘴里倒，就算喝不下，气势也要做足了，呼叫机上有录音功能是骗人的，对方可以听到这边的对话也是骗人的，这是一个单向机，只有对方想要叫你的时候，这边才能接受到信号。

她不指望有什么人来帮她，她对自己的酒量，五瓶之内，应该喝不倒她，她还可以喝。

耳机从耳朵上掉了下去，幸欢没有注意到，她的呼叫机一直在闪着红光。

幸欢的豪气让男人开心，他觉得这个服务员很给自己面子，一时更加兴奋。

“好！来来来，把酒都给我开了！”

…………

幸欢感觉到自己有些晕了，知道自己喝酒的极限到了，再喝的话，估计连这个门都走不出去了。

男人再递酒上来的时候，幸欢连忙摆手。

“我也不为难你一个小姑娘了，喝完这一瓶，就放你走，这些钱也都归你了！”

…………

04

周何一找到幸欢的时候，见到的就是这幅画面。

看到她被男人这样对待，周何一直接冲上去，将幸欢拉入自己怀中，转身就走。里面几个男人正在兴头上，拿起酒瓶子过来拦住他。

“你小子哪儿来的？怎么？他是你女人？”

周何一并不想回答他们的问话，将幸欢交给身后的人，反手一拳，在一声声惨叫中和包厢里的人打了起来。

幸欢的意识还是清醒的，只是脚步有些发虚，站不稳。

她仿佛看到周何一来了，转念一想，这应该是自己的幻觉。

等再抬起头时，发现自己被人扶着，而扶着她的人是齐淑媛，幸欢立刻就清醒了一大半。

她竟然想念周何一到能把一个女人看成是他的地步，自己真是没救了。

“看不出你的智商这么低，还真被人给骗到这里来了。”

听到齐淑媛的说话声，幸欢的酒又醒了一半。

“你怎么在这儿。”

“你替班的那个女孩儿，我亲眼看到她从包厢里哭着出去的，没想到你还真去替她了。不过你可别感激我，救你的人在那儿。”

“谢谢。”幸欢偏要和她说这两个字，随后回头，看到了让她震惊的一幕——

原本在包厢里喝酒的男人一个个都趴在地上，周何一正对着被他打趴下的一个男人，将酒瓶塞进他嘴里，一瓶一瓶地灌酒。见多了他温柔的笑，从来不知道他还有这么瘆人的一面。

“周……周何一？”

那她刚才看见的，并不是幻觉。

周何一不知道跟那几个男人说了些什么，他们连反抗的心思都没有了。

幸欢看着周何一向她走过来，不知是不是酒精上头，她靠着门的身体又有些虚了。

周何一脸上没有任何表情，拉着她就往外走，留下齐淑媛站在门口发愣。

幸欢的手被周何一拉着，趁着他不注意，幸欢将手挣脱出来，说了声“谢谢”。

周何一看着幸欢脸上的表情，说道：“我在找你。”

“有什么事吗？”幸欢还是高估了自己的酒量，她的头有些晕，衣服也被酒溅湿了，这种天气，没一会儿就干了，只是这一身酒味着实让人闻着不舒服，她只想去盥洗室洗个澡换件衣服。

“你……”

幸欢觉得脑袋又开始疼了，没听清周何一说了什么，只看到他过来扶住自己。

她突然感觉到有说不出的委屈，之前还说再也不会来这儿的。

“你别管我了，我是成年人了，知道自己在做什么。”

周何听到这话，果然没有再动，幸欢还有些意识，只是身体不听自己的指挥，走起路来左一摇右一晃的。

愣了一会儿，周何一便追上去扶住了幸欢，这回他的手搀得更紧了。

“我带你去休息室，稍后我会帮你向吴晴姐解释，你就好好休息。”

“我不，你可别管我了。”

周何一耐不住幸欢一直挣扎，一个回身，将她按在了墙上。

“看清楚，我是谁？”

“唔……”幸欢的头更疼了。

“不准迟疑，说。”

“周何一。”

“你还认识我，很好，还记得上次我和你说过什么吗？”

“你说你最近不会再来这儿。”

“……不是，我说让你别逞能。”

“我没逞能。”

喝醉酒的幸欢说话都说不清，周何一却偏偏要和她扯清楚。

“要是我没过来，你知道会发生什么吗？”

“会得到一笔钱。”

“什么？”

“他们给我钱了。”

幸欢这个时候意识清醒了些，见着眼前忽远忽近的人影，突然有些自暴自弃，忍不住就想说些不理智的话：“我没有逞强，我是看到他们打算给我钱，我才喝的，我没那么多正义感的。我不想你把我当成一个好人，我可坏着呢。”

周何一一愣：“你说的是什么醉话。”

幸欢眼前开始变得模糊，唯一的焦点就是一双薄薄的不断开合的唇，最终只听到了一句。

“你对我一直都很不错。”

幸欢下意识回复：“因为你是‘恩人’。”

“恩人？”

“对，我欠你很多人情。”

周何一气急：“敢情你这么乖巧都是在还人情？”

幸欢恍惚间看见周何一很生气的模样，完全不知道他噼里啪啦在说些什么。

幸欢心中涌动着强烈的冲动，对，就是那种感觉。

想到就做是幸欢的优点，她当即伸手堵住了他的嘴，然后晕了过去。

周何一：“……”

幸欢迷糊感觉到自己被人扶起来往前走，但被人架着的感觉一点儿都不舒服，便忍不住挥手将人推开，然后一屁股坐在了地上。

周何一扶着幸欢站起来，哪儿都不敢碰，只好用手扶着她的手臂，这样的姿势估计让她不舒服，幸欢一把将他推开。

周何一好脾气地蹲下来，保持和幸欢同一视线，伸出一根手指轻声问道：“这是几？”

“你谁？”

“小欢，我是周何一，我扶你下去，你不要乱动好不好。”

“好。”幸欢这回倒是乖巧了许多。

周何一得到回复，立马将她给扶了起来，才到电梯口，幸欢又将他给推开，再次坐在了地上。

“少爷，我来吧。”一旁的保镖看不下去了，忍不住想要上前搭把手。

周何一正想松开双手，让保镖上前帮忙扶着，没想到幸欢突然出声叫道：“周何一！”

吓得他赶紧把手放回原位，对旁边的保镖示意不用他来帮忙。

幸欢叫完他的名字，就安静了下来，没有再说过任何醉话。

倒是周何一开始好奇：她到底想到了什么？

幸欢想到了……

她和周何一初见的情景。

冷清的公园内，一张石凳上躺着一个女孩儿。

“你没事吧？”

幸欢迷糊地睁开眼，就看到原本离开的人又折返了回来。

“怎么在石凳上睡着了，太不安全了。”

“你怎么又回来了？”

周何一有些不好意思地说道：“我想着时间比较晚了，你一个女孩儿在外面不安全，我又麻烦了你这么久，应该送你回去的。”

可她压根就没有能去的地方，幸欢没有说话，周何一却误解了她的意思，连忙解释道：“我没想要占你的便宜！”

这话就更伤人了。

“我今晚就在这儿待着。”

女孩儿低着头，有些恼羞地说道：“你别自责，也别管我了。”幸欢将自己的行李摆好，“我会对自己的行为负责的。”

周何一见状，没有再多问什么。

“那你再帮我一个忙好不好，你会打字吗？”

——会，我高中学了五笔打字，全班打字比赛第一名。

幸欢才不会这么说。

“不会。”

“能帮我记录一些东西吗？作为报酬，请你住一晚。”周何一双手合十，换了一种恳求的语气，“拜托，拜托，就是今天的问卷调查表，还需要录入电脑里，很简单的，直接用鼠标点就好了。”

真是受不了男生撒娇，幸欢点点头算是答应了。

周何一花钱倒是很爽快，一再表示自己真的不是什么坏人，在酒店给她开了一间客房后，就离开了。

酒店装潢得很好，幸欢从未感受过这么舒适的床，以至于在周何一离开后忍不住在床上打了几个滚，舒服到都不想下床了。

房间配置了电脑，正好可以帮他把调查表录入到电脑里。

录入表格的工作很简单，表格大概有几百份的样子，不到半个小时，幸欢就全部搞定了。

收到资料的周何一一点儿都不惊讶，很快就回复了一封邮件给她：晚安，早点儿睡觉，小姑娘。

幸欢看着最后三个字，不禁笑出声，明明他自己也没多大。

难得睡在这么舒服的床上，可幸欢却失眠了。

05

周何一将幸欢安置在酒店的一间客房里。

为了避免幸欢起来的时候不明所以，还写了一张纸条放在一旁。

打理好这些，周何一就打算离开了，这时的幸欢却开始嘟囔起来，周何一走近去听，依稀能辨别的是：你还记不记得我。

周何一听得有些好笑，想等着她接下来的话，却突然被幸欢从被子里伸出来的手捏住了脸。

“记不记得？快说！”易巧撒娇道。

“记得，记得！”

周何一连忙回答，醉酒的女人丝毫没意识到自己的劲到底有多大，周何一的脸被她捏的生疼。

幸欢听到了满意地回答，倒是安静了下来，又欣然说道："记得就好，不记得的话，那我也不记得你了。"

周何一听到这么孩子气的话，笑了笑，想继续听一听她接下来还会说些什么。

等了许久，幸欢好似睡着了。

周何一这才安下心来，离开了。

幸欢在睡梦中翻了个身，似乎格外喜欢这酒店棉被的触感，无意识地抱着揉了揉。

这种感觉和记忆中的一样。

柔软，温馨。

幸欢从睡梦中醒来，脑袋疼，也不知身在何处，眼前的一切都是陌生的。

身下是无比柔软的大床，也难怪她会梦见周何一。

去厕所洗了把脸，幸欢脑袋清明了许多，她想起来了，昨晚周何一是不是来过。

她有做些什么吗？

幸欢猛地拍一拍脑袋，又回想起来。

她好像……和周何一说了，她为了钱喝酒，还和他说了……她是为了报恩来的。

什么报恩啊。

幸欢将自己的脑袋蒙进被子中。

她用报恩作为借口这么久，赖在对方身边这么久，享受对方和自己在一起的感觉这么久。

再说是报恩，她自己都不信。

她是喜欢周何一的。

三年前喜欢，现在遇到了，更喜欢。

可是自己和他说什么为了钱才喝酒，这是要干吗呀！

幸欢为自己生气。

难得留下的好印象，就这么被破坏了。

洗漱完毕后，幸欢准备离开酒店，才感觉自己忘记了什么。

今天周几来着？

幸欢倒回去，看着房间墙上的电子挂钟。

上面黑底白字无比鲜明地标示着。

9：15　星期五　晴

她今天还得去上班！

平常九点上班，现在已经迟到了，并且没有请假！

幸欢可以预想到，因为这次旷工，她会听见钞票飞走的声音，现在只能尽量争取少扣一点儿了。

忍着宿醉的晕眩，幸欢坐地铁在十点之前赶到了公司。

所有人都在认真工作，没有人注意到她，幸欢打完卡后赶紧登录好自己的系统。

到自己的工位上坐好，她还有些气喘。

易巧接完电话，看着幸欢进来了倒是很惊讶。

“你不是请假了吗？”

“啊？哦，我的事忙完了，就又过来了。”

幸欢听到自己已经请假的消息，松了一口气，她的完美考勤，算是保住了。

“欢子，你真是我的楷模！你这么认真工作，我都感动到要哭了。”

“别调侃我，赶紧接电话吧，上班一个小时了，竟然才接了五个电话？什么客户这么难缠，平均要十多分钟才能解决一个。”

“我就是没见到你，没动力了。”易巧撒娇道。

“自己偷懒，别找我做借口。”

“嘿嘿。”

“有电话打进来了，我先接电话……喂，您好。”

“是我。”

幸欢差点儿将电话给丢出来。

“周……周何一。”

“你没事吧。”

“没事了……”幸欢知道对方是指昨天晚上的事。

“头痛吗？我给你订了吃的正在送往你公司的路上。我问了酒店服务人员，说你九点多才出门，估计为了赶时间，早餐也没来得及吃吧。”

“谢谢……那个……”幸欢不知道该不该问昨天的事，却又不知道怎么问出口。

问他觉得她怎么样？还是让他别当真？

但那就是属于幸欢的真相。

“怎么了？”周何一问道。

“没，没什么，你打电话来是有问题想问的吗？”

“没问题就不能关心下你了吗？”

“可以！当然可以。”

电话中周何一笑出了声，又接着说话，“其实我有疑惑。”

“是什么？”

“改天再问你，既然你没事，我就放心了，还有，记得吃早餐。”

“嗯，好。”

幸欢挂断电话的时候，易巧凑了上来，“接个电话都这么开心。”

“这位顾客的声音太好听。”幸欢随口打发易巧。

易巧：“？！”

易巧震惊后反驳了一句：“单身久了，听到好听的声音都觉得特迷人，早点儿谈恋爱吧。”

幸欢报之以微笑。

第四章

/

你也喜欢，对吗？

01

宿醉的后劲在幸欢下班的时候，还没有冲散。到了晚上躺在床上，幸欢还觉得天花板在转动，困到不行，却始终睡不着，直到凌晨两点才睡着。

幸欢整夜都在梦里挣扎，一会儿梦到自己在不停地吃米粉，一会儿梦到自己在石凳上睡着却被人给绑起来带走了。

梦境混合着现实，带着她进入另一个平行世界。

幸欢睡得迷糊，依稀听到了手机铃声，铃声像只巨兽般，无论幸欢跑到哪里，都逃脱不掉。

被迫睁开了双眼，从被窝里伸出一只手来，将床头的手机揣进了被子里。

“喂？”

“小姐您好，这里是XXX保险公司，我是XXX公司的保险咨询顾问，想耽误您一分钟时间……”

“我穷，不需要，再见！”

按下挂断键，将手机丢进被子里，幸欢把被子往上一拉，将自己的脑袋也裹进了被子里。

该死的推销电话，大清早就扰人清梦。

等等。

幸欢摸索出手机，看了看手机上的时间：十点三十分。

直接从床上弹起。

又想到，今天是周末，差点儿又躺了回去。

继而想到周末也得上班，还是艰难爬了起来。

周末 KTV 的兼职十一点整上班，而幸欢乘坐地铁去帝皇 KTV 需要二十分钟。

完了，完了。

不得不承认，人的潜力是无限的，幸欢花五分钟洗漱穿衣的同时给脸上打底霜，在下楼的时候涂好口红，并赶上了十点四十五分钟的地铁，按时赶到了吴晴的办公室。

领好工作，开始干活。

清洁完最后一条走廊，幸欢伸了个懒腰，做完今天，又到了领工资的时候。

领工资的这天都会延迟下班，将一周的工作确认好，以便领取工资。

工作结束后，吴晴照例将兼职的工作人员聚集在办公室内，开始说明最近这一周的工作情况。

“话不多说，现在也不早了，我说下工资调整的人员情况。”

吴晴报了几个被扣工资的名字，幸欢没在内，她可是敬业员工。

“接下来是这周要奖励的人员，齐淑媛，周四被客户现场表扬，那一天工资翻倍。”吴晴将目光往下扫视，很开心没有人再打断她，“幸欢，客户写信点名表扬，信件寄到了公司，公司的形象得到了很大的提升，这一周的工资提高百分之五十。”

“啊？”

“啊什么？有奖有罚而已，行了，散会，都赶紧回家吧。”

百分之五十……

幸欢心底快速计算着自己这周可以拿到多少钱，内心荡漾，走路都带风，这风把幸欢刮舒服了，却惹来了其他人的嫉妒。

“能不能好好走路了，这么宽的走廊，都被你一个人占了。”

齐淑媛迎面朝着幸欢走过来，听到这话的幸欢也不气，和钱比起来，任何惹人烦的事仿佛都不是事了。

“这年头还有人写信？也太假了，怕不是你自己写的再寄到公司的吧。”

“嗯哼。”幸欢对着齐淑媛微笑，“你爱怎么想就怎么想，脑子里面过一遍就好了，不要说出来暴露自己的智商。”

“你！”

“我！”幸欢站定，“我得奖金碍着你了？凭本事得到的钱容不得你在这里叽叽歪歪的。”

齐淑媛这个女孩儿，工作干得比谁都出色，就是喜欢和幸欢抬杠。

幸欢都不记得什么时候有得罪过她。

“那一次面试的时候……”

“别……我不想和你攀旧情。”

“谁想要和你攀旧情，我们才没那东西！”

好心情被消磨了一半，幸欢想赶紧离开，当听到齐淑媛提到面试的时候，幸欢就想了起来。

她们两个是一起来面试的，不像在EI加公司面试只需要听声音和看身形那么简单，帝皇KTV的面试需要姿态展示。那时，幸欢用将近半个月的工资买了一条修身裙，就是为了能够面试成功。

KTV一次面试两个人，幸欢和齐淑媛像商品般站在吴晴以及其他几位领导面前，让他们评价。

评价完外貌，体型，还需要来回走几步，看走姿是否好看。

她和齐淑媛是一类型的人，不温婉，都带着股狂野气息，两人沿着面试场地来回走了好几趟，简直像是同气场相斥，走出了针锋相对的气场。

两个人本来就是竞争对手，所以梁子也就是在那时结下的。

其实只是一场误会罢了。

两个人都通过了上午的面试，之后就是为期一周的培训，需要穿KTV的工作制服进行各种礼仪，姿态，话术的培训。

幸欢和齐淑媛的完成度都很高，学得也很快，两个人像是竞争对手似的，一个学的比一个认真，直到后来的分部门测试。

测试是分单人进行的，直到幸欢准备换制服时她才发现，她的制服被人剪坏了。

没有正式上班，制服也只有这一套，穿上被剪坏的制服去参加测试，别说通过测试了，可能还会被打出去吧。

幸欢看着制服无奈地笑了笑，最后她还是放弃去参加那一次的测试。

只是让她没想到的是，被剪坏制服的，不止她一个人。

齐淑媛的制服也被剪了，知道这件事后，齐淑媛边哭边跑到吴晴那里举报，她觉得是幸欢故意把她的制服剪坏的，吴晴找到幸欢，发现幸欢的制服一样也被剪坏了。

只是幸欢什么都没有说。

吴晴没有说什么安慰的话，只是将两人破例都叫到了她的办公室。

幸欢和齐淑媛两个人，如果不出意外，按照成绩，本该去前台工作，前台的工作轻松，也能代表公司的形象，工资也高出不少。

当齐淑媛发现幸欢依旧和自己一个部门的时候，第一时间想的是：自己的举报，让幸欢降级了。

吴晴不是个喜欢感情外露的人，幸欢就比较直接，但是幸欢不想跟自己不喜欢的人解释太多，这事儿就这样僵持下来了。

02

待这笔奖金发下来，幸欢又可以还清一笔债务了。

等筹到足以还清债务的钱，她再回到家乡去，那估计也会是她最后一次回家乡了。

债务像一把枷锁，把她困住了好久好久。

…………

幸欢走到大楼门口，此时已是午夜十二点多了，KTV 里面依旧忙碌着，尽管进出这栋大楼的已经没有什么人了。

霓虹闪烁，衬的楼外的一双人影格外显眼。

幸欢停下了前行的脚步，没想刻意从他们身边经过。

现在这个时候，一男一女，怕是在约会吧。

那个男的……

很眼熟。

幸欢悄悄走到另一边，借着楼外的灯光，依稀可以看清男人的侧脸，这是一张幸欢绝对不会忘记的脸。

——周何一。

看不清旁边女孩儿的脸，但是从她身上的制服可以确定，是帝皇 KTV 的员工。

知道这两点，幸欢没有兴趣再待下去。

她不去理会自己会不会被他们看见，便直接从大门处走了出去。本是仰着头，走到那两人身边的时候，又下意识地低下了头。

她不想被他看到。

可是，周何一根本就没注意到有人从他身边走过。

两人的动作在眼前放大。

像是说到了什么好笑的事，周何一笑得格外赏心悦目，那个女孩儿也跟着笑……

幸欢加快了脚步，急匆匆往前走。

人家谈恋爱，关自己什么事，幸欢啊幸欢，你这会儿应该死心了吧，把心里那一点儿幻想赶紧摒除干净。

视线逐渐变得模糊，手无意识地在眼前抹了一把，感受到手心的湿热，幸欢倒是愣住了。

这三年来遭受的白眼多了去了，哭都要哭累了，此后的时间，只有钱才能让她哭——喜极而泣。

幸欢狠狠地在脸上抹了两把。

继续往前走。

这时，那女孩儿的视线突然转到周何一身后，周何一也下意识地转身往身后看过去，可什么都没看见。

“怎么了？”

“没什么……”女孩儿下意识地回答道。

“这个忙需要麻烦你了。”

“哪儿叫麻烦，你都开口了，我还能不听啊。”

…………

周末两天的时间倒是过得很快，幸欢的生活又回归了正轨，白天做客服工作，晚上以及周末在 KTV 做好清扫工作。

任何发生的事情，都是赚钱这盘大菜的配菜。

幸欢按部就班地过着日子。这一天，刚到公司打开电脑中的电话系统，旁边的易巧已经接上了第一通电话。

没有忽视自己内心失望的情绪，但是那又怎么样呢？

处在不同世界的人，人生路交叉过一次，可能就是唯一的一次。

只是昨天的心情还是影响到了幸欢的工作，接电话的时候，说话都稍显无力。

在听了幸欢的十通电话录音之后，李知行忍不住，把幸欢叫到了她的办公室。

“我这是请了一个机器人来接电话吗？接电话的时候能不能带点儿感情？欢快一点儿，你这几通电话下来，我就没听见你的声音有任何感情成分在里面。”

“我改，我就改，知行姐。”幸欢讪讪地回答道。

“别对我撒娇，你今天是怎么回事，失恋了？”

“没，我还没恋过呢。”

“也是，我也没见你什么时候激动过，赶紧回到岗位上去吧，接下来的电话好好接，年底有评优绩效，珍惜这次机会。”

“嗯，谢谢知行姐！”

幸欢走出办公室，拍了拍自己的脸。

打起精神。

易巧对着幸欢招招手。

“你刚才忘记改成忙碌状态，你客户的来电我帮你接了，问题我都记录下来了，但因为我这边也来了电话，没帮你回复，你得再回复一下。”

幸欢打开系统，直接将电话拨过去。

“您好，很高兴为您服务”

话被幸欢说的抑扬顿挫，语气中饱含着热情，只是脸依然僵着，没有丝毫的缓解。

“……你没事吧？”

听到一道熟悉的声音，幸欢顿时又没了热情。

“我没事，我先看看您的问题……”

幸欢秉持着公事公办的原则解说了全过程，全无以往为了多和周何一聊一会儿天而多了很多不必要的话。

将问题解答完毕之后，便直接挂断了电话，丝毫不耽误自己一秒钟。

身为公司客服的“绩效之星”，位置不可动摇。

之后几天，连着几通电话都是这样，周何一也看出幸欢对自己情绪不对了。

索性电话也少打了很多。

03

最近工作顺利，但幸欢的上下班的心情却非常不好。

从公司到住处有一段路正在修整，每次上下班经过此处都是尘土飞扬，这让幸欢不得不选择绕远路上下班。

路不好走，偏偏老天爷还要来给她制造一些麻烦。

下班的时候突然下起了雨，绕道的那条路上基本没有躲雨的地方，没有带伞的幸欢在感冒和泥泞两者之间选择了后者。

正在修整的公路被雨水冲刷过后，变成了泥泞路，一脚踩上去，满脚的淤泥。

趁着雨势不大，幸欢赶紧往前跑。

前方要穿过一堆碎石，看样子是今天刚挖出来的，幸欢小心地踩在石块上走着，突然脚下一滑，顿时她的身体失去了平衡，直直的摔在了碎石堆上。

“嘶——”

小腿膝盖磕在了一块石头上，钝痛的感觉瞬间袭向她的全身，整条腿瞬间连动一动都很困难，她不禁感叹起自己最近真是多灾多难。

不，她一直就多灾多难，好像永远处在逆境中。

幸欢在地上蹲了一会儿，感觉能动了，瘸着一条腿，继续前行。

自己选的路，哭着也要走完。

直到最后实在受不了了，幸欢找了个因为施工而关闭的门店，躲在了屋檐下，刚才摔倒在碎石上膝盖都被石子划了好几道口子，衣服也脏了。

这会儿也没什么可讲究的，幸欢直接坐在了屋檐下，从包里拿出一瓶水，先将伤口处的小石子用水洗干净，再拿出一包纸巾和一根丝带，将伤口简单包扎了一下。

雨越下越大，暂时是走不了，幸欢索性安心地坐在了屋檐下，让自己更舒服一点儿。

天灰蒙蒙的，眼前的世界被封锁在密如蛛网的雨丝中，耳边只听得淅淅沥沥的下雨声音和猫叫声。

这会儿倒是享受到了下雨天的静逸。

等等？

猫叫声？

幸欢撑着背后的玻璃门站起来，声音是从左边传来的，那一处有一个干净的垃圾桶，估计是店主在关门之前，将旁边的垃圾桶都清理干净了。

垃圾桶里面没有垃圾，只有一个纸盒子，声音就是从纸盒子里传出来的。

幸欢知道，自己是捡到猫了。

一只三花猫被幸欢捧在手心，大概就巴掌大小，三花猫的毛很干净，上面淋了一些雨水将毛一撮一撮的沾在了一块儿。

三花猫不乐意被幸欢捧在手上，它的爪子乱舞，柔软的肉垫拍打在幸欢手上，有些痒痒的。

真是……太可爱了。

她用手指轻轻抚摸着小猫的肚皮，引得小猫一口将她的手指咬住，不过小猫的牙齿才刚刚冒尖儿，幸欢并没有感受到疼痛，反倒是有些痒痒的感觉。

和小猫玩了一会儿，幸欢开始思考起后续的问题。

现在该怎么办，把小猫带回去吗？可是自己从来没养过猫。

放置在这儿不管吗？那当然是不可能的！

幸欢将小猫小心地放进自己的口袋里，一边在雨中跑着，一边想着。

还能怎么办？先送去宠物医院吧！

04

幸欢所知道的宠物医院，只有公司附近的一家。

刚跑到宠物店门口，宠物店的门就被里面的人打开了。

幸欢只想着将小猫赶紧送进去，完全没注意到开门的人是谁。

刚跨进宠物店的门，一只小猫从她的口袋里探出脑袋来，用爪子扒拉着幸欢的衣服，一副不出来不罢休的模样。

幸欢小心地用手将小猫捧出来，被一个人接过去。

“这只猫咪是我捡到的，麻烦帮忙检查一下。”

“猫咪交给我们，你还是多注意一下自己的身体吧。”一件外套递过来，“这是我的外套，不介意的话可以穿上。”

幸欢抬起头，熟悉的紫色服装，胸口上印着一只猫爪。

“周……周何一？”

“是我，先进来。”

幸欢接过外套跟了进去，屋内没有开空调，依旧带着些许凉意。

“你先在这里等我一会儿。”

听到这话，幸欢下意识地点了点头。

待会客室没有了人，幸欢才用手捂住了自己的脸，感受着自己脸上的热度。

没想到会在这里遇见周何一。

幸欢坐在沙发上脸埋膝，周何一拿着衣服出来，看见的就是这样一副怪异的姿势，略显疑惑，开口问道：“你……”

话还没说完，就被幸欢打断：“我没事！”

幸欢抬起头，脸上的红润还未褪去，周何一赶紧将手中的衣服递过去。

“脸怎么这么红？不介意的话，可以穿我们医院的衣服。”

“不用，我等小猫检查完后，就走！”

幸欢下意识地后退了一步，直勾勾地盯着他手里的衣服，正在纠结要不要伸手去接。

见着幸欢的样子，周何一往前一伸手，突然说道：“你是不是在生我的气。”

“我没有……”

“那我能知道我哪里让你不开心了吗？”

“就是，你既然都有女朋友了，就不用对我这么好了。”

“我没有女朋友。”

“啊？”。

“你……是在……”

幸欢怕周何一说出“吃醋”两个字，没想到周何一继续说：“你是在为我的终身大事担忧吗？”

“担忧……吧。”

“那你说出来，是想要为我解决吗？我看你就很好。”

——完了，幸欢心跳得快要蹦出来了。

“我不是……”幸欢觉得周何一可能只是一句玩笑话，只要自己表现得不在意一点儿，轻松一点儿，事情会变得简单很多，“我有这么好吗？”

“嗯，你很好。”

太过直白地叙述总会让人无所适从。

人与人之间的关系还是需要“不要脸”来维持的。

“听到你的夸奖，我很开心。”

闭口不提解决终身大事这件事。

幸欢可能又出现幻觉了，她竟然觉得周何一的表情有些许失望。

话既然已经说开了，幸欢自然就将衣服接了过去。

“这件衣服……是你的吗？”

“你放心，我没有穿过，这件衣服是新的。”

“哦……”

幸欢在洗手间将自己身上的湿衣服给换了下来，她把湿衣服用衣架挂好，放在空调口，内衣依旧穿在身上，毕竟这里可没有什么可替换的。

新换的衣服很宽大，幸欢感觉里面还可以再套一个自己。

宠物医院此时只有周何一一个医生，以及两个助手，助手被分配去给猫猫检查身体了，只剩下周何一一个人在外面。

幸欢将衣摆整理了一遍，才扭捏着走了出去。

周何一见到后，轻笑一声，不好意思地说道："医院本来有女士的衣服，但是他们不在，我没想到你穿上我的这件会这么……不合身。"

岂止是不合身，这件上衣的长度都比幸欢之前身上穿的一条长裙还要长。

"你的意思是说这件衣服是你的？"

"嗯，袖口还有我的名字缩写，不过这件是新的。"

"嗯，我会洗干净……"

"你要是不嫌弃，就穿回去吧，也不用洗了，可以直接丢掉，我们每个月都可以领新的。"

"还是不了，我穿我自己的衣服回去就可以了。"

——这件衣服，她想留下来。

"也对，这样子穿出去不好看。"

"才不是这样。"

幸欢抚摸着袖口，袖口内侧果然有一小行凸起的针线绣的字。

"你先坐这里等一会儿，猫咪的检查很快就好了，不过这只猫太小了，养的时候要格外小心，之前有养过猫吗？"

"没有……"

"你可以寄养在这里，时不时过来看一看，让它熟悉你，等到大了些，再接回去养也不迟。"

"这样可以吗？"幸欢一想到可以寄养在这里，就放心了，到时候多过来看一看，学一学，应该不会有什么问题，最主要的，是有理由多来这里了。

"当然可以。"

"那需要多少钱，我先付一点儿，到时候时间延长，我再继续支付。"

“不用。”

“嗯？”幸欢刚把银行卡拿出来。

“不用钱，流浪猫住店是不用钱的，如果小猫有任何状况，我可以微信告诉你。”

“嗯！”

05

放在空调口的衣服已经吹干了，幸欢去看了看小猫的状况，小猫被放在垫着小毛毯的玻璃门里面，大概是有些热，它四脚撑开趴在上面，原本黏在一起的毛已经干了，毛茸茸的一团，甚是可爱。

小猫旁边就是之前在宠物店看到的那只布偶猫，布偶猫见着有人来了，隔着玻璃站立着直接趴在上面，肉垫一点点在玻璃上划动。

幸欢一直盯着两只猫咪看，就差把自己整个人也装进去了。

“这只猫是我养的，两只小猫在一起正好做个伴。”

周何一养的？幸欢又想到了那张照片。

“今天真是麻烦你了，你要是有什么事也可以来找我！”幸欢想到周何一家里的情况，又改口道，“我是说工作上的事。”

幸欢努力思索着，自己到底还有什么地方可以帮上对方的，毕竟欠他的人情太多了。

特别是这个人还是周何一。

没想到周何一立刻回答道：“我正好有许多问题需要咨询。”

尽管知道这只是客套话，幸欢还是挺开心的。

想到这儿，幸欢突然问道：“你怎么是一个宠物医生？你不是……”

“怎么？我不可以有一份正经工作。”

布偶猫见没人理会它，有些奄奄的，周何一将小猫抱起来，小心地搂在怀里。

“你要给这只三花猫起个名字吗？”

“欢喜，叫欢喜吧。”

遇见你，很欢喜。

幸欢换好工作装，将换下的衣服装进袋子里，准备提走。

“这件衣服给我吧。”周何一顺势想要接过袋子。

幸欢下意识地抱紧手中的衣服，周何一没看见幸欢的动作，接着说道：“我们这里有阿姨，到时候一起收去清洗就可以了。”

“不麻烦了……我来处理！”

“那就麻烦你自己处理一下了。”

不知是不是幸欢的错觉，他觉得周何一说话带着笑意。

透过门窗看，外面的雨已经停了，幸欢向周何一挥了挥手，推开了宠物诊所的门。

负责收银的小赵和幸欢擦肩走进来，半边衣袖已经湿了。

“这雨突然下大了，周医生，我走这一会儿，没什么事吧。”

“没有。”

“我看见刚刚走出去一位女孩儿，是来看猫的吗？”

“是进来躲雨的，你别忙活了，赶紧把身上的衣服换了吧。”

小赵冲进更衣室，迅速地将衣服换好，经过寄养区的时候，不禁多看了一眼。

“咦？这里多了一只小猫？”

“嗯，我的猫。”

“我刚才出去的时候，还没看到，周医生，你又捡猫了。”

“是啊，来的时候，都被淋湿了。”

“嗯？小猫自己来的？”

周何一笑而不语，留下小赵站在那儿自言自语：“那这只小猫还挺有灵性，说明什么，说明和我们店有缘，真可爱，我们店是不是又多了一个镇店之宝……”

第五章 / 好多的桥段，好多都浪漫

01

窗外的雨，不知何时又下了起来，且有逐渐变大的趋势，此时的幸欢已经到家了。幸欢所租的这间房子并不大，但东西都整理得井井有条，幸欢轻车熟路地从床底下拿出一个收纳箱。

里面放了一沓A4纸，上面印刷着几个大字“人类社会的动物学”，表格的末尾处留着“周何一”三个字。

幸欢将袋子里的紫色衣服叠好，放了进去。

做完这一切，幸欢像做贼似的，赶紧将收纳盒放入床底。

“叮铃——”

手机收到信息提示。信息置顶的那一处多了一个标志“5”的红圈。

她收到了周何一发送过来的五条消息！点开来看，是几张照片。

拍照的人技术很好，小猫的整张脸都被拍得圆乎乎的，配合着毛毯背景，看照片的人都能感受到那种毛茸茸的触感。

每个角度都拍了一张，最后一张小猫仰躺在笼子内，垫子被它的小脚踢开，散乱在一旁。

真可爱，幸欢好想揉揉抱抱举高高。

幸欢回复了一个“好开心”的表情包。

立刻收到了回复：喜欢吗？

幸欢：喜欢。

周何一：喜欢的话，我以后可以经常拍。

“以后”这两个字，是幸欢此刻听到最动心的两个字了。

幸欢将脸埋进被子里，感受到窒息，又把头抬起来。

糟糕了，放过我吧……

手机又收到了一条信息：你今天没事吧。

幸欢立刻回复道：没事啊，感谢周大医生的衣服，没有感冒。

聊天框一直显示着“对方正在输入中……”

信息却迟迟没有发送过来。

幸欢主动发送了一条信息：我准备洗澡睡觉了，周医生晚安。

这回信息倒是回复得很快：没事就好，晚安。

易巧觉得最近幸欢有些奇怪，情绪忽高忽低，还会时不时傻笑。

中午用餐的时候，易巧端着工作餐跑到幸欢身边，用手戳了她几下。

“干吗？”

幸欢回过头，就看见易巧那张八卦的大脸。

“小欢子，恋爱了也不告诉姐姐，你很坏哦。”

“恋爱？”

“不然你最近常常傻笑什么？”

幸欢拿出手机，点开图库，显示最近的照片无一例外都是同一只猫的照片。

“就这个啊？”

“可爱吗？”

易巧看着几张小猫的照片，可爱是可爱，可那也没必要这样咋呼啊，知道事情的真相后，易巧瞬间就没了兴致。

打发走了易巧，幸欢将手机应用界面转换，发现收到了两条最新信息。

周何一：小家伙和之前的对比图，是不是长大了。

幸欢立刻回复：毛也变多了，想抱！

回复完信息，幸欢立刻将图片保存下来，紧接着又收到了对方发送来的信息。

周何一：过来抱。

幸欢按捺住心底的兴奋，发送了一个“抱抱”的表情包过去。

抱着手机，满心知足。

02

只是周何一最近的态度让她越来越不确定。

他有没有可能，也是喜欢自己的。

幸欢每周仅有一次的前台值班，次次都能遇到周何一。

每次都想和对方多说一些话，对方也不嫌时间长，总是认真听着。

就算不在前台值班，周何一每天也会打一个电话，他们又回到了之前每天约饭的日子。

幸欢不想错过这样相处的机会。

等他走了，幸欢开始进行自我心理辅导，拯救自己的思想。

“这只是凑巧，凑巧而已，我还是人家的顾问呢！多联系几次有什么稀奇的。”

某次被易巧听到了，她莫名地问道：“什么凑巧啊，那个人每天都会在门口晃悠一会儿，只有看见你在前台值班的时候他才会进来。”

“你怎么知道。”

“因为我男朋友没事也在外面晃悠啊。”

幸欢定力减一分。

临近评选的关头，幸欢为了冲绩效，拼了命地接电话，以保证自己“第一”的位置。

以至于周何一打电话过来的时候，幸欢对金钱的渴望，盖过了和他聊天的欣喜，依旧保持着速战速决的风格，解决完就挂断，绝不多浪费一秒钟。

这样的情况多了，幸欢感觉周何一说话都欲言又止起来。

直到有一天晚上，幸欢收到了周何一发送来的信息。

周何一：我能不能，私下里也多给你打电话？

幸欢定力再减一分。

她颤抖着双手回复了一条信息：可以。

紧接着便接到了电话，幸欢一个紧张，将电话给挂断了。

幸欢：“……”

电话再次打过来，幸欢克制住颤抖的手，按下了接听键。

“小欢。”

只听到这两个字，幸欢定力迅速降低。

“一直都很想私下打电话给你，但又觉得很唐突。”

幸欢小心地回答道：“不唐突。”你做什么我都不会觉得唐突的。

因为这一通电话，当晚幸欢做了一个美梦。

有一天，幸欢有些感冒，被李知行强行放了假。理由是：打喷嚏很影响接电话效果。

被强行放假的幸欢早早回了家，原本想到楼下的小诊所买点儿感冒药，没想到诊所关门了，其他的诊所又有点儿远，幸欢决定睡一觉再说。

中途被易巧的一个电话吵醒。

“欢子，你在家休息吗？”

“嗯……”

“好的哟，你要好好休息呀！”随后电话就被挂断了。

没过多久，她家的房门就被敲响了。

她想着可能是易巧来了，挣扎着起来，披着被子下床去开门。

没想到来的人是周何一。

幸欢立马把门关上，迅速照了照镜子，整理好头发，将被子往床上一丢，穿了件外套再去开门。

周何一手上提着一碗粥，和一袋药递给幸欢。

“听说你感冒了，我特意买来这些给你，我就不进去了，你别紧张。”

幸欢准备脱口而出的“请进”猛然收回，差点儿咬到自己的舌头。

再多来几次这样的温柔攻势，幸欢开始怀疑自己之前的结论，周何一可能真的是喜欢自己的。

误解多了，那就不是误解了，那就是真相。

幸欢没忍住给易巧打了个电话。

“你告白过吗？需不需要准备什么？”

“没有啊。”

“那你和你男友怎么在一起的。”

“我们是青梅竹马，顺其自然就在一起了。”

“好吧。”幸欢准备将电话挂了。

“等等！你告白？准备？向谁告白？”

幸欢此时没有想要拉人说心事的想法，索性还是挂断了电话。

幸欢想，要不要从约会开始？

刚这么想，便收到两条信息。

周何一：明天小猫可以出院了，要来接它吗？

周何一：我和你一起去挑小猫咪需要的东西。

一起挑东西，一起，一起……

幸欢的睡意全被这两条信息给带跑了。

此时精神抖擞，恨不得下楼去跑个两三圈。

努力克制住自己的心情，今晚需要好好睡一个美容觉。

03

一夜好梦，许久没有自然醒来的幸欢睁开眼，此时天还没大亮，拿起放在床头柜上的手机，上面显示的时间是——五点整。

以往这个时间，她是必定会睡一个回笼觉。但此时“周何一”这三个字就是幸欢的闹钟，她早早地起床，收拾打扮好自己。

幸欢对着衣柜开始纠结起来，最后挑了一件深色连衣裙配上毛衣。

青春，有活力，完美。

幸欢一下班就去了宠物店。

周何一已经将小猫放了出来，正拿着玩具在逗着小猫玩，看见幸欢来了，周何一直接上前双手托着小猫给幸欢看。

“欢喜！”

“喵”

这几个月幸欢只要有时间就会过来，小猫咪已经认识她了，一直对着幸欢“喵喵”地叫着。

“我们要去买东西吗？”

“我已经都准备好了。”

“……”

幸欢看着一地的猫粮，猫砂，猫咪玩具……，内心悲伤，说好的一起去呢？

“先把小猫咪放在这里，我想带你去一个地方。”

“嗯！”

幸欢失望的情绪瞬间高昂起来，赶紧回答道。

周何一将小猫放回笼子里，门外停了一辆车，是周何一开来的。

“地方有点儿远，需要开车过去。”

周何一给幸欢开了副驾驶的门，然后自己坐到了驾驶位的座位上。

幸欢并不熟悉路线，她的生活基本是三点一线，家、公司、兼职的 KTV，到达这些地点全部靠着地铁就能解决。

平常也很少出去玩，周末基本没有活动，这会儿坐进车里，倒是突然觉得这座城市有些陌生起来。

自己还真是从未了解过这个地方。

两个人这一路都没有说话，气氛也不会觉得尴尬。

直到停车，幸欢才发现这是什么地方。

这是她兼职的那栋楼。

周何一停好车后给她打开车门，两个人走进了大楼，顺势按下了电梯，然后走了进去。

进入之后，幸欢开始觉得不对劲了。她突然有些慌乱起来。

周何一突然说道：“幸欢，你觉得我这个人怎么样？”

“很好，很好啊……”

“有多好？好到……能让你喜欢我吗？”

幸欢怔怔地看着他。

这电梯上行得太慢，让幸欢的心跳都无处掩藏。

“其实我……”

电梯到达的时候，门打开了，幸欢下意识地去看电梯口，瞬间失去了言语。

这是顶楼的酒店，里面的灯光全部关闭，以往不曾注意过，酒店的顶楼是透明的，此时一片星光透过玻璃洒进来。

“我上次来找你的时候，无意看到，觉得很美，一直想带你来看看，上次你还说让我不要管你，我突然有种自食恶果的感觉。”

在黑暗中，幸欢看不清周何一脸上的表情，自己却红了眼。

“我其实一直念着你。”说话的声音有些轻，“我不是第一次见到你，那是我第一次出来做实践，因为很想做出成绩，所以方法可能有些唐突。”

幸欢知道他说的是什么时候，在她最无助的时候，这个人，用他的方式，给予自己善意，让在她之后的人生中，每每想要放弃的时候，都会想到，有这么一个美好的人，出现在自己的生命里。

“我当时找你说话的时候，其实很紧张，在此之前，我已经被拒绝了很多次了，每一次的质疑与不理会，差点儿让我坚持不下去，直到我遇到了你……

“是你给了我无条件的信任，那个时候，我可能就有点儿喜欢你了。”

楼顶上的烟花和幸欢内心世界的花火同时绽放，她听见了最美的声音——

“幸欢，能不能给我一个机会，和我交往。”

“我……”幸欢突然有些哽咽到说不出话来。

美好事情的发生总是不那么顺畅，突然，手机铃声打断了两个人之间暧昧的气氛。

幸欢手忙脚乱地拿起手机，看到上面的名字，突然顿住了。

“赶紧接电话吧，我就在这里，等着你的答复。”

04

幸欢捂着手机，往旁边挪了挪，随后接起了电话。

“喂……”

“小欢啊。”

“有什么事？”

“爸爸出事啦，你快回来吧。”

“怎么回事？”

“还能怎么回事，就是被人打了，是我女儿就赶紧回来，哎哟，我快活不成了。”

“从高三的时候，我就再也不想做你的女儿了。”幸欢紧握着手机。

“你说的这是什么话，赶紧给我回来，不孝顺的，你想怎样就怎样，回来再说！”

电话挂断。

是了，她还有这样的家庭啊。

周何一一直站在门口，眼睛一直望向她。

幸欢对他挥手，表示自己没事，紧接着转过身去，装作继续打电话的样子，眼眶却忍不住湿润了。

她这样的人，要是真和周何一在一起了，那也太拖累他了。

在这短短的时间里，幸欢已经想好了自己的决定。

她果然还是适合自己一个人。

泪水顺着脸颊流下来，幸欢用手去擦怎么都擦不干净，脸上的妆肯定花了，还好黑灯瞎火的，对方什么都看不见。

别哭出声，幸欢。她这样告诉自己。

但最终还是压抑不住，因为周何一走了过来。

周何一伸出双手，试探着靠近她，见她没有反对之后，慢慢收拢手臂，小心地搂住她。

沉浸在这样温暖的怀抱中，幸欢突然萌生了想将一切都说出来的想法，紧接着却紧咬住嘴唇，她不能说，她不能在这样的气氛下，展现出自己可怜的样子。

她紧紧地抓住周何一的衣服，整张脸埋在其中，抽泣的声音带着压抑的情绪，她坚定地对着周何一说道：“你可不可以不要喜欢我了？”

周何一没承想得到的是这样的答复，他心底想问的话很多，甚至还有很多话没有说给她听，只要她想听，他都可以说，在他还想说些什么的时候，他听到一声哽咽。

那哽咽的声音很小，能感受到怀中的人正在努力克制，周何一顿时什么都问不出来了，也不打算再问了，他可以陪着她，等到她愿意将自己的心结都打开，展露出所有的刺与痛给他看。

他还有时间。

周何一此时是这么想的。

他第二天再去找幸欢的时候，人已经不见了。

“我也不知道她去了哪里，只知道她请假了，但是不知道她请了几天假。”易巧翻阅了一下系统中的员工工作状态，幸欢的名字那一栏，标注着“请假中”。

周何一安下心来，她只是请假了。

在之后的两天，周何一再次来找幸欢的时候，幸欢还是不在，周何一开始担心起来，没忍住跑过去问。

“你知道她家的地址吗？”

“知道呀，上次就告诉你了，哦，对了，她可能回老家了，之前请假都是因为回老家，我知道她老家在哪儿，之前我有帮她寄过快递，单子应该还在。”

易巧翻出那张单子。

“喏，在这儿，听说这个地方很偏僻啊。”

周何一想起幸欢也曾经说过此类的话。

“……我从一个小乡村来的，反正很偏僻，你肯定没兴趣知道。”

05

眼前的路是周何一之前无法想象的难走，似乎是刚下过雨的缘故，一脚踩上去，满脚都是泥泞。

他一直不知道幸欢家里的情况，问同事也只是问到了一个大致的地址，看来还得借助周围人的帮助了。

正想着，前方走来一个拉着板车的人，周何一赶紧走上前去。

“大哥，想问下，这里有没有姓幸的人家。”

大哥抬起头，看着眼前帅气的小伙子，说道：“小兄弟，你是从外地来的吧。”

“是啊，我来找人。”

“怎么？也是来找幸郭平还钱的？”

“幸郭平？”

“是啊，他是我们村的，家里的女人都挺好的，后来因为生病花了不少钱，村里人都勒紧裤腰带攒了些钱，借给他们家，毕竟哪家没个病痛的，都是一个村的，邻里邻居的住着，都得相互照应着。后来幸郭平染上赌瘾，村里人就不敢再借钱给他了。”

这位大哥一边摇头一边继续说道：“幸郭平这个人，就是个无赖，可惜了他女儿，是个好女孩儿。这不，这几天回来了，把钱陆续都给还了一部分，村里对她的印象都很好，我还琢磨着要是有个儿子，肯定得到他家去提亲。”

“现在呢？”周何一可不愿意听到这话。

“现在啊，他女儿现在就在家里，本来幸郭平惹事被人给打了，他女儿一回来，倒是让人把气给消了，现在也没见有人围着他们家了，兄弟我看啊，你也别去找人还钱了，他女儿肯定会记着的。”

周何一听着自己从来不知道的事情，恨不得立刻赶到幸欢身边，她的曾经他不曾参与，她往后的人生，希望可以和她一起分担。

“大哥，想问下他们家地址在哪儿？”

“就在前面一点儿，你往前走可以看到一个棚子，到了之后再左拐就到他们家了。女孩儿长得很标志，你肯定一眼就能注意到。”

“谢谢大哥。”

周何一正准备往前走，却又突然停住了脚步。

他想到了幸欢的哭。

脸紧紧埋在他的胸口，却倔强的不肯发出一点儿声音，一直忍着。

忍到最后，还是不愿意将发生的事情告诉他。

周何一掉头往回走，如果她不愿意说，那么他会等，他会用心一点点卸下她心中的负担，总有一天，她会将所有的事说给他听。

在几天前，周何一还是如上想法。

直到见不到幸欢的这几天，他后悔了。

几天前。

幸欢回到她熟悉的村庄，沿着路直走拐个弯就到了自己熟悉的家。

里面围了一圈人，幸欢以为打人的事还没消停，连忙上前，却发现幸郭平正对着来的人很热情，哪里有一点儿被打的样子。

这会儿幸郭平见着幸欢来了，连忙把幸欢拉过去，对着周围的人介绍道："这是我女儿，长得标志吧，我可没骗人，你们觉得怎么样？"

幸欢任幸郭平把自己拉过去，她想看看幸郭平到底想要干什么。

只听幸郭平对幸欢轻声说道："小欢啊，你觉得最中间那个人怎么样？"

站在最中间的是一个中年男人，身上的衣服皮草配运动裤，穿得不伦不类的，幸欢看了一眼，对着幸郭平问道："你到底叫我回来做什么？"

"叫你回来看看这个人，之前啊，他对你爸爸我很是照顾，我觉得他挺好的，我叫你回来啊，就是给你介绍对象的，你也二十岁了，在外面闯了这么久，该回家了。"

"该回家了"这句话，如果换一个情境，可能幸欢还会感动几秒钟，但是现在说出这些话，幸欢只觉得寒心。

"我今天回来，是准备将之前村民借给我们的钱，尽量都还上的。"

"有多少？"

"你自己不清楚吗？"

幸郭平粗略估算了一下，起码得有十几万。

这钱要是能省下来该多好……

幸郭平看了看站在最中间的那个男人，突然觉得这人怎么看怎么顺眼，自己女儿嫁过去，总是不会吃亏的，于是接着劝幸欢："小欢啊，还钱的事先放一放，你对那个人有什么不满意的？"

“什么都不满意，加上是你介绍的，那就更不满意了。”

“欸，你怎么跟爸爸说话的，你要是跟他在一起了，这些钱我们就能省下来了。”

“什么意思？”

“嗯……这不是爸爸欠了他们一些钱，正好到了该还钱的时候，他们就找上门来了。你知道的，我现在养鸡养鸭，也挺费钱的，现在还没到卖出去能够赚钱的时候，也就没法还给他们，要是你嫁过去，欠他们的钱也不用还了。你这些钱啊，在外面赚的也不容易，能省下来就省下来，他可都是村里的大户，到时候都是一家人，让他帮你还也没有什么不可以的。”

“你可真是好心思。”幸欢冷哼一声。

“你觉得好就好，我也觉得不错。”幸郭平还以为自己说服了女儿，正高兴着。

只听幸欢接着又说道：“既然是你欠了钱，不如你自己嫁过去吧，你觉得怎么样？钱对你而言，不是比什么都重要吗？”

“你这是说的什么话！”

“听不懂吗？需要我再重复一遍吗？”

“反正你说什么都没用，你可别想当我这个父亲不存在！”

幸欢本就当自己没有这个父亲了，拿着钱，顺着记忆里的样子一家一户找过去，解决了几笔债务，心底总算是松了一口气。

如果能将这些问题都解决了，她想和周何一谈一场平等的恋爱。

她开始想他了。

幸欢回到家后，想起他，脸上第一次展露出笑容。

她没带什么行李回来，因为本来就不打算在家里待多久。

既然没什么事了，这会儿准备和幸郭平说一声，就准备离开了。

刚回家的时候，幸郭平看见她就平静了许多，甚至亲自出门把幸欢迎进了家，一路说着好话：“你看你，这么长时间也不回来，这次走了也不知道啥时候能再见上一面，我知道你急着走，不愿意待在我身边，那也得吃一顿饭再走吧，坐这么远的车，累坏了吧。”

幸欢不累，一点儿都不累。

但还是跟着幸郭平进了屋。

里面已经摆好了饭菜，还炖了一只鸡。

幸欢坐下来准备吃饭的时候，幸郭平说道：“你先吃，我出去看看就回来。”

赶紧扒拉着碗里的饭，幸欢决定速战速决。一碗饭吃完，幸郭平还没有回来。幸欢拿着自己的包，准备离开，心想着：到时候再打个电话告诉他就好了。

只是她没想到，大门从外面给锁住了。

这屋子的门已经很老旧了，人在里面想要锁住的话，直接将门闩挂上就行，如果是外面，得栓上之后再加一把锁。

她往后门看了看，发现一样也被锁住了。

平时她不怎么回来，钥匙都没随身带在身上，就算带了，这种铁锁，换一把也很容易。

以往这种老式屋子的窗户是可以从里面直接推开的，今天回来，幸欢发现屋子窗户上装上了防盗网，也没法从窗户上爬出去，幸欢索性坐下来。

没过一会儿，门外传来了脚步声。

紧接着，幸郭平站在屋外对着幸欢说道：“小欢啊，你在家里多待几天啊，你一个人在外面工作，爸爸也不放心你，要是嫁了人，我也安心了。”

“我不愿意做的事情，你还能逼着我去干吗？”

“我不是逼你，我相信我选的人，结了婚之后再了解也是可以的。”

“你这是把我当什么了，卖了然后拿一笔钱？”

“别说这么难听，就算有钱，那钱也是归你的，你嫁个好人家我就是赚个好心情罢了。”

幸欢不想听，她只想找个机会出去。

她就不信了，这门还没有开的时候，幸欢坐在门边，等着。

等到有人来开门，她就有机会出去，只要出去了，幸郭平也不会在众人面前给她难堪。

只是她没有想到，幸郭平直到晚上都没有回来。

中午剩下的饭菜很多，幸欢有些饿了，就把桌上的饭菜全吃了。

但是她不敢睡过去。她没有可以相信的人在身边，她不安心。

到了深夜，幸郭平还没有回家，幸欢熬不住了，只得坐在凳子上靠着门睡着了。

第二天幸郭平才回来，也不开门，就站在门外和她说着话，像是为了说服她，还找了几个村民过来，每个人都在放肆地夸一个她一点儿都不认识的人。

好感这东西，的确是需要衬托的，如果你对一个男人有了好感，再听到别人对男人的夸奖，好感会升温。

但幸欢对昨天那人完全没有好印象，谈何好感。

门外的人还在无脑地夸赞着，反复听下来，也就那么几句。

这人家里有钱。

这人家里有田。

这人家里有地，可以盖房子。

这人身宽体胖，一身富贵相。

幸欢听到最后，嘴角抽了抽，她觉得幸郭平这战略不行，这些话从他们嘴里说出来，她都怀疑门外的人是不是幸郭平花钱雇来的，措辞也是幸郭平编出来的。

开始一两天，幸郭平还会好吃好喝地对待幸欢，到了最后，发现幸欢油盐不进，索性连饭都不给吃了。

这天，幸郭平又回来了。

站在门外说道："他们家对你还是挺满意的，我去找找你的户口本，等会儿开门，你见一见人啊，上次就是匆匆看了一眼，你肯定还不了解，没准等了解了就喜欢了，女孩儿的心思说不准呢。"

幸欢："……"

眼下她已有了自己的计划，幸欢回道："好啊，你把人叫过来，我们了解一下。"

"欸！行！"

幸郭平听见幸欢终于妥协了，语气都平和了许多："今天中午我就叫他过来，你啊，能理解爸爸对你的好就行了。"

幸欢手中握着一把剪刀，心想：你敢叫他来，我就找机会把他给废了。

说好的是中午来，没想到都过了晌午，也不见人来。

幸欢躲在门背后的身体都快要僵了。

突然听见门外传来脚步声，幸欢手里拿着剪刀，再次望向门。

门被缓缓打开，幸欢见到了意料之外的人。

幸欢怔忪地看着眼前的人，不过几天的工夫，她却感觉已经很久没有见到他了。

"我……"幸欢后退一步。

"我见过你父亲了。"

"他……"幸欢将剪刀放下。

"我已经摆平他了。"

"啊？"幸欢坐在椅子上，精神紧绷的时候不觉得，现在一松懈下来，身体就开始发软。

"我终于找到你了。"周何一脚下的鞋子已经布满了淤泥，泥水还浸透了他的袜子。

"你请了许多天假，我太担心你了，就想办法知道了你家的地址，这才过来了，你还没有给我回复，我……有些心急了。"

"对不起。"幸欢低着头。

"除了这三个字，我希望能听到你跟我说其他的，什么都可以，我都愿意听。"

幸欢咬着唇，该怎么跟他说，她家里的情况实在不好，找了她，跟找了个累赘没什么区别。她这个人，曾经为了钱拼命地工作，他记忆里面那个单纯的无条件信任着的她，早已不见了踪影。

“你啊……”周何一每次看到她纠结的样子，都希望自己可以耐心一点儿，耐心地再等一等，“我们一起回去，回去后再慢慢谈好吗，只要你能待在我身边，我可以一直等你的答复。”

“好。”

幸欢终究做不成一个爱撒娇、爱诉苦的人。或许，等到她可以释怀的时候，她再好好说给他听。

06

回去之后，幸郭平的确没有再给她找事，周何一一直再等着她答复。

然而，幸欢依旧什么都没说，一个人挺着。

客服工作因为幸欢良好的表现，顺利转正，除了工资之外，还有额外的福利，补贴和奖金等。

她拼了命地工作，除了白天的正式工，以及晚上的 KTV 兼职，还找了一份夜宵摊的工作，恰好将她一天的时间安排的满满当当。

周何一心疼地想问些什么，见着幸欢坚定的眼神，便由着她去了。

只好每晚接送她，陪着她，带她吃好，监督她保持着规律的作息。

同时，周何一慢慢接手了周家的工作。

两人都在奋斗着。

一年多的时间，幸欢终于将所有的债务还清，那晚，幸欢主动告白了。

…………

多年之后，幸欢变了，曾以为自己已经足够成熟到可以忍受所有的委屈，什么都压在心底，如今才道太年轻。

现在懂得，足够成熟和坚韧只是没有遇上一个想依靠的人。

现在的她，恨不得周何一能知道自己所有的事，她也想要知道他所有的事。

“周何一，你为什么又偷偷打钱给我爸，他那种人，不克制永远都不知道悔改。”

幸欢很生气，站在沙发上双手插着腰对着周何一吼。

“好啦，岳父就算克制，也一样不知道悔改，让他好好安享晚年不好吗？”

“他不老。”

“别生气，别生气，我不想他总是到这儿来见你，他一来你就没时间陪我了，你工作本来就多，不能多陪陪我吗。”

幸欢听见周何一这声撒娇就受不住了，语气变得低柔了很多。

“那我下次不见他好了。”

周何一可太知道她的为人了，嘴上说着不见，到时候人来了，无论自己多么不高兴，也会去见一见，然后什么都帮他打理好。

她一直都是这样，有点小傲娇，连撒娇都不会。在他终于敲开她的心门，等到她将自己的一切都说给他听的时候，把周何一心疼到恨不得穿越回去到她身边好好照顾她。

结果幸欢说完还补充一句：“我所有的事都告诉你了，我可不是要你心疼我。”

周何一恨不得去堵住她的嘴。

然而他也这么做了。

周何一摸透了幸欢的小心思，也不说透，乐呵呵抱着幸欢从沙发上下来。

幸欢的所有恋爱经验都来自周何一一个人，导致每每看到别人的爱情不顺，总会担忧对方会厌烦自己。

“我觉得距离能够产生美，我们太黏糊了，对方的缺点会被放大的。”幸欢拉着周何一的手臂，突然说道。

“我的什么缺点被你放大了？”周何一听到这话显然有些紧张了，

不知道幸欢又要干什么。

“我是说我的。”

“你说，说出来我改。”

幸欢：“……”

幸欢对这种“什么错都是我的错”的架势无从下手，担忧的小心思倒是无法再说出口了。

有一次，幸欢出门的时候，见到一位老太太和一位老大爷在互相数落对方的不是。

幸欢又屁颠屁颠地跑到周何一身边，问道：“你觉得我很烦人吗？”

“没有啊。”

“每天都看到，真的不会厌烦吗？”幸欢琢磨着每天都要面对着自己的周何一，没准哪天就厌烦她了。

“你嫌弃我了？不准！”

幸欢：“我没有……”

多问几次，幸欢就不想再问了。

周何一太好，自己一定要好好珍惜。

而周何一这边，见着幸欢终于消停了，总算松了一口气，再这样下去，他都要怀疑自家的这个小傲娇会不会突然反悔跟他在一起。

幸欢从身后抱住他，脸在他的背后蹭了蹭，蹭得周何一心都要化了。

“你要是后悔了，我就打你。”

“那你要是后悔了……”

“你就把我关起来好了！”幸欢说出这话，自己倒是笑出声来，表示自己非常乐意对方这样做。

周何一转过身，将幸欢扑倒在沙发上，自己身体撑在上方，用行动将幸欢用力禁锢住。

番外

/

周何一与“小猫”

01

周何一作为著名学府的高才生，总有一股骄傲劲。

学校举办了一次大学生实践，需要的材料过多，大多都需要自己去找寻材料作为论证。

原本周何一是和其他两个同学一起的，到最困难的一步时，两个同学都有事儿，独留周何一一个人进行实地调查，找人填写调查表。

那两个同学得知周何一独自一人去实践，表示一定好好补偿他，把他的一个月的餐费都给报销了，周何一心安理得地接受。

他一直都相信着自己，能够把所有的事情都做好。

然而事实却并不如他所愿。

“您好，耽误您一分钟可以吗？”

“不好意思，我没空。”

以上回答还算是比较温柔的。

“您好……”

“哎呀，长这么帅气，出来骗人就不对了。”

面对这种，周何一只能无奈地笑一笑，最后拿出学生证表示自己真的没有骗人。

“您好，能耽误您一分钟吗？”

“走开，走开。”

遇上以上这种，周何一只能作罢。

…………

结果是，花费了一天的时间，这一百份表格才完成了四分之一。

太少的数据是无法撑起他的论题的。

第二天、第三天，周何一问话都问到麻木了，表格才基本完成。

尽管只需要画几个“√”就可以了，但愿意在大街上填写表格的人实在是少数。

后续还得将这些表格拍照，再将数据录入电脑，余下的交给其他两个同学做就好了。

中午没来得及吃饭，这会儿已经饿到不行了，周何一随便走入一家店中，打包了一碗米粉。

出来的时候，见到了一个有意思的人。

一个看起来年龄不大的女孩儿，眼神明亮，直勾勾地盯着米粉店里面看，周何一鬼使神差地将手中提着的米粉递过去给她吃，女生用语言表示拒绝，身体倒是很诚实，鼻子都快要凑上来了。

周何一忍住没有笑，他觉得要是笑了，眼前的“小猫”会直接逃走，只将米粉在她眼前晃了晃，“小猫”的眼神也随着移动。

太可爱了。

周何一还想着怎么逗一逗她，没想到女孩儿主动把粉接了过去，小声说了句“谢谢”后，蹲在一旁吃了起来。

他也蹲了过去，感受到女孩儿的身体有一瞬间的僵硬，还默默离他远了一点儿。

她的反应也很可爱。

周何一主动找她聊天，女孩儿除了一开始的防备，之后都乖巧地站在身侧，对周何一有问必答。

还真是没有一点儿防人之心。

经历三天被人质疑、被人嫌弃、被人无视的日子，碰到一个如此信任着他的人，周何一很是感动，感动到想和她多待一会儿，不禁提出了想找她帮忙的请求。

周何一问她话的时候有些紧张，庆幸的是，女孩儿同意了。

他陪着女孩儿走了一天，只是没想到女孩儿是出来找工作的，明明看上去年龄也不大。

不过，女孩儿的确帮了他很多。

到了晚上分开的时候，周何一还是有些不舍，离开后走了一段路，他又想：把女孩儿一个人留在那儿该多危险，自己该送她回家的。

为自己找了这个借口，周何一心安理得地往回走，却发现女孩儿躺在石凳上睡着了。

他站在一旁，轻声将她叫醒，心里却泛起一丝酸涩。

女孩儿醒来时带着些许防备，周何一下意识地解释，不知道怎么的，解释的话他说起来有些心虚。

他突然想多了解这个女孩儿一些，却被她拒绝：你别管我了，我是成年人了。

女生表情倔强，似乎不再想和他多说一句话。

周何一也不恼，借着录入调查表的理由，请她住了酒店，并在第二天早早地来到楼下，看见女孩儿听话得好好地休息了一晚才出来，终于放下心来。

这是他封存在脑海里的一段美好的回忆。

02

三年之后，周何一的母亲去世。

父亲和母亲早年离异，周何一和他的哥哥周景实分别给了母亲和父亲抚养，周何一跟着母亲。

他从未觉得跟着母亲有什么不好，他的母亲，温柔却倔强。与他父亲感情破裂后，她不愿再待在周家，享受富太太无忧无虑的生活，最终选择了离开。

母亲走的时候只拿了她在周家攒下的积蓄，开了一个服装店，养活他们母子俩。

在她去世之前，就将所有东西都留给了周何一。

几周之后，得知了这个消息的周家，想要将周何一接回去，却被他拒绝了，他对周家也没有什么怨恨的，感情是两个人的事，他尊重母亲的决定。

如今，他觉得一个人也过得很好。

周景实也不愿意再说服周何一，只是时不时有家庭聚会的时候，会叫周何一回去。

好几次都是在帝皇 KTV——周家的产业之一。

原本记忆中女孩儿的样子已经模糊，周何一唯独记住的是她的那双眼睛。

在一个夜晚，他再次看到了那双眼睛。

他借着酒精耍了一点儿小性子，她无奈却又认真地伸出手去拉他，他突然想试一试这到底是不是幻觉，趁机将她拉进了怀里。

感受到她身上传来的温度，他很安心。

等他再回过神的时候，人已经不见了，只有他的嫂子站在那儿。

他开始怀疑，那女孩儿在他眼前出现，是不是他产生的幻觉。

…………

后来，他找到了他的“小猫”。

于是，他下定决心再也不放手……

03

幸欢无奈地看着周何一，他突然说为了庆祝他们交往九十九天，提出想要喝酒。

结果自己却先醉了，整个人像只熊一样趴在幸欢的身上，甩都甩不掉。

“快放开我，我去收拾一下桌子。”

“不放。”周何一抱得更紧了。

“算了，不和你这个幼稚鬼计较了。”

幸欢放弃，整个人也瘫在了沙发上，周何一的手脚无力，扒拉着幸欢都扒拉不住，还是顺着沙发滑到了地上。

“你拉我一下，我摔倒了。”

“不拉，自己起来。”

“求求你。”

“哈哈哈，你醉了之后这么会撒娇的吗？”

幸欢说着，还是伸出手打算把他拉起来，却被周何一一把拉入了自己的怀中。

“小猫。”

“什……什么小猫，你让我起来。”幸欢先不好意思了，脸色涨得通红。

“不让，做了我的小猫，你可不能再逃了。”

幸欢心想：这是哪儿来的中二台词。

欢喜：“喵？”

三小只的日常

01

定西很喜欢民谣，有次三小只一起逛街逛着逛着她就跟朋友去看赵雷演唱会了，无聊的十九和水迹一头栽进礼物店，一人买了一个软乎乎的抱枕，笑嘻嘻出了店子。

十九抱紧：好软呀。

水迹贴在抱枕上：还特别暖和。

一路上笑嘻嘻。

六分钟过去……画风突变——

十九：好热！

水迹：手心都出汗了！

于是双双将抱枕夹在胳膊下，生出一丝嫌弃。

路上遇到有人在弹唱，特别好听。

十九：你有现金吗？

水迹摇头：没有，你要给他钱吗？

十九：我好像有，（窸窸窣窣从包里掏出两张纸币）完蛋了，好像只有两块钱。

水迹：两块钱也是心意，去吧，皮卡丘。

十九噔噔跑过去，将钱丢在吉他箱里。

水迹正打算走，突然被十九拉住。

水迹：怎么了？

十九：刚刚有一张不是一块的，是十块！给的时候才发现，但……手已经伸出去了……众目睽睽之下又不好缩回来……

水迹：后悔吗？

十九：不后悔，他唱得真好。

02

回家——

水迹抬头：天好蓝呀！

十九：嗯，顿时想起一首歌。

水迹：什么歌？（此时的水迹虽然嘴上问，但心理活动是：应该是“爱就像蓝天白云晴空万里。”没错了！毕竟之前两个人一块儿去上班的路上还唱过……已经猜到答案了！毕竟这默契不是盖的！）

水迹得意一笑，耳边突然响起十九略带忧郁的声音——“蓝蓝的天空，青青的湖水”。

OK，Nice。

全段垮掉！脚下一个趔趄！

是在下输了，输给了腾格尔。

03

十九养了一只英短小猫咪。

昨晚上撸猫时，发现小猫咪腹部长了几个小红点。她心慌了一会儿，以为是小猫咪身上有跳蚤或是被什么给咬了………

直到今日逛微博才发现真相——原来那是小猫咪的胸……，昨晚差点儿就想挤了……

04

三小只每日的生活，就是白天励志，回家丧志。

下班前——

定西：我要将我的吉他重新拾起来。

水迹：我要码稿子。

歌十九：我一定要画好空间的方块。

回家后——

定西、水迹、歌十九：这部剧真好看，里面的小哥哥是什么神仙颜值！

05

某天，三小只发了工资，准备一起出去嗨。

集体奔向了小龙虾店。

快到吃完的时候——

水迹发现十九虾吃得很少。

水迹：十九，你不吃虾啊。

歌十九：太难剥了。

水迹：啊？你还要剥？我直接把基围虾的头咬掉后一起塞嘴里。

定西：嗯？为啥还要咬头，我一口一个直接吃了。

水迹：……

歌十九：……

06

三小只上班的公司楼下开了家店，里面粉、面、包子、饭应有尽有。正好赶上双十一搞活动，歌十九马上去充了一个会员。

结果没几天——
店员：我们店面最近要升级了，这段时间装修，不营业了。
歌十九：好的。
第一周去看……嗯？关门，没动静。
水迹、定西：这怕不是跑路了，刚好趁着双十一吸引大把人充钱。
歌十九听后心底暗自担忧。
第二周去看……依旧关门没动静。
第三周去看……里面已经空了。
歌十九：……
人生多艰。

07

三小只建了一个群聊，有东西吃或者有事都在群里呼唤对方。
这天定西买了几个橙子，快到吃完的时候，才在群里吆喝。
定西：水迹、歌十九，来吃橙子！
等歌十九和水迹看到消息的时候，橙子已经吃光了。
定睛一看，前后不过一分钟。
歌十九：吃这么快，你问我们的意义何在？
定西：我就随便客气一下，你们竟然还当真了？

08

定西和水迹可能中了单身魔法。

某天，定西单独和小哥哥出去玩。

天很冷，小哥哥突然说道："你冷不冷？"

定西心底一慌，这是要给她外套穿吗？这不合适吧！

定西：不冷，不冷！

小哥哥：你不冷就好，那能不能借你的外套给我穿，我有点儿冷。

定西：什么？

某天，水迹和一个认识很久的小哥哥单独出去玩。

母胎单身至今的水迹还在为单独与陌生男子出门不太安全而暗暗担忧。

结果小哥哥为她扫清一切顾虑——

小哥哥：我们七点集合，玩到九点，九点之后我妈妈让我回家，不然不安全。

水迹：……

09

一天，水迹、歌十九和定西在楼梯间遇见一个大爷，一言不合就尬聊起来。

老大爷（指了指歌十九和水迹）：你们是双胞胎吗？

大爷（指了指水迹）：你最小吧。

水迹（指了指定西）：这是我们的妈。

大爷看看定西，点头表示赞同。

定西：大爷，我跟你讲养大两个孩子真的不容易 。

大爷再次点点头，表示强烈赞同。

10

长沙持续好几个月的阴雨天气。

三小只在一个公司上班。

某次下班十九有事先溜了。

水迹和定西两个人走出公司大门，刚走到电梯口。

水迹：外头没下伞吗？

定西心想：是不是长沙连日的雨下到她脑子里。

11

大晚上的定西和十九坐在床上看 10 年对比照。

不认输相互亮各自相册中 10 年前最非主流的底牌照。

最终定西看到十九爆炸头邪魅一笑的照片。

坦然认输。

怕了怕了。

12

《白蛇：缘起》很火时。

三小只一起去看。

十九看着小白光着的白花花的腿，忍不住发出灵魂深处的追问：“她都不穿裤子？”

水迹和定西：？

难道不是只看美腿？

13

早上出门去上学，刚下了楼。

十九：“你们先走，我要回去一趟。”

水迹、定西：“为什么？”

十九：“我忘记戴眼镜了。”

水迹、定西：“……”

两个人一边走，继续吐槽。

刚走到小区门口，水迹摸了摸左右口袋，知道有些事情不妙了。

水迹：“你先走，我也要回去一趟。”

定西惊了，忙问为什么？

水迹：“我忘带手机了。”

定西：“……”

后来定西一个人去上学了。

选自 定西《小学生日记一则》

14

定西和十九去看电影。

水迹：为什么不喊我一起去！

定西求生欲让她发出邀请：水迹，你去吗？

水迹：不去。

定西：……

15

定西每日定时喝足七杯水。

刚去饮水机打水时问水迹去不去。

水迹看也没看定西就冷漠地说道：“不去，喝这么多水，小心水中毒。”

定西：“……”

定西跟十九去打水。

十九在等定西的时候揽镜自照。

十九：“我觉得我纯色好淡，跟中毒了似的”

定西一看十九的唇，皲裂，毒奶色。

定西：“还别说，真跟中毒了一样。”

刚说完这话。

十九的辣手就向定西挥了过来。

定西：……

很怀念刚认识的时候。

那时的大家满是拘谨和真诚。

每日聊天也都以互夸为主。

16

定西：

在十九的床上翻来覆去睡不着。

在水迹家的地板上躺下去秒睡。

17

定西拿了 3 张纸和水迹约一块儿去上厕所。

水迹“你怎么拿这么多纸？”

定西没理水迹。

水迹若有所思：“我知道了，你屁股面积大。”

定西内心：？？？

有些人经常挨揍不是没有原因的。